Tödlicher Pirschgang

Für meinen Enkel Lennart.

Wolf Scheiber

Tödlicher Pirschgang

Ein Krimi

LEINPFAD
VERLAG

Die Handlung und alle Personen sind völlig frei erfunden; Ähnlichkeiten wären rein zufällig.

Umschlag: U. S. Kosa, Ingelheim
Layout: Leinpfad Verlag, Ingelheim
Druck: TZ Verlags & Print GmbH, Roßdorf

Leinpfad Verlag, Leinpfad 5, 55218 Ingelheim,
Tel. 06132/8369, Fax: 896951
E-Mail: info@leinpfadverlag.de
www.leinpfadverlag.com

ISBN 978-3-945782-38-5

Ralf Wagner schaute auf die Armbanduhr

Ralf Wagner schaute auf die Armbanduhr. Schon kurz nach vier. Auf dem Weg zum Geschirrspüler trank er den letzten Schluck Kaffee. Er musste sich beeilen, wenn er noch rechtzeitig auf dem Hochsitz sein wollte. Sobald die Morgendämmerung einsetzte, kam das Rotwild aus dem Wald.

Dabei war es für ihn eigentlich zweitrangig, ob er zum Schuss kam oder nicht. In erster Linie genoss er den Übergang von der Nacht zum Tag. In diesen Minuten konnte er ganz zur Ruhe kommen und am besten über wichtige Fragen nachdenken. Seien es aktuelle Probleme im Betrieb oder langfristige Planungen. Genau zu dieser Tageszeit, auf seinem Hochsitz auf aus dem Wald herauskommendes Wild wartend, hatte er vor etwa einem dreiviertel Jahr zum ersten Mal intensiv darüber nachgedacht, seine Firma zu verkaufen. Die darauffolgenden Gespräche mit Kaufinteressenten waren zufriedenstellend verlaufen. Der Vertrag stand inzwischen kurz vor der Unterzeichnung.

Während er die Treppe ins Untergeschoss hinabging, schweiften seine Gedanken ab, in die Zeit danach. ›Werde ich wohl alle Pläne, die ich gemeinsam mit Sandra geschmiedet habe, auch realisieren können?‹ Vor allem wollte er die Fehler aus seiner Ehe vermeiden. Für Sandra würde er sich viel mehr Zeit nehmen. Spontan erinnerte er sich, wie sie ihm vor zwei Jahren in Berlin zum ersten Mal begegnet war. Unwillkürlich musste er lächeln. Aus dem unverfänglichen Smalltalk an der Hotelbar war eine tiefe und innige Beziehung geworden. Selbst der große Altersunterschied von achtzehn Jahren war kein Problem. Im Gegenteil: Sandra war sein Jungbrunnen. Er fühlte sich wieder so dynamisch wie vor zehn Jahren. Erst vor einigen Wochen hatten sie den

Europa-Park in Rust besucht und waren dort gleich mehrmals mit der Euro-Mir gefahren. Diese Hochgeschwindigkeits-Achterbahn, die sich mit Tempo achtzig in die Tiefe stürzt, hatte es Sandra besonders angetan. Unglaublich, wie diese Frau sein Leben verändert hatte! Ja, wenn alles nach Plan lief, würden sie beide bereits in wenigen Monaten nach Spanien auswandern. Er konnte es kaum abwarten.

Wagner betrat sein Jagdzimmer und öffnete die Tür des Bauernschrankes. Jetzt, Anfang September waren die Nächte schon recht frisch. Er zog seinen Parka an und gab die Ziffernkombination für den Waffentresor ein. Welche Waffe sollte er heute nehmen? Er entschied sich für seine Bockbüchsflinte der Marke Blaser R 97 mit dem Kaliber 8 x 57 IS.

Seine Villa war in Hanglage gebaut. So konnte er vom Untergeschoss direkt in die Garage gehen. Er betätigte den Drücker des Garagentors. Während sich das Tor langsam öffnete, verstaute er das Gewehr im Kofferraum seines SUV.

Gerade, als er die Heckklappe schließen wollte, sah er aus den Augenwinkeln eine schattenhafte Bewegung. Reflexartig dreht sich Wagner um. Vor ihm stand eine dunkel gekleidete Gestalt.

»Was wollen Sie?« Wagner stoppte abrupt mitten im Satz, als er in den Lauf einer Pistole blickte.

Sein Pulsschlag erhöhte sich

Sein Pulsschlag erhöhte sich. Dieser Teil der Joggingstrecke war besonders anstrengend. Aber nach wie vor galt beim Joggen für ihn das Motto: nonstop Laufen vom Start bis zum Ziel. Würde er nur eine einzige Gehpause machen, würde sein Körper auch an den folgenden Tagen Pausen verlangen. Und einen Anlass für Pausen gab es hier öfter. Denn im Gegensatz zur Stuttgarter Region, wo er bis vor drei Jahren gelebt hatte, gab es im Schwarzwald wenig Strecken, die nicht gleich mehrere Steigungen hatten.

Peter Brenner war Hauptkommissar und als Ermittler sehr erfolgreich. Trotzdem hatten die Querelen mit seinen Vorgesetzten im Laufe der Jahre so zugenommen, dass er sich hatte versetzen lassen. An diesem schlechten Verhältnis war er natürlich nicht ganz unschuldig. Während seine Chefs nur kostbare Zeit vergeudeten, indem sie sich erst noch von möglichst vielen Stellen Absicherungen einholten, war Brenner bereit zu handeln. Seine Kompetenzüberschreitungen hatten schon zu mehr als einem Eintrag in seiner Personalakte geführt. Der Neustart im Karlsruher Polizeipräsidium war ganz gut gelungen. Brenner war mit den hiesigen Vorgesetzten vollauf zufrieden. Sie führten ihn an der langen Leine und sahen auch über die eine oder andere freizügige Auslegung der Dienstvorschriften hinweg. Zudem hatte das Älterwerden Brenners natürlich auch zu etwas mehr Gelassenheit beigetragen. Lediglich mit der neuen Staatsanwältin, die seit kurzem den in Pension gegangenen Vorgänger abgelöst hatte, tat er sich schwer. Er hatte das Gefühl, sie wollte ihm mit besonders forschem Auftreten beweisen, dass sie in der Hierarchie über ihm stand.

Brenner versuchte, die Geschwindigkeit auch auf den letzten Steigungsmetern noch beizubehalten. Anschließend ging es rund zwei Kilometer auf halbwegs ebenem Niveau weiter und er konnte wieder etwas verschnaufen. An manchen Tagen fiel es ihm enorm schwer, seinem Körper Höchstleistungen abzuverlangen. Mit seinen achtundfünfzig Jahren baute er wesentlich schneller ab. Das spürte er besonders deutlich, wenn sich ein neuer Fall in der heißen Phase befand und er über mehrere Tage mit dem Joggen pausieren musste. Lediglich seine morgendlichen Liegestütze waren absolute Pflicht. An normalen Tagen mindestens fünfzig am Stück. War die Nacht mal extrem kurz, dann begnügte er sich auch mit dreißig. Körperliche Fitness war für Brenner schon in der Jugend ein absolutes Muss gewesen. Im Abi-Jahr hatte er sogar zeitweise mit dem Gedanken gespielt, Sport zu studieren.

Kurz bevor er das Plateau erreichte, klingelte sein Handy. Ohne anzuhalten zog er es aus seiner Sportjacke und schaute aufs Display: ›Anruf von Marie Franke‹.

»Hi Marie«, schnaufte Brenner ins Telefon, ohne dass er sein Tempo nennenswert zügelte.

»Bist du gerade beim Joggen?«, hörte er die Stimme von Oberkommissarin Marie Franke. »Du musst leider abbrechen. Wir haben einen neuen Fall!«

»Was? Wo?«

»Ein Toter in Ettlingen. Wurde vermutlich erschossen. Nähere Details weiß ich noch nicht.«

Brenner blieb stehen. »Okay, lass mich überlegen.«

Wie käme er am schnellsten zu seiner Wohnung zurück? Wahrscheinlich, indem er quer durch den Wald, auf direktem Weg den Berg hinunterlief. Dadurch würde er mindestens drei Kilometer Laufweg einsparen. Brenner schaute auf seine Armbanduhr. Zwanzig vor sieben.

»Ich bin in spätestens fünfundvierzig Minuten dort.« Er

trabte bereits auf der neuen Route los. »Schick mir die genaue Adresse auf mein Handy. Bis später!«

Brenner duschte kurz und griff sich noch eine Banane. In seinem BMW-Roadster gab er die Adresse ins Navigationssystem ein und startete den Motor. Von Bad Herrenalb, wo er seit seinem Dienstbeginn in Karlsruhe eine kleine Dreizimmerwohnung gemietet hatte, waren es über die Landstraße knapp zwanzig Kilometer bis Ettlingen. Samstagmorgens war wenig Verkehr, weshalb ihn sein Navi bereits nach fünfzehn Minuten in das am nordöstlichen Stadtrand von Ettlingen befindliche Wohngebiet lotste. Beim Einbiegen in die Rothenbergstraße sah Brenner schon von weitem mehrere Polizeifahrzeuge stehen. Er hielt neben Marie Frankes Skoda und stieg aus. Nadine Steiner, die jüngste Kollegin in seinem Team, kam direkt auf ihn zu. Wie immer hatte sie ihre weit über die Schulter reichenden dunkelblonden Haare mit einem Haargummi zu einem Zopf zusammengebunden. Die fast einen Meter achtzig große Kollegin hätte vom Typ her durchaus auf den Titel eines Outdoor-Magazins gepasst. Geschminkt hatte Brenner sie bisher nur einmal bei der offiziellen Verabschiedung des Staatsanwaltes gesehen. Heute trug sie eine braune Outdoor-Jacke und dazu Jeans und Turnschuhe.

»Hallo, Nadine. Hast du schon Details?«

»Das Opfer wurde von der Zeitungsausträgerin gefunden, der Briefkasten hängt direkt neben der Garage. Durch das offene Tor hindurch hat sie den Toten neben seinem Auto liegen sehen.« Mit einem Kopfnicken zum Skoda fügte sie hinzu: »Marie hat schon mit ihr gesprochen. Ich selbst befrage jetzt die Nachbarn. Vielleicht haben die etwas mitbekommen.«

»Ja, mach das.« Brenner ging Richtung Absperrband.

Der Kollege von der Schutzpolizei hob das Band hoch. »Hinten in der Garage!«

Dort wurde Brenner mit »D'r Württemberger isch au scho do!« von Manfred Franzen empfangen. Der etwas korpulente Leiter der Spurensicherung machte sich gerade Notizen in seiner Beweissicherungsliste. Brenner hatte heute jedoch keinen Nerv für das Frotzeln seines Kollegen und ließ seinen Blick als erstes durch die geräumige Garage schweifen, in die locker noch ein zweites Auto gepasst hätte. Auf der linken Seite des dunkelblauen Porsche Cayenne standen mehrere unterschiedlich farbige Abfallbehälter, über denen zwei Reihen Regalbretter angebracht waren, die die üblichen Wasch- und Pflegeutensilien für Autos enthielten. Brenner erblickte Marie zwischen den in weiße Overalls gekleideten Männern von Franzens Spurensicherungsteam. Seine Kollegin stand bei Gunnar Lund, dem hiesigen Gerichtsmediziner, der gerade ein Thermometer in das Ohr des Toten einführte. Nach einem kurzen Blick auf die Messanzeige hob Lund seinen Kopf.

»Todeszeitpunkt vor ungefähr drei bis vier Stunden. Todesursache, wie unschwer zu ersehen, vermutlich durch Schussverletzung. Detaillierte Infos nach der Obduktion.«

Lund beschränkte sich am Tatort meist auf das Wesentliche und beteiligte sich an Spekulationen über den Tathergang immer erst nach Abschluss seiner Untersuchungen. Noch während er seine Tasche einräumte, trat Franzen zu den Kommissaren und hielt ein Beweissicherungstütchen hoch.

»Wir haben vier Patronenhülsen Kaliber neun Millimeter gefunden. Beim Toten handelt es sich dem Führerschein nach um einen gewissen Ralf Wagner, geboren 1961, also fünfundfünfzig Jahre alt. Bei den Fahrzeugpapieren war auch diese Visitenkarte, die ihn als Geschäftsführer von ›ELSO – Electronic Solutions‹ ausweist. Und dieses Handy war in seiner Jackentasche.«

Brenner nahm das Handy entgegen und fragte: »Kannst du schon etwas zum mutmaßlichen Tatablauf sagen?«

»Das Opfer war offensichtlich Jäger, denn in seinem Auto haben wir ein Jagdgewehr gefunden.« Mit einer Handbewegung Richtung Körper des Toten ergänzte er: »Da seine Schuhe keinerlei Schmutzspuren aufweisen, nehme ich an, dass er vom Täter nicht beim Heimkommen, sondern kurz vor dem Wegfahren überrascht wurde.«

Brenner ließ seinen Blick vom Toten zum Garagentor und dann zum Geländewagen schweifen, während er sich die möglichen Ablaufvarianten überlegte. »Sind am Garagentor Einbruchspuren vorhanden?«

»Nein«, antwortete Franzen, »und da die Heckklappe des SUV geöffnet war, vermute ich, dass Wagner den Garagentoröffner betätigt und danach sein Gewehr ins Auto gelegt hat. Dann wurde er vom Täter überrascht, bevor er die Heckklappe schließen konnte. Die Position des Toten und auch die Lage der Patronenhülsen, die nach dem Auswurf auf den Boden gefallen und weggerollt sind, sprechen für diesen Ablauf.«

»Dann kannte der Täter wahrscheinlich die Gewohnheiten des Opfers«, kombinierte Marie. »Denn ich glaube kaum, dass der stundenlang draußen gewartet hat.«

Brenner nickte. »Zumindest wusste der Täter, wann in etwa Wagner das Haus verlassen wollte. War der Täter anschließend im Haus?«

Franzen hielt einen weiteren Sicherungsbeutel hoch. »Den Schlüsselbund mit Auto- und Hausschlüssel haben wir in der Jackentasche des Toten gefunden. Der Täter hätte ihn sicher nicht dorthin zurückgesteckt, wenn er nach dem Mord noch in der Wohnung gewesen wäre.«

»Und wenn der Täter uns genau das glauben lassen wollte?« Mit Blick zur Tür, die offensichtlich ins Wohnhaus führte, ergänzte Marie: »Zudem könnte er auch schon vorher im Hause gewesen sein und ist dann gemeinsam mit dem Opfer in die Garage gegangen.«

Franzen schüttelte den Kopf. »Dann hätte der Täter Wagner auch schon im Haus erschießen können. Und außerdem waren wir schon in der Wohnung und dort deutet bislang nichts auf einen Besucher hin. Aber wir werden uns nachher nochmals genauer umschauen.«

Brenner überlegte. »Gibt es Mitbewohner im Haus?«

»Ich habe schon die Zeitungsausträgerin befragt«, antwortete Marie. »Das Opfer ist seit einigen Jahren Witwer und lebt alleine. Es gibt jedoch einen Sohn, der allerdings schon vor langem ausgezogen ist. Wo der jetzt wohnt, weiß sie aber nicht.«

Brenner überlegte. »Heute ist Samstag, da treffen wir wohl niemanden in der Firma an. Lass uns mal das Handy durchschauen, vielleicht ergibt sich da etwas.«

Brenner reichte Marie das Handy des Opfers. Auch wenn er mit den sogenannten neuen Medien durchaus zurechtkam, delegierte er, wann immer möglich, derartige Aufgaben an seine Team-Kolleginnen. Wusste er doch, dass sich sowohl Marie als auch Nadine damit wesentlich besser auskannten.

»Interessant!«, sagte Marie, nachdem sie ein paar Mal über das Display gewischt hatte. »Das letzte Telefonat hat Wagner gestern von 22:04 bis 23:07 Uhr mit einer Sandra Weininger geführt.«

»Über eine Stunde lang! Um diese Uhrzeit war das sicher ein Privatgespräch. Gib mir mal die Nummer.«

Brenner tippte die genannten Ziffern in sein Handy. Nach sechsmaligem Läuten kam ein verschlafenes »Ja? Sandra Weininger.«

»Hauptkommissar Peter Brenner. Guten Morgen, Frau Weininger.« Brenner erwog kurz, ob er vorab den Grund für seinen Anruf nennen sollte, entschied sich dann jedoch anders: »Haben Sie gestern Abend mit Herrn Wagner telefoniert?«

»Ja!« Die Stimme klang jetzt hellwach. »Warum wollen Sie das wissen?«

»Das beantworte ich Ihnen gleich. Zuvor würde ich gerne noch wissen, in welcher Beziehung Sie zu Herrn Wagner stehen.« Brenner benutzte bewusst die Gegenwartsform.

»Er ist mein Freund«, kam spontan die Antwort, gefolgt von einem unwirschen »Verdammt, was soll das? Ist Ralf etwas passiert?«

Brenner überlegte blitzschnell. Wenngleich das persönliche Überbringen von Todesnachrichten auch nach über dreißig Jahren noch zu den schlimmsten Tätigkeiten seines Berufes gehörte, wollte er die Information dennoch nicht am Telefon übermitteln. Denn die unmittelbare Reaktion der Angehörigen, wenn sie mit der Todesnachricht konfrontiert wurden, gab Brenner Aufschluss über die emotionale Beziehung zum Opfer. Dementsprechend antwortete er ausweichend: »Das sollten wir nicht am Telefon besprechen. Ich würde gerne gleich mit meiner Kollegin bei Ihnen vorbeikommen. Könnten Sie mir bitte Ihre Adresse geben?«

»Nein. Ich möchte erst wissen, was mit Ralf los ist!«

»Frau Weininger, ich verstehe Sie. Detaillierte Informationen erhalten Sie jedoch nur persönlich. Je schneller meine Kollegin und ich bei Ihnen sind, desto schneller wissen Sie Bescheid.«

Nach einer kurzen Pause gab Sandra Weininger ihre Adresse durch.

»Wir sind in zirka fünfundzwanzig Minuten bei Ihnen.« Brenner drückte ohne weiteres Abwarten die Austaste seines Handys.

Wenige Sekunden später klingelte das Handy des Toten.

»Ist logisch«, kommentierte Marie mit Blick auf das Display: ›Anruf von Sandra Weininger‹. Sie steckte das Handy zurück in ihre Tasche. »Die gute Frau muss sich noch etwas gedulden.«

»Ich schlage vor, dass wir über das Präsidium fahren. Dort kannst du bei mir zusteigen«, bot Brenner seiner Kollegin an, während er Franzen zum Abschieds zuwinkte und Richtung Auto ging.

Das »Okay, bis gleich«, nahm Brenner nur noch im Unterbewusstsein war. Seine Gedanken waren schon beim bevorstehenden Überbringen der Todesnachricht. Auch wenn Brenner gerne delegierte, vorzugsweise eintönige und stupide Aufgaben wie Statistiken führen oder das schriftliche Nachbearbeiten von erledigten Fällen, verfügte er gleichzeitig über ein sehr ausgeprägtes Verantwortungsgefühl. Dazu zählte auch, dass er sich als Teamleiter nicht vor unangenehmen Aufgaben drückte.

»Hast du schon eine Idee?«, fragte Marie, als sie rund fünfzehn Minuten später auf dem Parkplatz des Präsidiums in Brenners Auto stieg und als erstes den Sitz höher stellte, damit sie, wie sie gern spaßeshalber betonte, mit ihrem Chef auf Augenhöhe kommunizieren konnte.

»Na ja, bislang weist einiges auf eine Beziehungstat hin. Wobei ich momentan nicht die Freundin favorisiere, denn deren Reaktion am Telefon klang echt. Auch dass sie anschließend gleich versucht hat, Wagner am Handy zu erreichen, macht sie unverdächtig. Wenn Weininger die Täterin wäre, dann wäre ihr Verhalten schon ganz schön clever.«

»Genau zu dem Schluss bin ich auch gekommen«, stimmte Marie zu. »Sie hat übrigens noch mehrmals auf Wagners Handy angerufen und auch auf die Mailbox gesprochen. Wir werden ja gleich sehen, wie sie reagiert, wenn wir ihr die Todesnachricht überbringen.«

»Dann gibt's noch den Sohn, von dem die Zeitungsausträgerin gesprochen hat.«

Marie nickte. »Stimmt, den müssen wir als nächstes kontakten. Sicher kann uns die Freundin seine Adresse geben.«

Bevor beide Kommissare weitere Gedanken austauschen konnten, meldete sich Brenners Handy. »Nadine, was gibt's?«

»Ich habe jetzt alle Nachbarn befragt. Allerdings ohne Ergebnis. Die direkten Nachbarn sind momentan in Urlaub. Im Hause gegenüber wohnt ein älteres Ehepaar, die nach eigenen Angaben zwar nicht sehr tief schlafen, aber beide ein Hörgerät tragen, das sie nachts natürlich ablegen. Dementsprechend haben sie nichts gehört. Von den anderen Häusern haben insgesamt drei Personen angegeben, Schüsse gehört zu haben. Zwei sind davon ausgegangen, dass die Schüsse vom angrenzenden Wald gekommen seien und vermuteten einen Jäger. Der dritte, ein schon sehr betagter älterer Herr, war sich sicher, dass es die Fehlzündungen eines Mopeds waren.«

»Okay, dann fahr bitte ins Präsidium und schau nach, was du über das Opfer recherchieren kannst. Vielleicht findest du auch etwas Interessantes über seine Firma. Sobald wir mit der Freundin gesprochen haben, kommen wir nach.«

Brenner schaltete die Freisprechanlage aus und schüttelte den Kopf. »Wie man bei vier Schüssen an einen Jäger denken kann, ist mir schleierhaft.«

»Wie meinst du das?« Nicht immer konnte Marie Brenners Gedankensprünge unmittelbar folgen.

»Wenn ein Jäger vier Schüsse braucht, um ein Wild zu erlegen, dann müsste man ihm sofort den Jagdschein abnehmen.«

»Sei nicht immer so oberlehrerhaft.« Marie stupste mit ihrer Hand gegen den Oberarm ihres Kollegen. »Jemand, der sich mit der Jagd nicht auskennt, denkt nicht soweit. Und wer vermutet schon, dass im beschaulichen Wohngebiet von Ettlingen ein Mörder unterwegs ist.«

Mit einem »Ja, du hast natürlich recht!«, ließ Brenner offen, ob er damit Maries Zurechtweisung meinte oder die an sich geringe Quote der Kapitalverbrechen in ihrem Zuständigkeitsbereich.

Der Stadtteil Knielingen, in dem Sandra Weininger wohnte, lag nur knapp vier Kilometer vom Polizeipräsidium entfernt.

»Falls es dich als ›Reingeschmeckter‹ interessiert«, merkte Marie an, als sie die ersten Häuser passierten, »Knielingen ist der älteste Stadtteil von Karlsruhe.«

»Hast du auch das Gründungsjahr parat?«

»Bekommst du gleich.« Nach kurzem Googeln sagte Marie: »Im Kodex vom UNESCO Welterbe Kloster Lorsch im Jahr 786 urkundlich erwähnt. Zufrieden?«

Statt Brenners Antwort kam vom Navi die Ansage: »Rechts in die Zielstraße einbiegen.« Die meisten Häuser in dieser Straße hatten einen weißen oder hellgrauen Fassadenanstrich. Sandra Weininger hingegen wohnte in einem sehr schmuck renovierten kleinen Zweifamilien-Häuschen, das in türkisgrün gestrichen war und adriablaue Holzfensterläden hatte.

Noch während die Kommissare Richtung Haustür liefen, wurde diese geöffnet.

»Sind Sie die Kommissare? Was ist mit Ralf? Ist ihm etwas passiert?«

Brenner und Marie zückten ihre Ausweise. »Ich bin Peter Brenner vom Polizeikommissariat Karlsruhe.« Auch hier vermied Brenner den Hinweis auf die Mordkommission. »Das ist meine Kollegin Oberkommissarin Marie Franke. Dürfen wir bitte hereinkommen?«

Brenner ließ seiner Kollegin den Vortritt und ging dann selbst an Sandra Weininger vorbei. Dabei musterte er diese kurz. Weininger war vermutlich Mitte bis Ende Dreißig, hatte braune, halblange Haare und war sehr schlank. Sie gehörte ganz offensichtlich zu dem Typ Frauen, der auch ungeschminkt über eine natürliche Attraktivität verfügte.

Sandra Weininger schloss die Haustür und ging voraus in die Erdgeschosswohnung. Dabei drehte sie sich nochmals um und fragte ein weiteres Mal: »Was ist mit Ralf? Er geht nicht an sein Handy! Ich habe ihm schon mehrmals auf seine Mailbox gesprochen …«

Die Kommissare gaben keine Antwort und warteten, bis sie im Wohnzimmer waren. Dieses wirkte sehr gemütlich. Auch schien Frau Weininger einen grünen Daumen zu haben. Exotische Pflanzen, darunter drei verschiedene Palmen in Terrakotta-Kübeln, trugen zum besonderen Flair dieses Raumes bei.

»Frau Weininger, können wir uns kurz setzen?« Brenner schaute mit ernstem Blick in die Augen von Sandra Weininger. »Wir müssen Ihnen leider eine traurige Mitteilung machen!«

Entweder war es sein Blick oder der Satz, den wohl jeder schon hundert Mal im Fernsehen gehört hatte, wenn die Tatortkommissare das Überbringen der Todesnachricht einleiteten. Sandra Weiningers Gesicht fror zur Maske. Bis zum Eintreffen der Kommissare hatte sie alle möglichen Varianten im Kopf durchgespielt, weshalb Ralf telefonisch nicht erreichbar war. Selbst der Gedanke, Ralf wäre verhaftet worden, tauchte dabei kurz auf, wenngleich sie derartige Überlegungen sofort wieder verwarf. Schließlich kannte sie ihren Ralf. Nie und nimmer würde dieser Mann ernsthaft gegen das Gesetz verstoßen. »Lieber Gott, lass es einen Unfall sein!«, war die Hoffnung, an die sie sich geklammert hatte. Natürlich wäre ein Unfall auch ein Schock gewesen. Jedoch ging das Leben danach in der Regel weiter. Und dennoch war sich Sandra Weininger bewusst, dass der Kommissar einen Unfall bereits am Telefon mitgeteilt hätte.

»Ralf Wagner ist heute Nacht ermordet worden.«

Mit einem gequälten Aufschrei ließ sich Sandra Weininger in den Sessel fallen und schlug schluchzend die Hände vor ihr Gesicht. »Das ist nicht möglich! Ich habe doch noch vor ein paar Stunden mit ihm telefoniert.« Abrupt legte sie ihre Hände auf die Oberschenkel, schaute Brenner mit großen Augen an und sagte kopfschüttelnd: »Das kann nicht Ralf sein!« Fast flehend fügte sie hinzu: »Bitte sagen Sie, dass das nicht wahr ist.«

»Leider doch.«

Sandra Weiningers Schluchzen ging in ein herzergreifendes Wimmern über. Genau das waren die Momente, in denen sich Brenner am liebsten kilometerweit weg beamen würde. Dann schwor er sich, alles nur Machbare zu unternehmen, um den Mörder zu fassen.

Marie legte mitfühlend ihre Hand auf den Unterarm von Frau Weininger. »Gibt es jemanden, der Ihnen jetzt beistehen kann? Oder sollen wir einen Psychologen anrufen?«

Sandra Weininger schüttelte den Kopf: »Nein. Ich brauche keinen Psychologen!« Nach einer kurzen Pause fügte sie etwas ruhiger hinzu: »Ich rufe nachher Tina an, meine Freundin. Sie wohnt auch hier in Karlsruhe.«

Brenner räusperte sich. »Ich weiß, dass es Ihnen momentan sehr schwer fällt, Frau Weininger. Aber wir brauchen dringend Informationen über Herrn Wagner.«

Sandra Weininger hob den Kopf und schaute Brenner in die Augen, was dieser als Zustimmung interpretierte.

»Worum ging es bei Ihrem Telefonat gestern Abend?«

»Ach, um nichts Besonderes. Wir telefonieren jeden Abend miteinander, wenn wir uns tagsüber nicht sehen.« Sandra Weininger zog ein weiteres Papiertaschentuch aus der Verpackung und versuchte den erneuten Tränenfluss zu stoppen.

»Wir haben noch darüber gesprochen, dass wir heute einen Stadtbummel in Karlsruhe machen wollten. Wir gehen fast jeden Samstagmorgen zum Frühstücken in die Stadt.«

Die letzten Worte gingen in einem erneuten Schluchzen unter. Vermutlich erkannte Sandra Weininger in diesem Moment, dass gemeinsame Aktivitäten dieser Art nunmehr der Vergangenheit angehörten.

Brenner ließ Sandra Weininger etwas Zeit, bevor er seine nächste Frage stellte. »Wissen Sie, ob Herr Wagner Feinde hatte?«

»Nein. Davon hätte er mir bestimmt erzählt. Wir kennen uns zwar erst seit zwei Jahren, aber wir haben keine Geheimnisse voreinander. Schließlich wollen wir nächstes Jahr gemeinsam nach Spanien ziehen.«

Sandra Weininger sah die überraschten Blicke der Kommissare und erklärte: »Ich bin freiberufliche Übersetzerin und deshalb nicht an einen bestimmten Standort gebunden.«

Brenner zog dennoch irritiert die Augenbrauen hoch.

»Herr Wagner ist doch Geschäftsführer. Wollte er das Unternehmen von Spanien aus leiten?«

»Nein, das Unternehmen gehört Ralf selbst. Aber er will es verkaufen. Er will jetzt ein neues Leben beginnen, nachdem er die letzten dreißig Jahre nur gearbeitet hat und nahezu keinerlei Privatleben hatte.«

Die Kommissare registrierten, dass Frau Weininger von ihrem Freund immer noch in der Gegenwart sprach.

»Hatte Herr Wagner keine Familie?«, wollte jetzt Marie wissen.

»Seine Frau ist vor einigen Jahren an Krebs gestorben. Er hat noch einen Sohn. Zu diesem hat er jedoch kein sehr gutes Verhältnis.«

»Können Sie das etwas näher erklären?« Brenner glaubte, einen leicht abfälligen Ton herausgehört zu haben.

»Nun, der Aufbau seines Unternehmens ist wohl auf Kosten der Familie gegangen. Ralf hat zwar versucht, dies zu kompensieren. Aber teure Geschenke, wie beispielsweise einen Golf GTI zum achtzehnten Geburtstag, garantieren noch lange keine gute Vater-Sohn-Beziehung.«

»Wie alt ist denn sein Sohn?« Brenner zückte seinen Notizblock. »Haben Sie seine Adresse?«

»Nico ist drei Jahre jünger als ich, also vierunddreißig. Er wohnt in Karlsruhe. Seine genaue Adresse weiß ich nicht. Wenn Sie ihn sprechen wollen, dann können Sie ihn in der Firma erreichen.«

Brenner machte sich Notizen und fragte: »Wo arbeitet er denn?«

»Bei ELSO, der Firma seines Vaters.«

»Bei seinem Vater?« Brenner und Franke schauten verwundert.

»Ja«, antwortete Sandra Weininger achselzuckend und

fügte erklärend hinzu: »Vermutlich sollte die Anstellung von Nico eine Art Wiedergutmachung sein. Aber auch das hat deren Beziehung nicht verbessert.«

Sandra Weininger suchte bei ihrem Taschentuch nach einer noch trockenen Stelle und wischte sich dann kurz über die Augen, bevor sie weitersprach: »Näheres kann ich Ihnen dazu allerdings nicht sagen, darüber hat Ralf nicht gerne gesprochen. Das war wohl ein wunder Punkt bei ihm.«

Brenner nickte zustimmend. »Wie hat denn der Sohn auf die Verkaufsabsichten seines Vaters reagiert?« Brenner nahm sich in Gedanken vor, als nächsten Schritt unbedingt den Sohn aufzusuchen.

»Das müssen Sie ihn selbst fragen.« Sandra Weiningers Blick ging an den beiden Kommissaren vorbei, während sie leise hinzufügte: »Wie schon gesagt, Ralf war beim Thema Nico nicht sehr gesprächig.«

Marie nickte. Sie konnte sich das sehr gut vorstellen. Das passte auch zu ihren eigenen Erfahrungen mit Männern: Unangenehmes wurde häufig einfach negiert. Männer schwiegen meist, anstatt sich den Frust von der Seele zu reden. Erst kürzlich hatte sie in einem Wissenschaftsmagazin gelesen, dass sich negative Stimmungen schon in dem Moment abschwächen, während man darüber sprach. Das hatten Magnetresonanztomografie-Untersuchungen der Amygdala, der emotionalen Schaltstelle im Gehirn, ganz klar bewiesen.

»Ist Herr Wagner jeden Samstagmorgen um die gleiche Uhrzeit auf Jagd gegangen?«, wollte Marie wissen.

»Um diese Jahreszeit meistens«, antwortet Sandra Weininger und kämpfte erneut mit den Tränen.

»Danke, Frau Weininger. Das war's vorerst.« Die Kommissare erhoben sich. Marie legte ihre Visitenkarte auf den Couchtisch. »Falls Ihnen noch etwas einfallen sollte.«

Noch auf dem Weg zum Auto

Noch auf dem Weg zum Auto fragte Brenner: »Nico Wagner?«

»Ja, macht Sinn!«

Brenner nahm sein Handy. »Hallo Nadine. Wir brauchen schnellstmöglich die Adresse vom Sohn des Opfers. Sein Name ist Nico Wagner. Er ist vierunddreißig Jahre alt und wohnt in Karlsruhe.«

Die beiden Kommissare waren gerade eingestiegen, als Brenners Handy klingelte.

»Das ging ja superschnell!«

»War auch nicht schwer. In Karlsruhe ist nur ein Nico Wagner gemeldet.«

Brenner gab Straße und Hausnummer direkt ins Navi ein und sagte: »Recherchier bitte noch Hintergrundinfos zu Nico Wagner.«

»Haltet ihr ihn für verdächtig?«

»Vielleicht. Vater und Sohn haben sich nach Aussage von Frau Weininger nicht gut verstanden. Falls du auf die Schnelle was Wichtiges findest, informier uns.«

Brenner fuhr los. »Rein statistisch gesehen, ist die Chance groß, dass wir jetzt gleich einem Mörder gegenübersitzen!« Damit spielte er auf die Tatsache an, dass Täter von Tötungsdelikten meist aus dem persönlichen Umfeld des Opfers stammten.

»Ja, die Weininger war's sicher nicht. Deren Bestürzung war hundertprozentig echt.«

Brenner nickte. »Zudem sehe ich bei der Weininger kein Motiv.«

»Sofern alles so stimmt, was sie uns erzählt hat. Wir wissen ja nicht, was die beiden gestern tatsächlich am Telefon besprochen haben. Vielleicht hat Wagner mit ihr Schluss gemacht?«

»Und dafür braucht er über eine Stunde?« Brenner schüttelte den Kopf. »Nein, selbst wenn Wagner die Beziehung beendet hätte, ergibt das nicht unbedingt ein Mordmotiv. Zudem sieht der Mord nicht nach einer Affekthandlung aus.«

»Stimmt. Der Sohn hat vermutlich eher ein Motiv.«

Die nächsten Minuten hingen beide ihren Gedanken nach. Brenner fiel unwillkürlich der erste Fall ein, den er bereits wenige Tage nach seinem Dienstantritt gemeinsam mit Marie lösen musste. Während er noch mit der Analyse der verzwickten Faktenlage beschäftigt war, hatte Marie von Anfang an den richtigen Riecher für das Motiv gehabt.

Marie und er ergänzten sich hervorragend. Während er mehr der Analytiker war, sich jedoch manchmal in unwesentlichen Details verstrickte, setzte Marie verstärkt auf ihre Intuition und fand dadurch häufig den entscheidenden Hinweis. ›Klassische Rollenverteilung‹, kommentierte Brenner derartige Situationen oft und betonte, dass Männer nun mal von Natur aus weniger intuitionsbegabt seien. Wenn ihn Marie dann auf gegenteilige wissenschaftliche Erkenntnisse hinwies, meinte er nur grinsend »Nobody is perfect!« Möglicherweise hatte Marie auch einen Anteil daran, dass er bislang noch nicht mit der Karlsruher Chefetage im Clinch lag. Sie schaltete sich immer rechtzeitig diplomatisch ein.

Brenner schaute seine Kollegin von der Seite an. Ihr neuer Haarschnitt, bei dem sie ihre kastanienbraunen Haare auf halblang gekürzt hatte, stand ihr richtig gut. Obwohl Marie bereits ihren siebenundvierzigsten Geburtstag gefeiert hatte, schätzte man sie höchstens auf Ende dreißig und dank ihres Talents, überflüssige Pfunde gut zu kaschieren, war sie sehr attraktiv.

Mit einem genervten »Verflixt!«, schlug Brenner auf das Lenkrad. Die vom Navi vorgegebene Abbiegung konnte er wegen der jetzt schon über fünf Jahre andauernden Baustelle des Stadtbahntunnels nicht nehmen. »Hast du eine Idee, wie ich jetzt fahren soll?«

Das Navi kommentierte Maries Eingaben mit einem »Wenn möglich, bitte wenden«, bis es sich ab der Rüppurer Straße wieder neu orientiert hatte und wenige Minuten später verkündete: »In vierzig Metern rechts in die Zielstraße abbiegen.«

Brenner verlangsamte zu Schritt-Tempo. »Jetzt muss ich bloß noch einen Parkplatz finden.«

»Stopp. Dort vorne der Ford-Transit. Da ist gerade einer eingestiegen.«

Brenner setzte den Blinker und hielt an. »Vier Augen sehen immer mehr als zwei!«

Marie löste ihren Sicherheitsgurt. »In zwanzig Metern vorne links, das zweite Gebäude ist die Nummer neunzehn.«

Fast alle Häuser in dieser Straße waren relativ neu und man sah der Architektur an, dass die Bewohner zum besser gestellten Teil der Bevölkerung gehörten. Während die Kommissare in Richtung Haustür gingen, rief Brenner Nadine an. »Konntest du was über den Junior recherchieren?«

»In unseren Dateien ist er nicht gespeichert. Abgesehen von den üblichen Social Media-Einträgen wie Facebook, wird er nur auf der Firmen-Homepage als Werbeleiter erwähnt. Laut Firmenhistorie hat der Vater die Firma vor neunundzwanzig Jahren gegründet. Inzwischen sind es an die vierzig Mitarbeiter. Ich habe allerdings gerade erst angefangen, mich einzulesen.«

»Okay, danke einstweilen. Bis später.«

Marie drückte auf den Klingelknopf. »Wenn die Klingelanordnung stimmt, wohnt unser Herr Wagner im obersten Stock.«

Brenner grinste. »Dann können wir ja gleich ein kleines Fitnesstraining einlegen.« Damit spielte er auf die Einstellung seiner Kollegin an, die bezüglich körperlicher Fitness häufig Churchill zitierte, demzufolge Sport gleich Mord war.

»Das kannst du gerne machen, lieber Pit. Ich nehm derweil den Aufzug und fange schon mal mit der Befragung an.«

Marie ließ sich inzwischen von Brenner nicht mehr provozieren, wenngleich sie wusste, dass sie ihre ungeliebten Pölsterchen, die jährlich größer wurden, allein mit Diäten wohl nicht in den Griff bekommen würde. Aber Sport war schon in Schulzeiten ein Graus für sie gewesen. Und das von Brenner bereits mehrmals eingebrachte Angebot, gemeinsam zu joggen, kam für sie erst recht nicht infrage.

Marie klingelte ein zweites Mal. »Der Herr schläft wohl noch.«

Erst nach weiterem Klingeln kam ein verschlafenes »Ja?« aus dem Lautsprecher.

»Kripo Karlsruhe. Wir möchten zu Nico Wagner. Können Sie bitte aufmachen?«

»Wieso Kripo? Was wollen Sie?«

»Wir haben eine Mitteilung für Sie. Wir müssen Sie persönlich sprechen.«

Nach einer kurzen Pause ertönte der Türsummer. Brenner folgte Marie zum gegenüberliegenden Aufzug. Noch vor zehn Jahren wäre er die Treppe hochgesprintet. Im fünften Stock angekommen, waren die Kommissare gerade dabei sich zu orientieren, als am Ende des Etagenflurs eine Tür aufging. Ein in einen weißen Bademantel gekleideter Mann blickte ihnen entgegen. Der modische Haarschnitt seiner blonden Haare war noch nicht in Fasson gebracht. Ausgeschlafen und entsprechend gekleidet könnte der durchaus als Model arbeiten, dachte Marie, wobei sie sich gleichzeitig in Erinnerung rief, dass ihre bisherigen privaten Erfahrungen mit diesem Männertyp nicht sehr erfolgreich gewesen waren. Irgendwie fand sie diese Typen immer eine Spur zu soft.

»Hauptkommissar Brenner, Kripo Karlsruhe.« Beide Ermittler hielten ihre Ausweise hoch. »Das ist meine Kollegin Franke. Wenn Sie Nico Wagner sind, dann würden wir Sie gerne kurz sprechen.«

»Ja, der bin ich«, kam unwirsch die Antwort. »Was wollen Sie?«

»Dürfen wir hereinkommen? Das, was wir Ihnen mitteilen müssen, ist nichts für ein Türgespräch.«

Wagner schüttelte ablehnend den Kopf. »Das ist gerade sehr schlecht. Ich habe Besuch. Können wir das nicht auch hier besprechen?«

»Nein, Herr Wagner. Es geht um Ihren Vater und dazu sollten wir uns kurz in Ruhe zusammensetzen.«

Mit einem sarkastischen »Wenn's unbedingt sein muss«, drehte sich Wagner um und ging durch einen kurzen Flur in ein großes, protzig wirkendes Wohnzimmer. Exklusive Fliesen und Möbel. Alles in Weiß. Lediglich die starken Farbakzente der großformatigen Bilder milderten den sterilen Eindruck etwas.

Mit einer kurzen Handbewegung Richtung Sofa erklärte Wagner: »Die sind noch von gestern Abend hier.« Nur notdürftig mit einer Decke zugedeckt lag dort ein schlafendes Pärchen. Die leeren Sektflaschen auf dem Couchtisch waren wohl die Ursache, weshalb sie außer Schnarchgeräuschen keine weitere Regung zeigten.

»Setzen wir uns in die Küche«, lotste Wagner die Kommissare weiter. »Es reicht ja, dass Sie mich geweckt haben!«

Nachdem sie an einer Theke Platz genommen hatten, sagte er: »Schießen Sie los. Was ist so Wichtiges mit meinem Vater, dass Sie mich mitten in der Nacht stören?«

Brenner ließ sich nicht provozieren. »Wir müssen Ihnen leider eine traurige Mitteilung machen. Ihr Vater ist heute Nacht ermordet worden!«

Brenner beobachtete Wagner intensiv, um auch kleinste Regungen in dessen Mimik wahrzunehmen.

»Wie? Was?« Wagner fuhr sich mit beiden Händen durch die Haare, schüttelte anschließend seinen Kopf, ganz so, als ob er die unangenehme Nachricht verscheuchen wollte. Dann beugte er sich abrupt nach vorne. »Ermordet? Wer hat ihn ermordet?«

Wenn Brenner Verdächtige befragte, geizte er stets mit Informationen. Mit dieser Methode hatte sich schon manch Verdächtiger selbst verraten, indem er im weiteren Gesprächsverlauf Täterwissen versehentlich preisgab. Deshalb antwortete Brenner nur lapidar: »Um das herauszufinden, sind wir hier.«

Wagner lehnte sich zurück und verschränkte seine Arme vor der Brust. »Und wie soll ich Ihnen dabei helfen?«

»Indem Sie uns Informationen über Ihren Vater geben. Hatte er Feinde?«

»Davon ist mir nichts bekannt. Und wenn, dann wäre ich wohl der Letzte, der davon wüsste.« Wagner setzte sich aufrecht und legte beide Hände auf die Tischplatte. »Ich bin Werbeleiter bei ELSO. Privat hatten wir nahezu keinen Kontakt.«

»Ach«, schaltete sich jetzt Marie ein und tat so, als ob die Information völlig neu für sie sei. »Wie das?«

»Für meinen Vater gab es immer nur die Firma. Für meine Mutter und mich hatte er nie Zeit! Höchstens ein bis zweimal im Jahr, wenn wir im Urlaub waren. Aber da stritten sich die zwei dann auch meistens. Irgendwann hat er mit der Jägerei angefangen. Ab da war er in seiner Freizeit nur noch mit seinen Jagdfreunden zusammen.«

Wagner schaute während seiner Ausführungen hoch zur Zimmerdecke, ganz so als ob dort einzelne Bilder aus der Kindheit und Jugendzeit auftauchen würden. Dann sah er den Kommissaren in die Augen. »Deshalb brauchen Sie jetzt auch nicht sehr überrascht sein, wenn sich meine Trauer in Grenzen hält.«

»Okay, aber was ich nicht ganz verstehen kann«, insistierte Brenner, »weshalb arbeiten Sie in der Firma Ihres Vaters, wenn die persönliche Beziehung so schlecht ist?«

Wagners Gesicht lief rot an. »Weshalb ist das nicht zu verstehen?« In leicht aggressivem Tonfall fuhr er fort: »Ich finde es mehr als nur gerecht, wenn ich von der Firma profitiere, nachdem diese meine ganze Kindheit und Jugend zerstört hat!«

»Dann muss es Sie ja umso mehr verärgert haben, dass Ihr Vater jetzt seine Firma verkaufen wollte?«, vertiefte Brenner diesen offensichtlich wunden Punkt.

Wagners Augenbrauen zuckten überrascht nach oben: »Woher haben Sie diese Information?«

»Das schnelle Einholen von Informationen gehört zu unserem Job«, entgegnete Brenner ausweichend, »Sie haben aber meine Frage noch nicht beantwortet. Wie standen Sie zum geplanten Firmenverkauf?«

»Wie soll ich schon dazu stehen? Auch der neue Inhaber braucht einen Werbeleiter. Und außerdem finden Top-Leute immer einen Job!« Wagners Stimme klang jetzt wieder sehr selbstbewusst.

»Könnte die Ermordung irgendwie mit dem anstehenden

Verkauf zusammenhängen? Gab es vielleicht im Rahmen der Verhandlungen irgendwelche Differenzen?«

Wagner hob die Schultern: »Davon ist mir nichts bekannt. Wenn jemand etwas darüber weiß, dann vielleicht Frau Pfeiffer. Sie ist die Sekretärin meines Vaters.«

»Könnten Sie uns ihre Adresse geben?« Marie öffnete ihr Notizbuch.

»Die habe ich nicht im Kopf. Ich weiß nur, dass sie im Stadtteil Nordstadt wohnt. Ihr Vorname ist Gerda.« Wagner lächelte ironisch. »Das müsste Ihnen als Polizei ja reichen, um die Adresse ausfindig zu machen.«

»Das wär's dann auch schon fast«, übernahm Brenner wieder die Gesprächsführung. »Bleibt nur noch die Frage, wo Sie heute Nacht zwischen zwei und fünf Uhr gewesen sind?«

»Wollen Sie damit behaupten, dass ich meinen Vater ermordet habe?« Wagner schlug aufbrausend seine Hände auf die Thekenplatte. »Ich habe ihn in der Vergangenheit zwar oft gehasst und ja, früher gab es durchaus Situationen, wo ich mir gewünscht habe, er wäre tot.«

In etwas ruhigerem Tonfall ergänzte er: »Aber selbst damals war die Wut nicht groß genug, um ihn zu ermorden. Außerdem wäre ich zu so etwas gar nicht fähig!« Wagner nickte mit dem Kopf, als wolle er seine Aussage dadurch unterstreichen. »Gewalt lehne ich völlig ab. Immerhin habe ich mich auch für den Zivildienst entschieden, was ja wohl schon genug über meine Einstellung zum Töten aussagt.«

Brenner überlegte kurz, ob er auf das Argument näher eingehen sollte, als Wagner fragte: »Wie und wo ist er denn ermordet worden? Ich denke ja, dass er um diese Uhrzeit zu Hause war, oder?«

»Ja, Ihr Vater war vermutlich gerade auf dem Weg zur

Jagd, als ihn der Täter in der Garage überrascht und erschossen hat.«

Brenner ließ den Satz wirken und achtete darauf, ob seine Worte beim Sohn ein gedankliches Szenenbild mit entsprechenden Emotionen wachriefen. Offensichtlich nicht.

»Sie schulden mir noch eine Antwort auf meine Frage. Wo waren Sie zur Tatzeit?«

»Wo wohl? Wir sind nach der Disco zu mir gegangen und haben noch ein paar Flaschen Schampus geöffnet. Irgendwann gegen drei bin ich ins Bett gegangen.«

»Mit ›wir‹ meinen Sie wohl das Pärchen auf dem Sofa?«

»Ja. Und Chrissi, meine Freundin. Die liegt noch im Bett.«

»Gut, dann möchten wir Sie jetzt bitten, Ihre Übernachtungsgäste zu wecken. Wir müssen uns Ihre Aussage bestätigen lassen und auch die Personalien notieren.«

»Von mir aus. Wenn's der Wahrheitsfindung dient«, antwortete Wagner mürrisch, während er vom Barhocker stieg und ins Wohnzimmer ging.

Die Kommissare ließen ihren Blick durch die exklusiv eingerichtete Küche schweifen. »Die würde sich bei uns im Büro auch sehr gut machen«, sagte Brenner mit Blick auf den großen Kaffeeautomaten. »So was findest du normalerweise nicht in einem Privathaushalt.«

Marie nickte und bemerkte trocken: »Na ja, als Werbeleiter wird er auch etwas mehr verdienen als ein Kommissar.«

Brenner wollte gerade zu einem Kommentar ansetzen, als Wagner zurückkam. »Sie können mein Alibi jetzt überprüfen.«

Das Pärchen saß inzwischen nebeneinander auf der Couch. Beide waren sicher jünger, als es ihrem momentanen Aussehen entsprach. Während sich die Frau eine Wolldecke über die Schulter gehängt hatte und außer ihrem verknitterten Gesicht nur braun gebrannte Beine zu sehen waren, war der Mann lediglich mit Unterhosen bekleidet. Marie vermutete, dass er die Gelegenheit genoss, seine im Sportstudio gestählte Figur zu präsentieren.

Brenner wollte sich gerade vorstellen, als linker Hand eine Tür aufging und eine Frau eintrat, der man die durchzechte Nacht zwar auch deutlich ansah, die jedoch mit einer eng sitzenden Jeans und einem T-Shirt wenigstens halbwegs angezogen war. Mit einem knappen »Hi«, ließ sie sich in den Couchsessel fallen, schlug die Beine übereinander und schaute die Kommissare erwartungsvoll an.

Die würde mir auch gefallen, dachte Brenner, bevor er seine Fragen stellte. Alle drei bestätigten die Aussagen von Wagner. Marie notierte sich abschließend noch die Adressen, Telefonnummern und Geburtsdaten.

Brenner hatte die Klinke der Wohnungstür bereits in der Hand, als er sich nochmals umdrehte. »Noch eine letzte Bitte, Herr Wagner. Könnten Sie zum Haus Ihres Vaters fahren und dort gemeinsam mit den Leuten von der Spurensicherung nachschauen, ob irgendetwas fehlt? Wir haben bislang noch kein Tatmotiv und vielleicht wurde ja etwas gestohlen.«

»Das können wir uns sparen. Ich war seit meinem Auszug nicht mehr dort. Da würde mir keine Veränderung auffallen.«

»In Ordnung. Halten Sie sich aber bitte die nächsten Tage zu unserer Verfügung. Und falls Ihnen noch etwas einfallen sollte …« Brenner hielt Wagner seine Visitenkarte hin.

Die Aufzugstür hatte sich kaum geschlossen, als Brenner bemerkte: »Offensichtlich scheidet der Sohn als Täter aus.«

»Und wenn er seinen Gästen ein Schlafmittel untergejubelt hat?«, wandte Marie ein.

»Glaube ich nicht. Auf dem Tisch standen vier Sektgläser.

Das heißt, alle vier haben getrunken. Damit scheidet schon mal aus, dass er eine der Sektflaschen im Vorfeld präpariert hat. Und bei drei Gästen konnte er nicht davon ausgehen, das Schlafmittel unbemerkt direkt in die Gläser einbringen zu können.«

»Das ist mal wieder eine Argumentation à la Agatha Christie«, kommentierte Marie.

»Wenn schon, dann bitte Sherlock Holmes!«, schmunzelte Brenner und sagte, als sich die Aufzugstür öffnete: »Ladies first!«

»Oh, versuchen wir uns zur Abwechslung mal als Kavalier?«

Brenner grinste. »Du weißt doch. Meist bin ich ganz in Gedanken. Und außerdem als notorischer Junggeselle nicht immer in Übung.«

Marie schüttelte nur den Kopf und ging weiter. »Lass uns beim Thema bleiben. Ich kauf dem Wagner zwar ab, dass er nicht groß um seinen Vater trauert, aber zumindest hätte ich etwas mehr Bestürzung erwartet.«

»Was mir nicht einleuchten will: Weshalb arbeitet der Sohn in der Firma seines Vaters, wenn er diesen nicht leiden kann. Hat der denn keinen Stolz?«

»Geld trübt oft die Moral! So wie ich Wagner junior einschätze, hat er das schlechte Gewissen seines Vaters voll ausgenutzt. Vielleicht hat er sich ja auch schon als dessen Nachfolger gesehen. Denn vermutlich ist er Alleinerbe.«

»Guter Hinweis. Wir müssen am Montag unbedingt beim Amtsgericht nachfragen, ob ein Testament hinterlegt ist.«

»Wenn der Vater allerdings jetzt die Firma verkauft und sich mit Geld und Freundin nach Spanien absetzt, dann würde das zu vererbende Vermögen mit Sicherheit schrumpfen. Möglicherweise fällt dem Vater zudem noch ein, die Freundin zu heiraten, dann sieht's gleich nochmals düsterer aus!«

»Ja, Habsucht ist neben Eifersucht das häufigste Mordmotiv in Deutschland«, stimmte Brenner zu. »Aber dagegen steht immer noch das Alibi. Was, wenn er den Mord in Auftrag gegeben hat? Trauen wir ihm derartige Kontakte zu?«, spann Brenner seinen Gedankengang weiter. Im Unterschied zu manchen Fernsehkrimis war es in der Realität nicht einfach, einen Auftragsmörder zu finden, sofern man nicht in einschlägigen Kreisen verkehrte. »Auf jeden Fall müssen wir noch einige Infos über den Junior einholen.«

»Wir sollten auch andere Ermittlungsrichtungen nicht außer Acht lassen«, ergänzte Marie, »denn Statistik hin oder her, der Mörder kann auch aus einer ganz anderen Ecke kommen.«

Brenner startete den Motor. »Was hältst du davon, wenn wir erst frühstücken? Dabei können wir uns die nächsten Schritte überlegen.«

»Gute Idee. Außer einer Tasse Kaffee hat mein Magen heute noch nichts gesehen.«

Marie nahm ihr Handy und recherchierte die Adresse der Sekretärin. Noch bevor Brenner auf den Parkplatz der ARAL-Tankstelle fuhr, in deren Coffee-Shop beide schon öfters ihren Koffeinspiegel aufgefrischt hatten, gab Marie bekannt: »Ich habe Adresse und Telefonnummer. Sollen wir Frau Pfeiffer vorher anrufen, ob sie überhaupt zu Hause ist?«

»Lieber nicht. So ungern ich es mache, aber Todesnachrichten will ich nur persönlich überbringen.« Brenner dachte unwillkürlich daran, dass es im Leben Dinge gab, die ihm auch nach zigfacher Wiederholung nicht leichter fielen.

Nachdem sich beide an der Theke versorgt hatten, nahmen sie an einem Ecktisch Platz.

»Okay, wir befragen als nächstes Wagners Sekretärin.

Wenn sie schon längere Zeit mit Wagner zusammenarbeitet, dann dürfte sie eine gute Informationsquelle sein. Sekretärinnen haben meist auch einen Einblick in das Privatleben ihrer Chefs.«

Marie schluckte ihren ersten Bissen Croissant hinunter. »Was hältst du davon, wenn wir auch die Jagdkollegen ausfindig machen? Nach Aussage des Sohnes war das sein einziges Hobby. Sollen wir den Junior anrufen und fragen, ob er deren Namen kennt?«

»Bringt vermutlich nichts. Angeblich haben sich die beiden ja privat kaum ausgetauscht.«

Brenner nahm einen Bissen von seiner Butterbrezel und ließ den Blick durch das Bistro wandern. Schon interessant, dachte er, wie sich in den letzten vierzig Jahren die Inneneinrichtungen der Tankstellen geändert hatten. Zu Zeiten seines ersten Autos, ein VW Käfer, konnte man in Tankstellen neben einigen Zeitschriften höchstens noch ein paar Bounty- oder Marsriegel kaufen.

Marie unterbrach Brenners nostalgische Gedanken und fragte: »Wie kommen wir dann an die Adressen heran?«

»Nadine soll versuchen, den Revierförster ausfindig zu machen. Ich könnte mir vorstellen, dass Wagner ein eigenes Jagdrevier hatte. Dann ist er dem Förster sicher bekannt und vielleicht kennt der auch den einen oder anderen Jäger, der bei Wagner einen Begehungsschein hat.«

»Was ist denn das?«

»Die meisten Revierpächter vergeben Begehungsscheine an Jäger, die sich kein eigenes Jagdrevier leisten können oder wollen. Diese dürfen dann nach Absprache im Revier jagen. Meistens vergeben die Revierpächter die Begehungsscheine kostenlos und verlangen im Gegenzug die Unterstützung bei der Jagd-Hege.« Am Blick seiner Kollegin erkannte Brenner, dass er seine Ausführungen ergänzen musste. »Das Hegegebot ist ein Teil des Jagdrechtes und verpflichtet die Jäger zu verschiedenen Maßnahmen, um die Lebensgrundlagen des Wildes zu erhalten. Dazu gehört beispielsweise auch das Anlegen von Hecken, Nisthilfen und Teichen.«

»Wow! Woher kennst du dich denn mit der Jagd so genau aus?« Obwohl Marie inzwischen schon viel über Brenners Privatleben wusste, verblüffte er sie doch immer wieder aufs Neue.

»Ich hatte mal eine Freundin, die Jägerin war.«

»Eine Frau, die jagt? Also das kann ich gar nicht verstehen! Es fällt mir ja schon schwer zu akzeptieren, dass Männer Spaß am Jagen finden. Natürlich weiß ich, dass die Jagd zur Aufrechthaltung des biologischen Gleichgewichtes notwendig ist. Aber eine Frau?« Marie drückte ihr Unverständnis durch heftiges Kopfschütteln aus.

»Sieh an, sieh an!«, schmunzelte Brenner. »Wo bleibt denn hier deine ansonsten permanent eingeforderte Gleichberechtigung?«

»Das hat damit gar nichts zu tun!« echauffierte sich Marie, wohl wissend, dass Brenner nicht ganz unrecht hatte. »Aber wem es Spaß macht, in seiner Freizeit Tiere zu töten, muss schon sehr gefühlskalt sein.«

»Na ja, zugegeben, ich war im ersten Moment auch etwas irritiert, als Maike mir damals von ihrem Hobby erzählt hat. Aber ihre Begründung, weshalb sie Jägerin geworden ist, hat mich dann doch überzeugt.«

»Und die lautete?« Maries Blick drückte deutliche Skepsis aus.

»Massentierhaltung und das Leiden der Tiere auf dem Weg zum Schlachthof!«

Brenner nahm noch einen Schluck Kaffee und spülte damit den letzten Rest seiner Brezel hinunter, bevor er weitersprach: »Da Maike keine Vegetarierin werden wollte, hat sie sich dafür entschieden, ihren Fleischbedarf selbst zu erlegen. Die Tiere, die sie tötet, leiden nicht, weil sie nur dann schießt, wenn sie absolut sicher ist, dass das Tier mit dem ersten Schuss fällt.«

»Diese Argumentation hat was für sich«, stimmte Marie nachdenklich zu. »Aber ich persönlich würde eher Vegetarierin werden, bevor ich ein Tier töte.«

Brenner wollte jetzt nicht näher auf das Thema eingehen. »Lass uns zu den Jagdkollegen zurückkommen. Gib bitte Nadine Bescheid, dass sie die Namen über den Revierförster recherchieren soll. Ich rufe derweil Manfred an. Der soll nachschauen, ob er bei Wagner ein Notebook findet.«

Brenner nahm bewusst nicht den kürzeren Weg

Brenner nahm bewusst nicht den kürzeren Weg durch die City, die samstags um diese Uhrzeit meist stark frequentiert war, sondern fuhr auf den Adenauerring. Doch kaum waren sie auf dieser Umgehungsroute, als der Verkehr ins Stocken kam und sich anschließend mühsam Meter um Meter vorwärts quälte. Aus den vom Navi ursprünglich vorhergesagten vierzehn Minuten wurden fast dreißig, bis sie in der Nordstadt ankamen. Heimische Pflanzen wie Arnika, Bocksdorn, Lavendel oder Lorbeer waren Namenspatrone für die meisten Straßen dieses jüngsten Stadtteils von Karlsruhe.

»Zumindest mit den Parkplätzen haben wir heute Glück«, sagte Brenner, als er direkt vor der Hausnummer dreiundzwanzig parken konnte.

»Jetzt muss Frau Pfeiffer nur noch zu Hause sein«, ergänzte Marie und stieg aus.

»Hier scheint ein McDonald's in der Nähe zu sein«, bemerkte Brenner, als er die leeren Verpackungen der Fastfood-Kette sah, die dutzendweise auf und neben dem Gehweg lagen. »Ich verstehe unsere Jugend nicht. Wieso können Eltern und Lehrer denen nicht beibringen, dass man den Abfall nicht einfach auf den Boden schmeißt? Meine Kinder würden das garantiert nicht tun!«

»Lieber Pit, das sagt sich aber leicht, wenn man keine Kinder hat!« Marie boxte Brenner leicht gegen die Schulter. »Aber im Grunde gebe ich dir schon recht und ich hoffe, dass meine Erziehung bei Julia bessere Früchte trägt.«

»Wie läuft es gerade mit ihr?«, erkundigte sich Brenner nach Maries vierzehnjähriger Tochter.

»Im Großen und Ganzen recht gut. Zumindest in den Phasen, wo ich halbwegs pünktlich Feierabend machen kann.« Während Marie die Klingeltaste drückte, ergänzte sie noch: »Momentan nervt sie mich damit, dass wir uns einen Hund anschaffen sollen.«

Bevor Brenner darauf eingehen konnte, wurde die Tür von einer etwa sechzigjährigen Frau geöffnet. »Ja, bitte?«

Die Kommissare hielten ihre Ausweise hoch und registrierten sofort die von Tränen geröteten Augen und verschmierte Wimperntusche.

»Oberkommissarin Franke. Das ist mein Chef, Herr Brenner. Sind Sie Frau Gerda Pfeiffer?«

Bevor Marie weitersprechen konnte, kam schon ein verzweifeltes: »Ich kann es noch gar nicht glauben. Wer tut denn nur so etwas Schreckliches?«

»Dürfen wir Sie kurz sprechen?«, brachte sich Brenner ein. »Sie sind offensichtlich schon informiert?«

»Ja, der junge Herr Wagner hat mich vorhin angerufen. Ich war gerade vom Einkaufen zurückgekommen. Entschuldigung ...« Erneut rannen Tränen über ihr Gesicht. »Aber kommen Sie doch erst mal herein.« Frau Pfeiffer trat einen Schritt zurück und ließ die Ermittler eintreten, bevor sie durch einen schmalen Flur voraus ins Wohnzimmer ging.

»Darf ich Ihnen etwas zu trinken anbieten? Einen Kaffee oder lieber Wasser?«

»Ein Glas Wasser wäre nett«, nahm Brenner das Angebot an. Weniger weil er Durst hatte, sondern um Frau Pfeiffer die Gelegenheit zu geben, sich etwas zu beruhigen.

Brenner scannte kurz die Einrichtung. Durchgängig Biedermeierstil. Besonders auffällig waren der Sekretär und die stiltypische Bilderuhr, auf der Brenner glaubte, den Dom zu Trier erkennen zu können. Irgendwo hatte er mal gelesen, dass Originaluhren aus dieser Zeit bei Auktionen sehr hohe Preise erzielten. Wenngleich die aus Kirschbaum bestehenden Möbel einen behaglichen Eindruck ausstrahlten, wirkte der Raum auf Brenner sehr altbacken.

»Wissen Sie schon, wer es getan hat?«, fragte Frau Pfeiffer, als sie mit einer Wasserkaraffe zurückkam.

»Nein, wir sind erst am Recherchieren und brauchen dazu dringend nähere Infos über Herrn Wagner und sein Umfeld. Sie können uns sicher dabei weiterhelfen.«

»Was wollen Sie genau wissen?« Frau Pfeiffer hatte sich gesetzt und schaute abwechselnd zu Brenner und zu Marie.

»Zunächst einmal, ob Ihr Chef eventuell Feinde hatte.«

»Davon weiß ich gar nichts! Das kann ich mir bei Herrn Wagner auch nicht vorstellen. Ich habe letztes Jahr mein zwanzigjähriges Betriebsjubiläum gefeiert. Wie Sie sich vielleicht denken können, hat man als Sekretärin einen guten Einblick und weiß, wie der Chef so tickt.«

»Wie hat denn Herr Wagner getickt?«, griff Brenner die verwendete Formulierung auf.

»Herr Wagner war ein toller Chef. Sonst wäre ich ja auch nicht so lange in der Firma geblieben. Er hat zwar von jedem extrem viel gefordert, jedoch auch sehr großzügig bezahlt. Seine Firma war sein Kind, das er von einem kleinen Ingenieurbüro zu einem Unternehmen mit weltweitem Kundenstamm aufgebaut hat.«

»Firma als Kind? Eine gute Metapher.« Brenner beugte sich jetzt etwas vor und unterstrich damit die Bedeutung seiner nächsten Frage. »Wie sah es denn mit seinem richtigen Kind aus? Dieses arbeitet unseres Wissens nach auch im Unternehmen.«

Frau Pfeiffer ließ sich mit ihrer Antwort Zeit. »Das ist ein diffiziles Thema.« Sie machte erneut eine Pause, bevor sie weitersprach. »Das Vater-Sohn-Verhältnis war nicht unbedingt das beste.«

»Wie hat sich das geäußert? Hatten die beiden oft Streit miteinander?«

»Streit direkt nicht.« Frau Pfeiffer ergriff ihr Glas und trank einige Schlucke. »Zumindest habe ich in den letzten Monaten keinen mitbekommen.«

Brenner vermutete in den stockenden Informationen einen loyalen Zwiespalt und ermunterte sie einfühlsam: »Frau Pfeiffer, ich kann verstehen, dass Sie aus Verbundenheit zur Firma und zu Ihrem Chef nichts Negatives sagen möchten. Aber wir müssen uns ein genaues Bild machen. Sie wollen doch sicher, dass der Mörder Ihres Chefs nicht ungestraft bleibt, oder?«

»Natürlich nicht! Ich will, dass Sie dieses Schwein schnellstmöglich finden!«

Ob ihrer Wortwahl führte Frau Pfeiffer erschrocken die Hand zum Mund. Nach einem kurzen Zögern sagte sie entschlossen: »Gut. Wir alle waren überrascht, als der Chef vor zirka drei Jahren angekündigt hat, die Stelle eines Werbeleiters zu schaffen und dass sein Sohn diese Position einnehmen würde.«

»Hatten Sie denn zuvor keinen Werbeleiter?«, warf Marie dazwischen.

»Nein, unsere Werbung wurde immer von Agenturen gemacht. Daran hat sich übrigens auch nichts geändert. Die neue Funktionsstelle war mehr oder weniger Makulatur. Nico war zwar dabei, wenn sein Vater ein neues Projekt mit den Agenturleuten besprochen hat, die letzte Entscheidung traf der Chef jedoch immer selbst.«

Brenner schüttelte verwundert seinen Kopf: »Damit war der Sohn zufrieden?«

»Anfangs gab es natürlich Zoff. Mein Chef hat dann seinem Sohn klargemacht, dass er ja jederzeit kündigen könne.«

»Wieso in aller Welt hat denn Ihr Chef seinen Sohn überhaupt in die Firma geholt?«

»Vermutlich als Ausgleich, weil er sich früher zu wenig um ihn gekümmert hat. Was glauben Sie, wie froh ich war, als mein Chef vor einigen Jahren mit der Jägerei angefangen hat und ich montagmorgens nicht mehr ein halbes Dutzend Diktierbänder auf meinem Schreibtisch vorgefunden habe.«

»Wenn sich Ihr Chef so sehr mit seiner Firma identifiziert hat, weshalb wollte er sie dann verkaufen?«

»Das könnte Ihnen vielleicht ein Psychologe beantworten. Vermutlich hat er inzwischen einfach erkannt, dass es im Leben mehr gibt. Seit einiger Zeit hat er ja auch eine Freundin.«

»Kennen Sie Frau Weininger?«, wollte Marie wissen.

»Kennen ist zu viel gesagt. Ich habe sie nur einmal gesehen, als sie ihn am Parkplatz abgeholt hat. Auf unseren Betriebsfeiern war sie nie dabei. Aber es ist offensichtlich, dass er mit ihr glücklich ist.« Frau Pfeiffer bemerkte ihren Fehler und korrigierte sich sogleich. »Ich meine natürlich, glücklich war. Das konnte man am Tonfall hören, wenn er mit ihr telefoniert hat. Da habe ich immer gedacht, ›sieh mal an, der Chef hat ja doch auch eine weiche Seite‹.«

Brenner schnitt ein neues Thema an: »Wie weit sind denn die Verkaufsverhandlungen fortgeschritten?«

»Die Verträge sind mehr oder weniger unterschriftsreif. Das Ganze ging relativ schnell, weil Electronic International sehr am Kauf interessiert ist. Obwohl wir im Vergleich zu diesem internationalen Konzern nur ein winziges Unternehmen sind, waren wir mit einzelnen Produkten in den letzten Jahren deren stärkster Konkurrent.« Enormer Stolz war aus ihrer Stimme herauszuhören.

»Was genau produziert ELSO?«

Brenner konnte sich nicht vorstellen, weshalb ein relativ

kleines Unternehmen für einen Weltkonzern interessant sein könnte.

»Wir sind Hersteller und Systemanbieter für Industrie-Datenfunk. Die Produktion selbst ist nur ein kleiner Bereich, in erster Linie geht es um Softwareentwicklung. Unser Chef hat bereits vor dreißig Jahren erkannt, welches Potential in der Übertragung von Daten per Funk liegt. Damals wurde ja alles noch per Kabel übertragen.«

Frau Pfeiffer musste Brenner angesehen haben, dass er mit diesen Informationen nicht viel anfangen konnte und erklärte: »Ganz früher waren in den Firmen alle Computer untereinander mit speziellen Datenkabeln verbunden. Schon vor langem sind diese Kabel durch sogenannte Wireless-Funksysteme ersetzt worden. Analog entwickeln unsere Ingenieure Funksysteme für die Industrie, mit denen Produktionsanlagen oder Roboter vernetzt gesteuert werden. Da Herr Wagner seine Entwicklungen weltweit hat patentieren lassen, führt momentan in speziellen Produktsparten kein Weg an ELSO vorbei.«

»Was bedeutet der Verkauf für die Mitarbeiter? Wird es größere Veränderungen geben?« Brenner überlegte, ob ein Mordmotiv aus diesem Umfeld denkbar wäre.

»Die einzigen Arbeitsplätze, die wohl nicht mehr benötigt werden, sind meiner und der vom jungen Herrn Wagner. Aber für mich ist das kein Problem. Ich habe mich sowieso schon letztes Jahr dazu entschlossen, früher in Rente zu gehen. Dann habe ich mehr Zeit für meine zwei Enkel, was insbesondere meine Tochter freut. Denn die möchte wieder Vollzeit arbeiten. Meine Enkel sind jetzt zwei und vier Jahre und die Zeit vergeht ja so schnell …«

»Und welche Möglichkeiten hat Wagner junior?«, unterbrach Brenner.

»Herr Wagner?« Frau Pfeiffer tat, als müsse sie nachdenken. »Der wird sich wohl nach einem neuen Job umschauen müssen. Denn ich kann mir nicht vorstellen, dass er übernommen wird. Zumindest nicht als Werbeleiter.«

»Welche Ausbildung hat Nico Wagner eigentlich?«, wollte Marie wissen.

»Soweit ich weiß, hat er einige Semester Jura studiert. Danach ist er auf Betriebswirtschaft umgestiegen und hat dort auch seinen Abschluss gemacht.«

»Wie ist denn der Arbeitsmarkt für Betriebswirtschaftler momentan?«

»Das kann ich nicht genau sagen. Gute Leute finden sicher immer etwas.«

Brenner bemerkte die ausweichende Antwort und setzte nach: »Und? Ist Herr Wagner gut?«

Man sah Frau Pfeiffer an, dass sie sich mit der Antwort schwertat. »Ich sagte ja vorhin schon, dass er nicht wirklich gebraucht wurde. Was er letztendlich als Betriebswirt drauf hat, weiß ich somit nicht. Vermutlich wird er aber seinen Lebensstil deutlich einschränken müssen.«

Kaum hatte sie den Satz beendet, als sie hinzufügte: »Oder wahrscheinlich eher nicht. Denn jetzt erbt er ja alles.«

»Von welcher Größenordnung sprechen wir da?«, hakte Brenner sofort nach.

Frau Pfeiffer zögerte. »Ich weiß nicht, ob ich das sagen darf? Immerhin sind das Firmeninterna.«

»Das behandeln wir natürlich vertraulich«, beschwichtigte Brenner und fügte dann hinzu: »Gewisse Fakten bleiben auch bei uns intern.«

Nach kurzem Luftholen antwortete Frau Pfeiffer: »Je nachdem, wie viel Patente gekauft werden, sind es zwischen fünf und sieben Millionen.«

Als ob sie die Gedanken der Kommissare lesen könnte, fügte sie schnell hinzu: »Aber ein Mörder ist er sicher nicht!«

Angesichts des Loyalitätskonflikts von Frau Pfeiffer musste Brenner schmunzeln. »Was macht Sie denn da so sicher?«

»Nun«, versuchte Frau Pfeiffer die richtigen Worte zu finden, »Nico ist eher ein weicher Typ. Er hat nicht annähernd die Power seines Vaters. Nein, der wäre nie und nimmer zu einem Mord fähig.«

Brenner erhob sich und gab Frau Pfeiffer die Hand. »Vielen Dank, dass Sie sich Zeit für uns genommen haben. Wir werden am Montag noch zu Ihnen in die Firma kommen und weitere Mitarbeiter befragen.«

Noch auf dem Weg zum Auto sagte Brenner: »Für mich hat Wagner junior ein starkes Motiv.«

»Aber zugleich ein wasserdichtes Alibi«, konterte Marie und stieg ins Auto. »Natürlich kann ich mir vorstellen, dass er sich als Löwe besonders schwer mit der Situation arrangieren konnte.«

Brenner schaute irritiert zu Marie.

»Ich habe vorhin nicht nur die Adressen, sondern auch die Geburtsdaten notiert. Wagner ist am siebten August geboren und somit ein waschechter Löwe.«

Im Gegensatz zu Brenner zog Marie bei ihren Überlegungen gern die Sternzeichen der Verdächtigen mit ein. Brenner stritt gar nicht ab, dass es tatsächlich Übereinstimmungen bei den Charakteren des gleichen Sternzeichens gab. Allerdings machte er dafür weniger die Konstellation der Sterne zur Zeit der Geburt verantwortlich, sondern vielmehr die unbewusste Anpassung der Menschen, wenn diese im Laufe der Jahre immer wieder lasen, was laut Horoskop ihre hervorstechenden Eigenschaften seien.

»Löwen sind dafür bekannt, dass sie gerne im Mittelpunkt

stehen und von der Umgebung bewundert werden wollen«, ergänzte Marie.

»Dann muss es für Wagner ja unerträglich gewesen sein, täglich an der Seite eines erfolgreichen Vaters zu stehen. Wie hat er das nur ausgehalten?«

»Du hast ihn ja gehört. Sein Vater war ihm das schuldig! Vielleicht hat er sogar darauf spekuliert, eines Tages die Firma zu übernehmen.«

»Und durch den anstehenden Verkauf ist dieser Traum geplatzt«, führte Brenner den von Marie angeregten Gedankengang fort.

»Das ist doch denkbar, oder?«

»So kommen wir nicht weiter.« Brenner schüttelte den Kopf. »Wir finden immer mehr Argumente für ein Motiv. Aber nach wie vor steht Wagners Alibi! Somit käme höchstens ein Auftragsmord infrage.«

Marie ließ diese Variante kurz auf sich wirken. »Und wie sollen wir ihm das nachweisen?«

»Indem wir den Mörder finden und diesen anschließend in die Mangel nehmen. Entweder der hatte selbst ein Motiv oder er hat den Auftrag erhalten.«

»Dann fang mal an zu suchen!«, bemerkte Marie ironisch.

Den restlichen Weg legten beide schweigend zurück. Auf dem Parkplatz angekommen, meinte Marie: »Du kannst schon vorgehen, ich brauche jetzt dringend eine Zigarette.«

»Ach, ist es etwa bereits nach zwanzig Uhr?«, frotzelte Brenner und ging, ohne den Kommentar seiner Kollegin abzuwarten, in Richtung Präsidiumseingang. Es war ihm von Anfang an klar gewesen, dass Marie ihre Absicht, erst abends nach zwanzig Uhr zu rauchen, nicht lange durchhalten würde. Immerhin war auch er, trotz seiner sportlichen Aktivitäten, jahrelang starker Raucher gewesen. Erst als die unterschiedlichsten Versuche fehlschlugen, den Konsum auf drei bis fünf Zigaretten pro Tag zu reduzieren, hatte er durch einen Komplettverzicht den Ausstieg geschafft. Dennoch gab es noch häufig Situationen, in denen er wünschte, sich an einer Zigarette festhalten zu können.

»Da seid ihr ja endlich!«, wurde Brenner von Nadine empfangen. »Manfred hat bereits nach euch gefragt.«

»Marie muss erst noch eine rauchen.«

»Höre ich da ein noch vorhandenes Verlangen heraus?« Nadine wusste sehr wohl, dass sich ihr Chef nach wie vor in der Gefährdungsphase befand und wäre über einen Rückfall nicht überrascht gewesen.

Ohne auf den Kommentar seiner Teamkollegin einzugehen, begann Brenner auf dem Whiteboard diverse Punkte zu notieren. Kaum damit fertig, kamen nacheinander Marie und Manfred Franzen herein.

Brenner wollte gerade mit Erläuterungen anfangen, als Staatsanwältin Cora Ekberg eintrat. »Hallo zusammen! Lassen Sie sich nicht aufhalten«, sagte sie in selbstbewusstem Ton und zog sich einen freien Stuhl heran. Die Vierzigjährige war wie immer top gekleidet und sah mit ihrer blonden, schulterlangen Mähne sehr attraktiv aus.

Brenner hatte zur Staatsanwältin ein zwiegespaltenes Verhältnis, woran sie jedoch nicht ganz unschuldig war. Gleich zu Beginn ihres Amtsantrittes in Karlsruhe wurde ihr viel Positives über die Ermittlungserfolge des Hauptkommissars berichtet. Allerdings hatte man ihr auch mitgeteilt, dass er nicht immer unproblematisch sei. Um Problemen vorzubeugen, hatte sich Cora Ekberg dann entschlossen, Brenner gegenüber betont forsch aufzutreten. Dass sie ihn damit nicht beeindrucken konnte, war ihr sehr schnell klargeworden und ein gewisses Zurückrudern war unvermeidlich gewesen. Allerdings war mit diesem wenig gelungenen Einstieg das Kind schon in den Brunnen gefallen und sie hatte bislang noch immer keine optimale Kommunikationsform gefunden.

Brenner nickte ihr nur kurz zu und fasste anschließend die Befragungsergebnisse zusammen. Dann wandte er sich an den Leiter der Spurensicherung: »Manfred, was habt ihr noch gefunden?«

»Nichts, was euch direkt weiterhelfen könnte. Allerdings lässt sich ein Raubmord vermutlich ausschließen. Denn weder der Fünfzig-Euroschein bei den Fahrzeugpapieren, noch der Geldbeutel auf dem Sideboard wurden entwendet. Wobei es sowieso nicht ausschaut, als ob der Täter im Haus gewesen ist, zumal der Hausschlüssel in der Jackentasche des Opfers steckte.«

»Und wenn der Täter einen eigenen Hausschlüssel hatte?«, warf Nadine ein.

»Dann hätte er Wagner sicher im Haus abgepasst und dort erschossen«, entgegnete Marie. »Nein, bislang deutet alles darauf hin, dass der Täter vor der Garage gewartet hat. Und vermutlich ist er nach den Schüssen sofort abgehauen. Denn er musste ja davon ausgehen, dass diese von der Nachbarschaft gehört werden.«

»Somit hat der Täter gewusst, dass Wagner um diese Uhrzeit in sein Revier geht«, schaltete sich die Staatsanwältin ein. »Das könnte ein Indiz für eine Beziehungstat sein.«

Marie nickte zustimmend. »Das Problem ist jedoch, dass von den bisher recherchierten Bezugspersonen nur der Sohn ein Motiv hat. Allerdings auch ein wasserdichtes Alibi! Ich denke wir müssen unsere Nachforschungen in andere Richtungen ausdehnen. Nadine, was hast du recherchiert?«

»Moment, nicht so schnell.« Die Staatsanwältin drehte sich zu Marie um. »Sind Sie sich sicher, dass die Alibi-Zeugen vom jungen Wagner nicht gekauft sind?«

»Ziemlich. Nadine hat diese schon auf Einträge überprüft. Und jemand, der sich bislang nichts zuschulden hat kommen lassen, wird sich vermutlich nicht für ein Mordalibi hergeben.«

Nadine hatte zwischenzeitlich ihr Notebook geöffnet. »Meine Recherchen über Wagners Unternehmen bestätigen die Aussagen der Sekretärin. Die im Bundesanzeiger, das ist die Homepage des Bundesministeriums für Justiz und Verbraucherschutz, hinterlegten Unternehmens-Jahresabschlüsse weisen einen sehr hohen Überschuss aus. Laut Firmenhomepage ist ELSO, was übrigens für Electronic Solutions steht, Marktführer im industriellen Datenfunk. Ihre patentierten Funksysteme werden beispielsweise in der Krantechnik oder auch bei Skiliften eingesetzt.«

»Bist du auch bezüglich seiner Jagdkollegen fündig geworden?«, wollte Brenner wissen.

»Gleich. Zuerst noch ein paar Infos zu seiner Freundin. Die Weininger hat nämlich auch eine Homepage und ist anscheinend ebenfalls sehr erfolgreich. Zumindest sind in der Rubrik Referenzen namhafte Firmen und Verlage aufgeführt. Sie hat Englisch und Spanisch studiert und spricht zusätzlich noch Italienisch und Französisch. Ich kann mir durchaus vorstellen, dass sie ihr Übersetzungsbüro problemlos von Spanien aus hätte betreiben können.«

»Und die Jäger?« Brenner trommelte ungeduldig mit den Fingern auf die Schreibtischplatte.

»Den Revierförster habe ich erreicht. Der war sehr schockiert über den Tod von Wagner. Dieser sei ein sehr sympathischer Jagdkollege gewesen. Er konnte mir auch die Adressen und Telefonnummern der drei Jäger geben, die von Wagner einen Jagdbegehungsschein haben.«

»Okay, danke.« Brenner wandte sich an Marie. »Sollen wir die gleich aufsuchen?«

»Macht Sinn, was anderes haben wir ja momentan nicht.«

Manfred Franzen erhob sich. »Bevor ich es vergesse. Wir haben Wagners Notebook mitgenommen. Ist aber passwortgeschützt. Wobei Nadine das sicher mit ihrem Hackerprogramm schnell knacken wird.« Nadines Freund hatte zusammen mit drei anderen IT-Studenten eine Software programmiert, mit deren Hilfe Nadine sich in der Vergangenheit schon in so manchen Computer hatte einloggen können.

»Ich versuch es erst mal mit den üblichen Kombinationen«, entgegnete Nadine selbstbewusst. Viele User verwendeten mit Vorliebe Namen oder Geburtsdaten als Passwort.

»Ich glaube nicht, dass das zielführend ist«, schüttelte Brenner seinen Kopf. »Wagner war Ingenieur und erfolgreicher Unternehmer. Der wird auch bei seinem privaten PC nicht leichtsinnig gewesen sein. Recherchier lieber weitere Infos über den Sohn und lass die Software suchen.«

Brenner sortierte seine Notizen, als er von der Staatsanwältin angesprochen wurde. »Herr Brenner, ich muss spätestens am Montagnachmittag eine Pressekonferenz geben. Vermutlich wird sich schon Montagmorgen der Wirtschafts-Dezernent der Stadt bei mir melden und Druck machen. Es wäre gut, wenn Sie bis dahin schon Ergebnisse hätten.«

›Dieser Hinweis ist so unnötig wie ein Kropf‹, ärgerte sich Brenner. Jeder Anfänger weiß, dass die ersten achtundvierzig Stunden nach einem Mord die wichtigsten sind und dementsprechend keiner auf Dienstschluss achtete.

»Na wenn's so dringend ist, dann verschiebe ich natürlich meinen geplanten Discobesuch heute Abend.«

Brenner war schon seit über zehn Jahren nicht mehr in einer Disco gewesen und hatte auch nicht vor, daran etwas zu ändern. Eine bessere Antwort fiel ihm jedoch auf die Schnelle nicht ein. Und unkommentiert wollte er ihren überflüssigen Hinweis natürlich nicht stehen lassen.

Cora Ekberg hingegen überlegte sich kurz, ob sie damit kontern sollte, dass für Brenner der Tanz-Kaffee am Sonntagnachmittag sowieso die bessere Alternative sei. Das wäre aber vermutlich unterhalb der Gürtellinie und deshalb begnügte sie sich mit einem »Wünsche noch einen erfolgreichen Tag«, und nickte den anderen beim Hinausgehen zu.

»Dann bis in etwa zwanzig Minuten«, sagte Marie und drückte den Ausschaltbutton ihres Handys. »Ich habe gerade mit Walter Rohloff telefoniert. Das ist einer der Jagdkollegen von Wagner. Wir können vorbeikommen.«

Brenner nahm seine Jacke und sagte beim Hinausgehen: »Nadine, wenn sich was Neues ergibt, dann ruf uns an!«

»Manchmal kann er halt nicht anders«, besänftigte Marie, als sie Nadines genervten Blick sah. »Pit tut vielleicht nach außen cool, aber er steht bei einem neuen Fall immer unter Strom.«

Samstagnachmittags war um diese Uhrzeit

Samstagnachmittags war um diese Uhrzeit in der Karlsruher Innenstadt wenig los. Zügig erreichten sie Hagsfeld, den Karlsruher Stadtteil, in dem Rohloff wohnte. Brenner hatte gerade das Ortsschild passiert, als eine junge Fahrerin aus einer Seitenstraße vor ihm abbog und ihn zu einem abrupten Bremsmanöver zwang. Anstatt anschließend zu beschleunigen, fuhr sie deutlich unter den erlaubten fünfzig Stundenkilometern weiter, weshalb Brenner wütend mit der Hand aufs Lenkrad schlug. »Blöde Tussi!«

Marie, die normalerweise noch wesentlich impulsiver die Fahrweise anderer Verkehrsteilnehmer kommentierte, konnte sich ein Grinsen nicht verkneifen: »Ich liebe es, wenn mein ach so in sich ruhender Chef zwischendurch auch mal die Contenance verliert.«

Bevor Brenner darauf reagieren konnte, kam schon die Meldung vom Navi: ›Ziel befindet sich in fünfzig Metern auf der rechten Seite.‹

Rohloff reinigte gerade in der Garageneinfahrt sein Auto, als die beiden Kommissare vor seinem Haus anhielten. Er schaltete den Staubsauger aus und wandte sich an Marie: »Haben wir vorhin miteinander telefoniert?«

»Ja. Oberkommissarin Franke, das ist mein Kollege Hauptkommissar Brenner.«

»Ich kann es noch immer nicht glauben«, begann Rohloff sofort das Gespräch. »Was genau ist denn passiert? Wie und von wem wurde Ralf ermordet?«

»Können wir uns dazu kurz zusammensetzen?«, stoppte Brenner den Fragenkatalog.

»Natürlich. Kommen Sie bitte mit.« Rohloff ging den beiden Kommissaren voraus zur Rückseite des Hauses. Das

Grundstück war sehr gepflegt und Marie dachte angesichts des künstlich angelegten Baches, der über mehrere Terrassen verlaufend den üppigen Pflanzbereich von der Rasenfläche trennte, dass Geld bei dieser Gartenanlage wohl keine Rolle gespielt hatte.

»Hier haben wir erst letzten Montag noch zusammengesessen«, sagte Rohloff und öffnete eine Tür. »Das ist mein Jagdzimmer.«

Seinen Hinweis hätte es nicht bedurft, hingen doch zahlreiche Geweihe und sonstige Jagdtrophäen an den Wänden. Den Raum selbst dominierte ein großer Kachelofen, auf dessen grünen Fliesen diverse heimische Wildvögel aufgemalt waren.

»Nehmen Sie bitte Platz. Möchten Sie einen Kaffee oder ein Wasser?« Rohloff zeigte dabei auf eine rustikale Sitzecke, die hinter dem Kachelofen passgenau die restliche Raumhälfte ausfüllte und handgeschnitzte Jagdmotive aufwies.

»Nein, danke. Wir bleiben nicht lange.« Brenner legte schon mal seinen Notizblock zurecht. »Zu ihren Fragen von vorhin. Herr Wagner ist heute Morgen zwischen zwei und vier Uhr in seiner Garage erschossen worden. Haben Sie zum Täter eine Idee?«

»Erschossen? Mit was für einer Waffe?« Rohloff schaute sichtlich bestürzt. »Doch nicht etwa mit seiner eigenen?«

»Nein, sein Gewehr hatte er bereits ins Auto gelegt. Die Tatwaffe war eine Pistole Kaliber neun Millimeter.«

»Ah ja, Wagner hat eine 45 ACP. Also war's seine eigene Waffe schon mal nicht.«

»Das haben wir sowieso nicht vermutet«, schaltete sich jetzt Marie ein. »Denn es gab keine Anzeichen für einen Kampf.«

»Meine Frage steht noch offen«, lenkte Brenner wieder die

Aufmerksamkeit auf sich. »Wissen Sie, ob er Feinde hatte?«

»Nein, davon ist mir absolut nichts bekannt. Wir haben uns zwar häufig getroffen, aber da ging's eigentlich fast immer nur ums Revier und die Jagd allgemein. Von seinem Privatleben weiß ich wenig.«

»Und im Kreis der restlichen Jägerschaft? Wäre da ein Motiv denkbar?«, hakte Brenner nach.

»Nein. Nicht dass ich wüsste.«

Marie glaubte, ein kurzes Zögern bemerkt zu haben. »Sind Sie ganz sicher, Herr Rohloff?«

»Was heißt schon sicher?« Rohloff räusperte sich. »Vor einigen Monaten gab es in unserer Gruppe etwas Zoff.«

Die Kommissare schauten ihn aufmunternd an.

»Ingo, also Ingo Großmann, gehörte ursprünglich auch zu unserer Jagdgemeinschaft und wollte eigentlich das Revier von Ralf übernehmen, wenn dieser nach Spanien geht. Ralf hat das Revier jedoch mir zugesagt. Danach hat sich Ingo bei unseren Arbeitseinsätzen nicht mehr sehen lassen, worauf Ralf ihm den Begehungsschein entzogen hat.«

»Okay, aber das ist noch kein Mordmotiv.« Marie schüttelte den Kopf und dachte, dass Männer sich wie Kinder benahmen, wenn man ihnen ihr Spielzeug wegnahm.

»Ich sage ja auch nicht, dass Ingo was mit dem Mord zu tun hat«, entgegnete Rohloff sofort etwas pikiert. »Wobei Ingo extrem wütend war. Denn er hatte sich bei der letzten Vergabe gemeinsam mit Ralf um das Revier beworben, weil es direkt hinter seinem Wohnhaus beginnt. Allerdings hat die Gemeinde Ralf den Zuschlag gegeben.«

»Verstehe«, nickte Brenner. »Dann muss er sich halt einen neuen Jagdpächter suchen und zukünftig mit dem Auto ins Revier fahren.«

»Ganz so einfach ist es auch nicht«, widersprach Rohloff

und schüttelte den Kopf. »In der Regel überlegen die Revierinhaber schon sehr gut, wen sie in ihr Team aufnehmen. Und Ingo ist ein typischer Neureicher, der nicht bei allen gut ankommt.«

Marie wollte gerade eine Frage stellen, als Rohloff etwas zögernd hinzufügte: »Da war noch was. Ralf hat Ingo angedroht, ihn wegen Wilderei anzuzeigen, wenn er ihn mit einer Waffe in seinem Revier antreffen würde.«

Brenner richtete sich abrupt auf. »Und? Hat er ihn erwischt?«

»Nein. Zumindest weiß ich nichts davon.«

»Fassen wir mal zusammen.« Brenner wurde jetzt unruhig. Das war möglicherweise doch eine interessante Spur. »Nehmen wir an, Herr Wagner hat diesen Ingo in seinem Revier mit einer Waffe erwischt. Würde das denn für eine Anzeige wegen Wilderei ausreichen?«

»Natürlich. Unser deutsches Jagdrecht ist da knallhart. Zusätzlich würde Ingo dann auch der Waffenschein wegen Unzuverlässigkeit entzogen. Und damit wäre es für Ingo mit der Jägerei aus.«

Während Brenner das soeben Gehörte noch auf sich wirken ließ, fragte Marie: »Wie war nochmal der Nachname von diesem Ingo? Haben Sie vielleicht auch seine Adresse?«

»Der Name ist Großmann. Die Adresse muss ich kurz in meinem Büro holen … Bin gleich zurück.« Rohloff stand auf.

Brenners Gedankengang aufnehmend, sinnierte Marie: »Was, wenn Wagner den Großmann erwischt hat und dieser hat daraufhin Wagner abgepasst? Großmann kannte ja sicher dessen Gewohnheit, am Samstag frühmorgens ins Revier zu fahren.«

»Gut möglich«, stimmte Brenner zu, der angesichts der

zahlreichen Jagdtrophäen darüber nachgedacht hatte, ob dieses Hobby für ihn infrage käme. »Vielleicht hat Großmann sogar zuerst versucht, Wagner die Anzeige auszureden und nachdem Wagner nicht eingelenkt hat, hat er ihn erschossen.«

»Ja, ein solcher Ablauf wäre durchaus denkbar.«

Rohloff kam zurück und reichte Marie einen Notizzettel.

»Noch eine Frage, Herr Rohloff.« Brenner war schon Richtung Tür gegangen, als er sich nochmals umdrehte. »Wissen Sie zufällig, ob Herr Großmann auch eine Kurzwaffe hat und wenn ja, welches Kaliber?«

»Fast jeder Jäger hat eine Kurzwaffe. Für den Fall, dass mal ein Fangschuss im dichten Unterwald erforderlich ist. Großmann hat, soweit ich weiß, sogar eine Waffensammlerkarte und mindestens vier oder gar fünf Kurzwaffen. Zumindest eine davon hat Kaliber neun Millimeter.«

Brenner und Marie fuhren sofort

Brenner und Marie fuhren sofort zur Adresse von Großmann. Dessen Wohnhaus befand sich am Ende einer Sackgasse, direkt am Waldrand. Das Grundstück war zur Straßenseite hin umgeben von einer fast zwei Meter hohen Mauer, die lediglich von einem protzigen, schmiedeeisernen Eingangstor unterbrochen war. Etwas nach hinten versetzt befanden sich drei Garagen, deren breite Rolltore zeigten, dass sie nicht unbedingt für Kleinwagen geplant waren. Durch das Tor hindurch konnten die Kommissare einen Blick auf das Wohngebäude im Bauhausstil werfen, dessen riesige, von der Decke bis zum Boden reichenden Glaswände das optisch dominierende Element waren.

»Da ist wahrlich genug Geld vorhanden«, kommentierte Marie, während sie die Klingeltaste auf dem Edelstahlschild drückte.

»Inklusive Angst vor Einbrechern«, ergänzte Brenner, als er mehrere Überwachungskameras entdeckte.

Marie folgte Brenners Blick. »Ich kann mir schon vorstellen, dass es ihn stark getroffen hat, als ihm Wagner den Begehungsschein entzogen hatte. Großmann ist vermutlich kein Verlierertyp.«

Marie drückte noch mehrere Male die Klingeltaste. »Entweder ist niemand zu Hause oder man will nicht mit uns sprechen. Sollen wir auf seinem Handy anrufen?«

»Nein, lass mal.« Brenner schaute nochmals hoch zur Überwachungskamera und versuchte zu erkennen, ob diese momentan aktiviert war. »Dem Großmann will ich in die Augen schauen, wenn wir ihn über den Grund unserer Befragung informieren.«

»Du hast recht. Diese Chance sollten wir uns nicht entgehen lassen.« Marie warf einen letzten Blick durch das Tor und folgte dann Brenner zum Auto. »Ich habe das Gefühl, dass wir hier auf einer guten Spur sind.«

Gerade als Brenner einsteigen wollte, meldete sich sein Handy. »Hallo Chef. Ich bin jetzt in Wagners PC drin.« Dabei verschwieg Nadine bewusst, dass Brenner mit seiner Vermutung recht gehabt hatte. Obwohl sie es mit zahlreichen Kombinationen aus Firmenname, Geburtsdaten, Name der Freundin und so weiter versucht hatte, war sie nur dank der Software ihres Freundes weitergekommen. »Gibt es was Bestimmtes, wonach ich schwerpunktmäßig suchen soll?«

»Nein, lass mal. Ich schau mir das selbst an.« Brenner startete den Motor. »Aber du könntest derweil prüfen, ob du was über einen Ingo Großmann findest. Dieser war bis vor kurzem in Wagners Jagdgruppe und könnte eventuell ein Motiv haben.« Brenner fasste kurz zusammen, was sie von Rohloff erfahren hatten.

»Hast du was gefunden?«, fragte Brenner seine Kollegin, als er rund zwanzig Minuten später gemeinsam mit Marie das Büro betrat.

»Nicht viel. Nur dass Großmann Anlageberater bei der Commerzbank in Karlsruhe ist. Seine Banklehre hat er in Berlin bei der Dresdner Bank AG gemacht und ist später dann in deren Asset-Management recht schnell die Karriereleiter aufgestiegen. Vor elf Jahren hat er die entsprechende Abteilung in der Karlsruher Filiale übernommen, die seit der Fusionierung 2009 zur Commerzbank AG gehört.«

»Offensichtlich hat er zumindest bei seinem eigenen Geld die richtige Anlagestrategie gewählt«, kommentierte Brenner die Informationen über Großmanns Laufbahn.

»Oder er hat seinen Kunden die richtigen Papiere aufs

Auge gedrückt«, bemerkte Marie bissig, die im Moment an ihre eigenen Erfahrungen mit Geldanlagen dachte. Wie Millionen anderer Kleinanleger hatte auch sie sich der Gier des angeblich leicht zu verdienenden Geldes nicht entziehen können und leichtgläubig den Empfehlungen ihres Bankberaters vertraut. Sie könnte sich heute noch wohin beißen, wenn sie daran dachte, was sie mit dem verlorenen Geld alles hätte machen können.

Brenner ging nicht weiter darauf ein und ließ sich von Nadine Wagners Notebook geben. »Marie, kannst du bitte die Weininger anrufen? Hak mal nach, ob sie was von dem Zoff zwischen Wagner und Großmann mitbekommen hat. Falls Wagner seinen Ex-Jagdkollegen mit einer Waffe im Revier erwischt haben sollte, dann hat er das doch sicher seiner Freundin erzählt.«

›Typisch Ingenieur‹, dachte Brenner, als er die Struktur der angelegten Dokumente in Wagners PC sah. Die zwei Hauptordner ›ELSO‹ und ›Privat‹ gliederten sich danach jeweils themenspezifisch auf. Nach einem kurzen Überblick über die Unterrubriken im Firmenzweig öffnete Brenner den Ordner ›Privat‹. Auch dort ging es strukturiert weiter: ›1_Jagd‹, ›2_Haus‹, ›3_Altersvorsorge‹, ›4_Versicherungen‹, ›5_Steuerberater / FA‹, ›6_Sandra‹, ›7_Spanien‹.

Neugierig klickte Brenner den Spanien-Ordner an und danach ›1_Regionen‹. Nach einem kurzen Durchscrollen sah er, dass Wagners Interesse besonders der Region um Dénia galt, die an der Ostküste Spaniens liegt, ungefähr vierhundertfünfzig Kilometer südlich von Barcelona. Weitere Unterordner zeigten Wagners Korrespondenz mit diversen Immobilien-Maklern. Die Wohnsitzverlegung nach Spanien hatte also schon konkrete Formen angenommen.

»Das bringt mich jetzt allerdings nicht weiter«, murmelte

Brenner halblaut vor sich hin, als er von Marie unterbrochen wurde.

»Pit, die Weininger weiß bezüglich Großmann auch nicht mehr. Sie hat lediglich betont, dass Wagner sich extrem wütend über Großmann geäußert hätte.«

»Wir müssen unbedingt gleich morgen früh nochmal bei Großmann vorbeischauen.« Brenner schloss die geöffneten Word-Programme und klickte auf den Ausschalt-Button. »Für heute machen wir aber Schluss. Ich werfe zu Hause nochmal einen Blick in Wagners Notebook.«

Während er das Notebook in die lederne Tragetasche steckte, fügte Brenner noch hinzu: »Marie, wir beide treffen uns morgen früh um neun und fahren zu Großmann. Nadine, dich brauche ich nur, wenn ich heute Abend in den Datensätzen noch etwas Interessantes finde. Halt dich bitte abrufbereit. Ansonsten sehen wir uns am Montagmorgen.«

»Vielleicht haben wir dann ja mit Großmann schon unseren Mörder«, gab sich Nadine optimistisch.

»Zumindest ist die Spur heiß!« Brenner zog sich seine Jacke an. »Ich habe außer einem Croissant und einer Butterbrezel heute Morgen noch nichts gegessen. Geht jemand noch mit zum Italiener?« Brenner blickte fragend in die Runde.

Marie schüttelte den Kopf. »Nein, danke. Ich will meine Tochter zumindest noch kurz sehen, bevor sie auf Samstagabendtour geht.«

»Und ich will schauen, ob ich meinen Timo von seiner Doktorarbeit loseisen kann.« Nadine hielt Brenner die Bürotür auf. »Der hängt derzeit nur über seinem PC und seinen Büchern und braucht dringend eine Auszeit.«

›Dann geh ich halt alleine‹, dachte Brenner und ertappte sich dabei, dass seine Gedanken mal wieder um sein Single-Dasein kreisten. Eigentlich wäre es nicht schlecht, wenn zu Hause jemand auf ihn warten würde. Wobei – so drastisch musste es ja auch nicht gleich sein. Es wäre völlig ausreichend, wenn eine Freundin in ihrer Wohnung auf ihn warten würde. Mit einer Partnerin unter einem Dach zusammenzuleben, das konnte sich Brenner überhaupt nicht vorstellen, selbst in Zeiten, wo er intensiv darüber nachdachte, sein Single-Dasein endlich zu beenden. Nein, selbst mit der Traumfrau würde das auf Dauer wohl eher nicht funktionieren … Aber bislang hatte er diese ja auch noch gar nicht gefunden. Bei den bisherigen Lebensabschnittsgefährtinnen war ihm eigentlich von Anfang an klar gewesen, dass daraus keine festen Beziehungen werden würden. Seine Scheidung, die inzwischen auch schon über zwanzig Jahre zurücklag, hatte anscheinend doch einen wesentlich stärkeren Knacks bei ihm hinterlassen, als er es sich immer einredete.

Auf der Fahrt nach Bad Herrenalb überlegte er, ob er sich ein ›Klosterpfännle‹ gönnen sollte. Die kleinen, medium gebratenen Steaks von Rind, Pute und Schwein mit feinen Butterspätzle und Champignon-Rahmsoße waren sein bevorzugtes Essen im Restaurant Klosterscheuer, das er bereits kurz nach seinem Wohnortwechsel zu seinem Lieblingslokal erkoren hatte. Da er jedoch meist noch eine Suppe oder sonstige Vorspeise nahm und Francesco, der sympathische Restaurantinhaber, ihn häufig zu einem exquisiten Dessert überredete, würde er sich anschließend nicht mehr für die geplante Untersuchung von Wagners Notebook aufraffen können.

›Ein Döner tut's heute auch‹, dachte Brenner und stoppte beim ›Kloster-Döner‹, gegenüber dem im zwölften Jahrhundert gegründeten Zisterzienserkloster.

Zu Hause angekommen

Zu Hause angekommen, ging Brenner unter die Dusche. Danach schenkte er sich ein Glas Merlot ein, setzte sich an seinen Esszimmertisch und fuhr Wagners Notebook hoch.

Als erstes öffnete er den Ordner ›1_Jagd‹ und überflog die Unterverzeichnisse, die ebenfalls sehr strukturiert angelegt waren. Dabei sprang ihm sofort der Ordner ›Begehungsscheine‹ ins Auge. Dort fand er auch einen Word-Datensatz mit der Bezeichnung ›Großmann_Kündigung‹. Dem Datum nach war dieses Schreiben Anfang August als Einschreiben-Rückschein versendet worden. Der Text beschränkte sich auf die Aussage, dass der vor drei Jahren ausgestellte Begehungsschein mit sofortiger Wirkung entzogen wäre.

Als sich Brenner gerade mit dem firmenbezogenen Verzeichnis beschäftigen wollte, klingelte sein Handy: ›Anruf von Manfred Franzen‹. ›Was will denn der um diese Zeit?‹, dachte Brenner, während er das Gespräch annahm.

»Hallo Pit. Ich hoffe, ich störe dich nicht bei einem intimen Date?« Noch bevor Brenner eine passende Antwort geben konnte, sprach der Leiter der Spurensicherung weiter: »Wir sind gerade an einer Grillhütte am Oberwaldsee. Dort hat der Hund einer Joggerin einen toten Junkie gefunden, der sich nach Aussage unseres Docs den goldenen Schuss gesetzt hat.«

»Was geht das die Mordkommission an?«, unterbrach Brenner den Redefluss von Franzen.

»Vordergründig natürlich nichts. Aber der Tote hatte eine Neun-Millimeter-Pistole in seiner Jacke und du musst zugeben, dass Pistolen nicht unbedingt zu den Standard-Accessoires von Junkies gehören.«

Als Brenner sich durch die von Franzen eingelegte Pause nicht zum Nachfragen motivieren ließ, ergänzte dieser: »Da ich heute Morgen schon einige Patronenhülsen dieses Kalibers eingesammelt habe, kam mir die geniale Eingebung, den Junkie mal auf Schmauchspuren zu untersuchen.«

»Und?«

»Positiv!«

Brenners Gedanken rasten wild durcheinander. Er konnte diese neuen Informationen auf die Schnelle nicht richtig einordnen. Das lag vermutlich an dem langen Arbeitstag und möglicherweise auch an dem französischen Rotwein, von dem er sich inzwischen schon das zweite Glas eingeschenkt hatte.

»Du bist offensichtlich schon im Feierabendmodus«, kommentierte Franzen Brenners Schweigen. »Die Schmauchspuren bedeuten natürlich noch lange nicht, dass es sich damit auch um Wagners Mörder handelt. Aber irgendwie ist mir das zu viel Zufall und deshalb dachte ich, dich interessiert diese Info.«

»Natürlich. Logisch.« Brenner überlegte, wie er jetzt am schnellsten zu dieser Grillhütte kam, ohne selbst fahren zu müssen.

»Manfred, ich will mir das vor Ort anschauen. Wo liegt diese Grillhütte genau?«

»Im Waldgebiet zwischen Rüppur und Durlach. Etwas nördlich von unserem Schießstand. Am besten schick ich dir die Koordinaten auf dein Handy.«

»Ich bin in spätestens vierzig Minuten bei euch. Die Bestatter sollen mit dem Abtransport auf jeden Fall warten, bis ich da bin.«

»Okay. Aber beeil dich. Ich würde gerne noch vor Sonntag wieder zu Hause sein.«

»Ich mach so schnell es geht!«

Um Zeit zu sparen, bestellte Brenner sich als erstes ein Taxi und wählte dann die Nummer von Marie.

Nach mehrmaligem Klingeln ertönte ein verschlafenes »Ja?«

»Sorry, bist du schon im Bett?«

»Nein, ich bin vor dem Fernseher eingeschlafen. Hast du was Interessantes im Notebook gefunden?«

Brenner musste schmunzeln. Im Gegensatz zu ihm konnte Marie nach einer Schlafphase offensichtlich recht schnell ihre Gehirnzellen aktivieren. Er selbst brauchte dazu deutlich länger. Insbesondere wenn er mitten in der Nacht geweckt und zu einem Tatort gerufen wurde, musste er meist mehrmals nachfragen, bis sich das Gehörte einen Weg in die richtigen Gehirnregionen gebahnt hatte.

»Nein, ich nicht. Aber möglicherweise Franzen!« Brenner informierte Marie mit wenigen Worten und fragte, ob sie mitkommen wollte.

»Klar. So viel wird in Karlsruhe ja nicht geschossen, dass sich da ein Zusammenhang nicht geradezu aufdrängen würde. Wo befindet sich diese Grillhütte genau?«

Brenner gab ihr die Koordinaten durch, während er gleichzeitig in seine Schuhe schlüpfte und die Jacke von der Garderobe nahm.

»Mal wieder ein Mord?«, begrüßte ihn die Taxifahrerin. Da es in Bad Herrenalb nur zwei Taxiunternehmen gab, deren Inhaber in der Regel selbst fuhren, war ihnen Brenners Beruf und seine nächtlichen Einsätze inzwischen bekannt.

»Nein. Ein Mord ist es diesmal nicht. Dennoch muss ich mir einen Toten näher anschauen.« Brenner verschwieg dabei den Mord vom frühen Morgen, weil er dienstliche Fakten grundsätzlich nicht mit Außenstehenden teilte und in Gedanken schon überlegte, wie der tote Junkie mit dem ermordeten Unternehmer in Verbindung zu bringen war.

Am Oberwaldsee angekommen, fuhr das Taxi zunächst am offiziellen Parkplatz vorbei, da es von dort noch ein größeres Stück Fußweg bis zum Grillplatz war. Allerdings mussten sie nach rund zweihundert Metern anhalten, da die Weiterfahrt durch mehrere Polizeifahrzeuge verhindert wurde. Während Brenner bezahlte, trat Marie an das Taxi heran.

»Das nenne ich Timing!«, begrüßte ihn seine Kollegin. »Ich bin auch gerade erst angekommen.«

Der Grillplatz befand sich an der nordwestlichen Seite des kleinen Sees und war schon von weitem durch aufgestellte Strahler zu erkennen. Auf dem Weg dorthin kamen Brenner und Marie an zwei Mitarbeitern des Bestattungsunternehmens vorbei, deren knappes »Abend« darauf schließen ließ, dass sie von Brenners Anordnung, mit dem Abtransport des Toten noch zu warten, nicht begeistert waren.

»Hallo Manfred. Gibt's neue Infos?«

Franzen schob seinen Koffer in den Kastenwagen. »Nein. Den Spuren nach ist kein Fremdverschulden ersichtlich. Wobei, Spuren gibt's hier hundertfach.« Dabei machte Franzen eine kurze Handbewegung und zeigte auf die Abfälle, die überall herumlagen und auf eine intensive Nutzung der Grillhütte schließen ließen.

Die Kommissare schauten sich auf dem idyllischen Grillplatz um, der aus einer unmöblierten Schutzhütte und drei großen Tischen mit Sitzbänken bestand. Neben einer dieser Bänke, die von drei hohen Bäumen umgeben war, stand der untere Teil des Transportsarges, in den der Tote bereits hineingelegt worden war.

»Wir haben natürlich Fotos gemacht, bevor der Doc ihn untersucht hat«, beugte Franzen einem Kommentar von Brenner vor. »Der Tote lag auf dem Boden neben der Bank. Auf dem Tisch befand sich das übliche Spritzbesteck. Laut

Doc müsste der Tod zwischen neunzehn und einundzwanzig Uhr eingetreten sein.«

»Ist die Joggerin noch da?«, wollte Brenner wissen.

Franzen schüttelte den Kopf. »Nein, aber die Streife hat natürlich ihre Adresse notiert. Die Frau hat kurz vor einundzwanzig Uhr an der Sporthalle des Polizeisportvereins geparkt und ist von dort aus mit ihrem Hund losgejoggt. Es ist ihr allerdings niemand begegnet.«

»Im Sommer ist hier um diese Uhrzeit sicher deutlich mehr los«, bemerkte Marie, während sie ihren Blick umherschweifen ließ und versuchte, die Umgebung auf sich wirken zu lassen. Das war allerdings fast unmöglich, da außerhalb der Strahler alles in Schwarz getaucht war. Selbst das dunkle Wasser machte einen leicht gespenstischen Eindruck.

»Ja, im Herbst wird dieses Waldstück fast ausschließlich tagsüber genutzt«, antwortete Franzen. »Spätestens morgen hätte ein Spaziergänger den Toten gefunden.«

Brenner ging in die Hocke und schaute sich den Mann genauer an. Sowohl die langen, strähnigen und ungewaschenen Haare als auch die ungepflegte Kleidung entsprachen mehr oder weniger dem typischen Bild, das man von Junkies kannte. Das Alter des Toten war schwer einzuschätzen. Drogen, insbesondere die harten, sorgten für einen rapiden Alterungsprozess. »Habt ihr Papiere gefunden?«

»Nein. Außer ein paar Euromünzen und einem Zwanzig-Euroschein hatte er nichts bei sich. Abgesehen natürlich von der Pistole, die in seiner Jackentasche steckte.«

»Wird dieser Grillplatz in der Drogenszene benutzt?«, wollte Marie wissen.

»Ist mir nicht bekannt. Das müsst ihr die Kollegen vom Rauschgiftdezernat fragen.«

Brenner erhob sich wieder: »Okay, bis wann weißt du, ob Wagner mit dieser Waffe erschossen wurde?«

Franzen holte tief Luft, bevor er seine Antwort gab. »Heute Nacht sicher nicht mehr …«

Brenner hob besänftigend die Hand. »Schon okay. Aber ich muss dir ja nicht sagen, dass diese Info absolute Prio für uns hat. Wir haben zwar schon eine Spur. Diese geht jedoch in eine völlig andere Richtung. Wir müssen schnellstmöglich wissen, ob die hier gefundene Pistole die Tatwaffe war!«

»Bin ja nicht erst seit heute bei der Kripo«, brummte Franzen schmollend. »Heute Nacht hilft dir diese Info auch nicht weiter. Ich geh morgen früh ins Büro. Spätestens bis zehn Uhr hast du die Antwort.«

»Okay.« Zu Marie gewandt, sagte Brenner: »Dann reicht es, wenn wir uns Morgen um zehn treffen. Denn bevor wir nicht die Antwort von Manfred haben, fahren wir auch nicht zu Großmann.«

»Ja, das würde keinen Sinn machen.« Marie zog sich die Jacke fester um die Schulter. »Ist ganz schön frisch geworden.«

Die Kommissare verabschiedeten sich und gingen in die Richtung von Maries Auto.

»Soll ich dich heimfahren?«

»Nein, lass mal. Aber du kannst mich bis zum Bahnhof mitnehmen. Vielleicht bekomme ich noch die letzte Stadtbahn. Ansonsten nehme ich mir ein Taxi.«

Auf der Fahrt Richtung Hauptbahnhof diskutierten beide darüber, welche Verbindung es zwischen dem Junkie und dem ermordeten Wagner geben könnte, sofern Franzen ihnen morgen einen positiven Waffenabgleich bestätigen würde. Sie kamen jedoch nicht weiter: Zuerst musste die Identität des Junkies ermittelt werden, um danach in seinem Umfeld recherchieren zu können.

Schwungvoll öffnete Brenner

Schwungvoll öffnete Brenner wenige Minuten nach zehn Uhr die Bürotür und legte eine Tüte mit frischen Brezeln auf den Schreibtisch von Marie. »Einen wunderschönen guten Morgen! Schon was Neues von Manfred?«

»Ebenfalls guten Morgen. Und nein, Manfred hat sich noch nicht gemeldet. Außerdem bin ich noch keine zwei Minuten hier. Soll ich ihn anrufen?«

»Besser nicht!«, stoppte Brenner seine Kollegin, die schon den Telefonhörer in die Hand genommen hatte. »Du weißt doch, wie sensibel er reagiert.«

Brenner stellte gerade eine Tasse unter den Kaffeeautomaten, als Franzen hereinkam.

»Du kannst wohl Gedanken lesen«, begrüßte ihn Marie.

»Ist momentan ja nicht allzu schwierig«, strahlte Franzen und setzte sich vor Maries Schreibtisch. »Ich habe mir schon gedacht, dass ihr wie auf Kohlen sitzt.«

Wie üblich, wenn er wusste, dass sein Gegenüber ungeduldig auf eine Info wartete, machte Franzen erst mal eine Pause und genoss ihren inneren Kampf zwischen Nachfragen und Abwarten. Besonderen Spaß machte ihm diese Vorgehensweise natürlich bei Brenner, der vermutlich in der hintersten Reihe gestanden hatte, als der liebe Gott seine Schützlinge mit Geduld versah. Brenner seinerseits wusste ebenfalls schon lange, dass sein Kollege speziell ihn als willkommenes Opfer für dieses Psychospielchen auserkoren hatte, und versuchte mit gespielter Ruhe dagegenzuhalten. In der Regel allerdings verlor er diese Duelle.

»Da ich davon ausgegangen bin, dass es bei euch frische Brezeln gibt, wollte ich die Ergebnisse meiner sonntäglichen Frühschicht persönlich überbringen.«

Franzen griff zur Tüte und war gerade dabei, sich eine Brezel herauszufischen, als Brenner explodierte.

»Verdammt! Ist sie es nun oder nicht?«

Franzen nickte zweimal bedächtig, bevor er ein »Sie ist's!« von sich gab. Danach nahm er einen Bissen von seiner Brezel und fuhr kauend fort. »Hundertprozentige Übereinstimmung! Die Waffe ist eine tschechische Brünner M 75, die Mitte der 60er-Jahre entwickelt worden ist. Sie kam allerdings nicht bei der dortigen Polizei oder dem Militär zum Einsatz, die verwendeten weiterhin die im Warschauer Pakt übliche russische Makarow-Pistole.«

Obwohl sich Brenner ebenfalls sehr für Waffen und insbesondere deren Entwicklungsgeschichte interessierte, unterbrach er den von Franzen begonnenen Exkurs ungeduldig. »Manfred, lass gut sein. Momentan interessiert mich, ob die Waffe registriert ist oder wie der Junkie an sie rangekommen ist.«

»Würde mich der Hauptkommissar in seiner unbezähmbaren Ungeduld nicht ständig unterbrechen, würde er viel schneller Antworten auf seine brennenden Fragen erhalten.« Franzen grinste provozierend. »Ich war nämlich gerade dabei, dir mitzuteilen, dass diese Pistole vorwiegend für den Export während des Kalten Krieges produziert wurde und für die damalige Tschechoslowakei eine wichtige Devisenquelle war.«

»Und was heißt das genau?«, schaltete sich jetzt schnell Marie ein, bevor ihr Chef endgültig platzte.

»Das heißt, dass diese Waffe inzwischen auf der ganzen Welt zu finden ist. In der Regel vermutlich nicht registriert, wie auch das uns vorliegende Exemplar.«

Franzen nickte Marie dankbar zu, als diese eine Tasse Kaffee vor ihm abstellte. »Bevor ihr nachfragt, habe ich noch eine weitere wichtige Info für euch.« Um den Bogen nicht zu überspannen, verzichtete er jetzt auf seine bekannten Pausen und ergänzte schnell: »Die Fingerabdrücke des Junkies sind in unserer Datei. Sein Name ist …«

Franzen setzte seine Lesebrille auf, die an einem Brillenband baumelte, und entnahm seinem mitgebrachten Schnellhefter ein Blatt. »Hier. Justin Seidel, zweiunddreißig Jahre, mehrfach vorbestraft wegen Verstoß gegen das Betäubungsmittelgesetz. Beim letzten Mal durfte er auch für dreieinhalb Monate in die JVA Bruchsal einziehen. Weitere Details könnt ihr unserer Datenbank entnehmen.«

Franzen griff erneut in seinen Schnellhefter. »Das sind die Fotos von heute Nacht. Mein Team ist schon in der Wohnung von Seidel und schaut sich dort um.«

Während Marie den Namen ›Justin Seidel‹ in das Suchfeld des Dienstprogramms eingab, stand Franzen auf. »Was diesen Seidel allerdings veranlasst hat, Wagner zu erschießen, kann ich euch nicht sagen. Mit irgendetwas müsst ihr ja auch eure Gehälter verdienen. Ich fahr jetzt noch bei meinem Team vorbei und dann ab nach Hause. Euch beiden noch einen wunderschönen Sonntag!«

»Dir auch und Danke nochmals«, rief Brenner und zog seinen Stuhl neben Marie.

»Hier!« Marie drehte den Bildschirm in Brenners Richtung.

»Geboren in Frankfurt an der Oder, während seinem Politik-Studium in Berlin dann der erste Kontakt mit der Justiz wegen Cannabis-Besitz in geringer Menge«, las Brenner halblaut vor.

»Das hat ihn erwartungsgemäß nicht abgehalten«, kommentierte Marie die weiteren Einträge, die schließlich zu einer Haftstrafe von dreieinhalb Monaten geführt hatten.

Wenngleich zunächst auf Bewährung ausgesetzt, musste Seidel diese schon wenige Wochen später antreten, da er erneut mit Drogen erwischt worden war.

Brenner stand auf und begann durch den Raum zu gehen. »Okay, Seidel ist aufgrund der Tatwaffe und der an seinen Händen gefundenen Schmauchspuren offensichtlich der Mörder von Wagner. Aber wo ist sein Motiv?« Brenner blieb stehen und schaute Marie fragend an.

»Dazu brauchen wir mehr Hintergrundinfos über Seidel.«

»Genau. Das ist ein Job für Nadine. Rufe sie bitte an. Unsere Jüngste muss jetzt auch ihren Sonntag opfern.«

»Und was machen wir?«

»Wir beide zeigen Seidels Foto der Freundin, dem Sohn und der Sekretärin. Vielleicht kennt ihn jemand und wir kommen einem Motiv näher.«

Während Marie ihre Kollegin anrief, druckte Brenner das im Polizeicomputer abgespeicherte Foto aus.

»Wohin als Erstes?«, fragte Marie, als sie sich wenige Minuten später zu Brenner ins Auto setzte.

Brenner überlegte kurz und sah auf seine Uhr. »Zum Junior. Jetzt müssten wir noch zügig durch die Innenstadt kommen.«

Wie erwartet war um diese Uhrzeit noch wenig Verkehr und die Kommissare fanden sogar direkt vor Nico Wagners Haus einen Parkplatz. Auch meldete sich dieser gleich nach dem ersten Läuten.

»Kripo Karlsruhe. Franke und Brenner. Herr Wagner, wir müssen Sie nochmal kurz sprechen.«

Statt einer Antwort ertönte gleich der Türsummer. Wie schon am Vortag fuhren beide mit dem Aufzug in den fünften Stock und wurden dort bereits von Wagner junior erwartet.

»Sie schon wieder.« Im Gegensatz zum Samstagmorgen sah Nico Wagner deutlich ausgeschlafener aus und bat die Kommissare sofort herein. Auf dem Weg zum Wohnzimmer fragte er: »Möchten Sie einen Kaffee?«

›Der ist wie umgedreht‹, dachte Marie, während Brenner dankend ablehnte.

»Wir möchten Ihnen nur kurz ein Foto zeigen.« Brenner griff in seine Lederjacke. »Kennen Sie diesen Mann?«

»Nein … oder doch?« Wagner hielt das Papier etwas auf Distanz und neigte dabei nachdenklich den Kopf. »Ja, der hat mal bei uns gearbeitet.«

Brenner zückte sofort seinen Notizblock. »Als was hat er gearbeitet und wann war das?«

»Vielleicht wollen Sie sich doch kurz setzten?« Wagner zeigte auf die Couchgarnitur, auf der gestern noch das befreundete Pärchen genächtigt hatte.

»Der hat bis vor zirka einem dreiviertel Jahr bei uns im Lager gearbeitet. Allerdings nicht sehr lange. Maximal ein Jahr oder so. An seinen Namen kann ich mich nicht erinnern. Weshalb interessiert Sie dieser Mann überhaupt? Hat der etwa meinen Vater erschossen?«

Brenner überlegte, wie viele Informationen er dem Sohn geben sollte. »Eventuell. Bei der Person handelt es sich um einen Justin Seidel. Wir sind gerade dabei, uns ein Bild zu machen und benötigen noch weitere Informationen.«

»Da sollten Sie am besten Morgen unsere Personalleiterin fragen. In unseren Firmenunterlagen haben wir eventuell mehr über ihn.«

»Wissen Sie vielleicht, weshalb er bei ELSO gekündigt hat?«, erkundigte sich Marie.

»Meines Wissens nach hat er nicht gekündigt, sondern ihm wurde gekündigt. Da war irgendwas mit Drogen am

Arbeitsplatz. Aber wie schon gesagt, Näheres …« In dem Moment klingelt Brenners Handy.

»Pit, ich bin's nochmal«, hörte Brenner die Stimme von Manfred Franzen. »Wir haben die Bude dieses Seidels durch. Alles total versifft. Den gefundenen Unterlagen nach war er Hartz IV-Empfänger. Aber was Brauchbares, das mit eurem Fall zusammenhängt, war nicht dabei.«

»Okay, danke. Noch einen schönen Sonntag.«

Während Brenner schon aufstand, wollte Marie noch wissen: »Wie heißt denn Ihre Personalleiterin und ab wann kann man sie morgen antreffen?«

»Ihr Name ist Elke Braun und spätestens ab neun Uhr dürfte sie auch im Büro sein. Vielleicht auch schon früher.«

Wagner begleitete die beiden Kommissare zur Wohnungstür und wünschte ihnen noch einen schönen Sonntag.

Als sich der Fahrstuhl geschlossen hatte, sagte Marie: »Kein Vergleich! Gestern noch ein Kotzbrocken und heute die Höflichkeit in Person.«

»Na ja, vielleicht haben wir uns auch gestern durch unser vermutetes Motiv zu stark beeinflussen lassen«, mutmaßte Brenner. »Andererseits ist die negative Einstellung des Juniors zu seinem Vater ja nicht wegzudiskutieren. Immerhin hätte sich daraus im Laufe der Zeit extremer Hass entwickeln können.«

»Geb ich dir völlig recht! Stell dir mal vor, der Junior hätte kein Alibi gehabt und der Seidel hätte sich keine Überdosis gespritzt. Dann wäre er noch jetzt unser Hauptverdächtiger.«

»Du vergisst Großmann. Den hatten wir gestern ja auch auf dem Schirm.«

Beim Auto angekommen, sagte Brenner: »Ich denke, wir fahren zuerst zu Wagners Freundin. Denn die Sekretärin weiß vermutlich auch nicht mehr als Wagner junior.«

»Das war wohl nichts«, meinte Brenner, als sie sich dreißig Minuten später wieder ins Auto setzten. Sandra Weininger, die immer noch völlig verweint ausgesehen hatte, wusste überhaupt nichts. Diesen Seidel habe Ralf nie erwähnt. Auch ihre Freundin Tina Breitner, die über Nacht bei Frau Weininger geblieben war, konnte mit dem Foto des Junkies nichts anfangen.

»Also doch zu Frau Pfeiffer?«

»Ja. Allerdings erhoffe ich mir nicht viel. Die hat mit Seidel sicher nichts zu tun gehabt.«

Brenner sollte sich täuschen. Bereits ein kurzer Blick genügte Frau Pfeiffer, die sich heute deutlich gefasster zeigte.

»Der hat bei uns gearbeitet. Seidel oder so ähnlich heißt der. Über den hat sich unser Chef tierisch aufgeregt.«

Beide Kommissare fragten fast zeitgleich: »Oh, weshalb?«

»Nun, der hat bei uns Werbung für die Gewerkschaft gemacht und versucht, unsere Mitarbeiter gegen den Chef aufzuwiegeln.« Frau Pfeiffer nickte mehrmals und die Kommissare hatten den Eindruck, dass die damalige Situation in diesem Moment wieder vor ihrem geistigen Auge auftauchte.

»Und daraufhin wurde ihm gekündigt?«, wollte Marie wissen, die gerade überlegte, ob sie das bisher gewonnene positive Bild des Unternehmers nicht korrigieren musste.

»Nein. Natürlich nicht!«, widersprach Frau Pfeiffer entrüstet, ganz so, als ob man das Denkmal ihres Chefs ankratzen wollte.

»Herr Wagner hat sich nur extrem geärgert. Denn Sie müssen wissen, dass ihm das Wohl der Mitarbeiter sehr wichtig war und er immer für jeden ein offenes Ohr hatte. Unser Chef hat stets auch den Menschen hinter dem Mitarbeiter gesehen. Und er hat häufig betont, dass der Erfolg des Unternehmens …«

»Aber Seidel wurde doch gekündigt, oder nicht?«, unterbrach Brenner die Lobeshymnen.

»Ja, das war jedoch wegen seiner Drogengeschichten. Der Seidel kam mehrmals bekifft zur Arbeit und hat dafür auch Abmahnungen erhalten. Und irgendwann war halt mal Schluss.«

Jetzt erst schienen der Sekretärin die Zusammenhänge aufzugehen und sie führte erschrocken die Hand zum Mund. »Hat etwa Seidel unseren Chef ermordet?«

Brenner nickte: »So wie es aussieht, ja.«

»Aber weshalb um Himmels willen? Unser Chef hat ihm doch gar nichts getan. Und außerdem ist das alles schon einige Monate her.«

›Genau dieser Punkt irritiert mich auch‹, dachte Brenner.

»Wie hat denn Seidel reagiert, als ihm gekündigt wurde? Hat er Drohungen ausgesprochen?«, hakte Marie nach.

»Davon ist mir nichts bekannt. Zumindest hat er keine Drohbriefe oder E-Mails geschrieben, denn das hätte ich mitbekommen.« Frau Pfeiffer dachte nach. »Näheres dazu kann Ihnen vielleicht Frau Braun, unsere Personalleiterin, sagen. Die hat Seidel damals die Kündigung übergeben.«

Brenner stand auf. »Wir sehen uns morgen, wenn wir Ihre Personalleiterin befragen.«

Zurück im Präsidium brachte Marie Nadine auf den neuesten Stand.

»Das passt zu dem, was ich inzwischen recherchiert habe.« Nadine wartete, bis Brenner sich Kaffee eingeschenkt und ihrem Schreibtisch gegenüber Platz genommen hatte.

»Justin Seidel ist, wie ihr ja schon wisst, 1984 in Frankfurt an der Oder geboren. Noch während seiner Gymnasialzeit wurde er Mitglied der PDS, die sich inzwischen in DIE LINKE umbenannt hat. Danach Studium in Berlin. In dieser

Zeit wurde er zweimal bei ›1. Mai-Krawallen‹ festgenommen und erkennungsdienstlich behandelt. Sein Soziologie-Studium hat er irgendwann abgebrochen. Seit vier Jahren fällt er überwiegend durch seine Drogengeschichten auf, die ihm dann auch die Haftstrafe eingebracht haben.«

Nadine lehnte sich in ihren Stuhl zurück und schaute ihre Kollegen an. »Dann kam ich noch auf die Idee, den geruhsamen Sonntag meines vorherigen Chefs zu unterbrechen.«

Brenner und Franke wussten, dass sie damit Jörn Mertens, den Leiter des Drogendezernats meinte, in dessen Abteilung Nadine die ersten zwei Jahre nach der Polizeischule gearbeitet hatte.

»Jörn war sofort klar, von wem ich spreche. Seiner Meinung nach ist Seidel wesentlich stärker in die Drogenszene involviert, als sie es ihm bislang nachweisen konnten. Während Seidel anfangs nur mit Cannabis auffällig geworden ist, bewegt er sich inzwischen auch in der Heroin-Szene. Und Seidels politische Gesinnung ist ihm von den Verhören ebenfalls bekannt. ›Scheiß Kapitalistenbullen‹ seien noch die harmlosesten Beschimpfungen gewesen.«

»Okay, dann lasst uns mal zusammenfassen.« Brenner stand auf und begann, durch den Raum zu gehen, wie üblich, wenn er sich stark konzentrieren musste.

»Seidel ist ein radikaler Linker, der, wie die Mai-Krawalle zeigen, auch vor körperlicher Gewalt nicht zurückschreckt. Wagner als erfolgreicher Unternehmer entspricht somit dem idealen Feindprofil. Als er von diesem gekündigt wird, verstärken sich seine Hassgefühle …«

»Dazu passt auch der Hinweis von Jörn«, ergänzte Nadine. »Ungefähr in der Zeit nach der Kündigung hat Seidel zu härteren Drogen gewechselt.«

»Ja und in dieser Szene dürfte auch die Beschaffung einer Waffe nicht allzu schwierig sein.« Marie holte einen Müsliriegel aus der Schublade und begann, ihn auszuwickeln. »Wobei er entsprechende Connections durchaus auch durch seinen Aufenthalt in der JVA haben könnte.«

»Okay, okay.« Brenner setzte sich wieder auf seinen Stuhl. »Soweit passt alles zusammen. Aber weshalb hat Seidel so lange gewartet? Seine Kündigung liegt doch inzwischen fast ein Jahr zurück.«

»Es kann ja sein«, Marie schluckte den letzten Bissen ihres Riegels hinunter, »dass Seidel irgendwann erkannt hat, dass er immer weiter abrutscht und letztendlich einfach keinen Ausweg mehr gesehen hat. Möglicherweise hat er für sein gescheitertes Leben den Kapitalismus verantwortlich gemacht. Wagner war natürlich ein passendes Symbol, das er auch aus persönlichen Gründen hasste und das er vernichten wollte, bevor er sich auf die letzte Reise begab.«

»Gut.« Brenner nickte. Alles bislang Gesagte schien in sich logisch und stimmig. »Dann machen wir Schluss für heute. Somit haben wir wenigstens noch ein paar Stunden vom Sonntag.«

»Dann können wir uns morgen die Personalleiterin von ELSO sparen, oder?« Marie stand auf und schob ihren Stuhl zurück an ihren Schreibtisch.

»Eigentlich schon. Zumindest die Befragung vor Ort. Anrufen werde ich sie dennoch. Einfach der Vollständigkeit halber. Genauso gut können wir uns jetzt auch Großmann sparen – da gibt's nun wirklich keinen Zusammenhang mehr.«

»Tschau zusammen!« Nadine winkte ihren Kollegen kurz zu und war dann auch schon verschwunden.

»Die hat's aber eilig«, bemerkte Marie mit einem Lächeln.

»Auf die wartet ja auch jemand zu Hause.«

Marie grinste. »Höre ich da den singletypischen Neid auf Paare heraus?«

»Nein, keinesfalls!« Brenner musste lachen. »Aber wenn du willst, kannst du mir ja noch Gesellschaft leisten und mit in ein Café gehen. Ich lade dich ein!«

»Gute Idee. Julia ist sowieso bis heute Abend bei ihrer Freundin. Wo gehen wir hin?«

»Das überlasse ich dir.«

Das sonnige Herbstwetter

Das sonnige Herbstwetter, das momentan weite Teile Deutschlands mit für diese Jahreszeit unüblich hohen Temperaturen verwöhnte, hatte zahlreiche Menschen ins Freie gelockt. Jeder wollte das vermutlich letzte Wochenende, bei dem man im T-Shirt im Freien sitzen konnte, ausgiebig genießen. Erst nach einigem Suchen fanden Marie und Brenner ein Straßencafé mit einem freien Tisch.

»Das Leben kann so schön sein«, seufzte Brenner, als er seine Sonnenbrille aufsetzte und sich, die Beine lang austreckend, in dem bequemen Stuhl räkelte.

»Vor allem, wenn man sich mit kleinen Dingen zufriedengeben kann«, lachte Marie und winkte der Kellnerin.

Als sich Marie zu ihrem Cappuccino eine Schwarzwälder Kirschtorte bestellte, zögerte Brenner für einen Moment und wog ab, ob er seinen Gelüsten nachgeben oder an seine Figur denken solle. Mit einem »Für mich bitte auch!« traf er kurzentschlossen eine Entscheidung, nahm sich jedoch gleichzeitig vor, am nächsten Morgen die größere Jogging-Runde zu absolvieren.

»Ja gerne!«, sagte die südländisch aussehende Bedienung und warf Brenner noch einen koketten Blick zu, bevor sie sich dem Nachbartisch widmete.

Marie war dieser Blick nicht entgangen. Mit einem leichten Schmunzeln musterte sie ihren Chef, der sich inzwischen wieder mit geschlossenen Augen eine Sonnendusche gönnte. Seit kurzem trug Brenner einen fast schon militärischen Kurzhaarschnitt. Wenngleich bereits stark ergraut, wirkte Brenner dank seines athletischen Körpers sehr dynamisch. Egal wo Brenner auftrat, die Anwesenden spürten sofort seine starke Präsenz. ›Kein Wunder‹, dachte Marie, ›dass du einen so starken Schlag bei vielen Frauen hast – auch bei jüngeren.‹ Brenner selbst schien das zwar selten zu bemerken, aber sie als Frau hatte durchaus ein Gespür für derartige Signale ihrer Geschlechtsgenossinnen.

»Wie läuft's derzeit mit Julia?«, fragte Brenner gerade in dem Moment, als die Kellnerin mit der Bestellung zurückkam.

»Sieht die lecker aus«, kommentierte Marie die Torte und beantwortete erst danach Brenners Frage. »Prinzipiell ganz gut. Allerdings versteht es die junge Dame hervorragend, mir ständig ein schlechtes Gewissen zu machen. Insbesondere dann, wenn ich sie ermahne, sich mehr um ihre Schularbeiten zu kümmern, als mit ihren Freundinnen um die Häuser zu ziehen.«

Marie schloss beim ersten Bissen genießerisch die Augen. »Mhm! Die schmeckt so himmlisch, wie sie aussieht.«

»Wie sind denn Julias Noten in der Schule?«

»Eigentlich ist sie in allen Fächern recht gut. Deshalb finde ich ja auch wenig Argumente, weshalb sie mehr zu Hause bleiben soll. Dennoch habe ich einfach ein ungutes Gefühl, wenn die Mädels so viel alleine unterwegs sind.«

»Kannst du sie nicht für einen Verein motivieren? Dann wäre sie ja mindestens ein- oder zweimal die Woche gut aufgehoben.«

»Habe ich alles schon versucht. Aber jeden Vorschlag weist sie mit einem ›völlig unkrass‹ weit von sich. Momentan nervt sie mich mit dem Hund.«

»Welchem Hund?« Brenner schaute überrascht auf.

»Na, einem eigenen. Das habe ich dir doch gestern schon erzählt.«

Da Brenner nicht gleich darauf antworten konnte, weil er sich gerade ein Stück Torte in den Mund geschoben hatte, erklärte Marie weiter: »Julia argumentiert damit, dass sie dann nicht alleine wäre und demzufolge auch nicht so oft mit ihren Freundinnen ausgehen müsste.«

»Marie, die Idee ist gar nicht so schlecht.« Brenner trank einen Schluck Cappuccino, bevor er weitersprach: »Ich selbst bin ja auch mit Hunden aufgewachsen. Sie gehörten zwar meinem Vater, aber dennoch habe ich viel Zeit mit ihnen verbracht. Besonders Harras habe ich sehr gemocht, der war ein richtiger Kumpel für mich. Und außerdem bieten Haustiere eine tolle Möglichkeit, Kindern Verantwortung beizubringen.«

»Dazu reicht aber auch ein Hamster.« Marie schob ihr letztes Stück Torte in den Mund. »Denn letztendlich bleibt die Arbeit an mir hängen. Und einen Hamsterkäfig auszumisten geht schneller, als zweimal am Tag Gassi zu gehen!«

Brenner musste schmunzeln. Trotz dieser vehementen, ablehnenden Haltung seiner Kollegin, war er sich sicher, dass in nächster Zeit bei Frankes ein Hund einziehen würde, sofern Julia bei ihrem Wunsch blieb.

»Also, ich würde dich durchaus mit guten Tipps unterstützen. Immerhin war mein Vater Trainer im Hundeverein und hat mir viel über Hunde-Psychologie beigebracht. Darüber hinaus war …«

»Vergiss es!«, unterbrach Marie abrupt das Angebot. »Ein Hund kommt mir nicht ins Haus.«

»Für den Fall, dass du deine Meinung mal ändern solltest, weißt du ja, an wen du dich wenden kannst.« Brenner hob die Hand und winkte der Kellnerin.

Als Brenner am Montagmorgen

Als Brenner am Montagmorgen kurz nach halb neun das Büro betrat, begrüßte ihn Cora Ekberg mit einem »Gratuliere! Gute Arbeit!« Die Staatsanwältin saß zusammen mit Nadine vor Maries Schreibtisch und war von beiden offensichtlich schon vollständig informiert worden.

»Das lief optimal«, setzte die Staatsanwältin nach, während sie Nadine ihre Kaffeetasse zum Einschenken entgegen hielt. »Dann kann ich heute Nachmittag bei der Pressekonferenz den Fall als abgeschlossen präsentieren.«

»Das ›abgeschlossen‹ würde ich weglassen«, schlug Brenner vor, während er seine Lederjacke an den Garderobenständer hing.

»Beim Joggen heute Morgen sind mir doch noch einige Zweifel gekommen.« Brenner startete seinen PC. »Vordergründig passt zwar alles super zusammen, aber irgendwie ist mir das Motiv etwas zu schwach.«

»Wieso?«, unterbrach Marie. »Seidel ist ein radikaler Linker, der gegen das sogenannte Establishment kämpft und in Wagner sein Symbol für den Kapitalismus schlechthin sieht. Der Hass auf Wagner wird durch die Kündigung verstärkt. Seidel gleitet immer mehr in den Drogensumpf ab und will Wagner mitnehmen, bevor er sich selbst den goldenen Schuss setzt.«

»Und woher wusste er, dass Wagner samstagmorgens immer ins Revier fährt?«

»Seidel hat ihn logischerweise über einen längeren Zeitraum beobachtet«, mutmaßte die Staatsanwältin.

»Okay. Aber passt so viel Planung zu einem Junkie?« Brenner schüttelte zweifelnd den Kopf. »Ich stelle ja nicht infrage, dass Seidel Wagner erschossen hat. Aber ich habe das Gefühl, dass mehr dahintersteckt, als nur Kapitalistenhass. Was, wenn Seidel nur ausführendes Organ war?«

»Du meinst, irgendjemand hat Seidels Hass für seine eigenen Zwecke benutzt?« Marie wusste um Brenners analytische Fähigkeit, selbst kleinste Unstimmigkeiten in Argumentationsketten zu erkennen. »Was hältst du davon, wenn wir Seidels Foto den Nachbarn von Wagner zeigen? Falls er diesen tatsächlich ausgespäht hat, wurde er vielleicht mal gesehen.«

»Gute Idee. Zudem will ich noch mit der Personalleiterin von ELSO sprechen. Und dann sollten wir die Wohnung von Seidel ebenfalls nochmals durchsuchen. Vielleicht hat die Spusi ja was übersehen.«

Mit Blick zur Staatsanwältin ergänzte Brenner: »Den Wagner junior habe ich auch noch auf dem Schirm. Können Sie mir einen richterlichen Beschluss für seine Handyverbindungsdaten besorgen?«

»Vergessen Sie das! Kein Richter stellt nur auf eine vage Vermutung hin einen Beschluss aus.« Die Staatsanwältin erhob sich entschlossen. »Ihnen sind wohl die aktuellen Diskussionen um den Datenschutz entgangen. Der Fall Wagner ist abgeschlossen. Basta!«

Noch auf dem Weg zur Tür sagte Cora Ekberg zu Brenner: »Bei der Pressekonferenz um fünfzehn Uhr sind Sie bitte dabei!«

Brenner schenkte sich gerade einen Kaffee ein

Brenner schenkte sich gerade einen Kaffee ein, als er auf Maries Bildschirm zufällig einige Hundefotos erblickte. Er erinnerte sich daran, wie Marie sich noch vor drei Wochen sehr nachdrücklich gegen Julias Hundewunsch ausgesprochen hatte.

»Hat Julia dich jetzt soweit?«, lachte Brenner und beugte sich über Maries Schulter.

»Vielleicht ist die Idee gar nicht so schlecht«, reagierte Marie ertappt und konnte ein leichtes Erröten nicht vermeiden. »Ich will mich ja sowieso schon seit langem etwas mehr bewegen und da könnte ein Hund durchaus eine willkommene Motivationshilfe sein.«

Brenner zog seinen Stuhl heran. »Hab ich dir ja schon gesagt, dass ich das für eine gute Idee halte. Habt ihr euch schon für einen bestimmten Hund entschieden?«

»Das ist er!« Marie öffnete das Profil eines der abgebildeten Vierbeiners, dessen Name Charly lautete.

»Sieht pfiffig aus, der Kleine«, kommentierte Brenner das Foto eines mittelgroßen, treu in die Kamera blickenden Hundes, dessen Aussehen vermuten ließ, dass seine Eltern und Großeltern sich wenig um Rassenreinheit geschert hatten. Angefangen von einem Labrador, über einen Golden Retriever bis hin zu einem Schäferhund konnte man die unterschiedlichsten Vorfahren erahnen.

Laut Charakterbeschreibung des Tierschutzvereins Ettlingen e.V. war Charly ein anhänglicher, verschmuster und intelligenter Familienhund, der jede Streicheleinheit genoss und gerne noch etwas dazulernen wollte.

›Aha‹, dachte Brenner, das war wohl der tierheiminterne Code für ›Charly hat noch nicht viel Erziehung genossen‹. Er ahnte, dass Marie zum jetzigen Zeitpunkt noch nicht wusste, was alles auf sie zukommen würde. Aber er war ja bereit, ihr mit guten Tipps zur Seite zu stehen.

»Und zweimal waren wir auch schon mit ihm spazieren. Die vom Tierheim legen nämlich großen Wert darauf, dass man sich im Vorfeld mit dem Hund vertraut macht und sich nicht aus einer spontanen Idee heraus ein Tier zulegt. Außerdem …«, und jetzt musste Marie schmunzeln, »konnte ich mich des Eindrucks nicht erwehren, dass die Tierheimleiterin auch prüfen will, ob Julia und ich mit dem kleinen Kerl überhaupt fertigwerden.«

»Das finde ich absolut in Ordnung. Aus meiner Sicht sollte es sogar gesetzlich vorgeschrieben werden, dass eine Art Hundeführerschein abzulegen ist, bevor man einen Hund kaufen darf.«

»Aber Hundeführerscheine gibt es doch.«

»Ja schon«, Brenner rollte sich auf seinem Stuhl wieder zurück an seinen Schreibtisch, »die jetzige Variante ist jedoch erstens nicht verpflichtend und zweitens macht man die erst, wenn man seinen Hund bereits hat.«

»Und was schwebt dir vor?«, wollte Marie wissen und schaute Brenner erwartungsvoll an.

»Aus meiner Sicht sollte dieser Berechtigungsschein oder wie immer man das auch nennen will den zukünftigen Hundehaltern vermitteln, was ein Hund wirklich braucht und wie man die gravierendsten Erziehungsfehler vermeiden kann. Zwei oder drei Workshop-Abende wären da schon mal ein guter Anfang.«

»Da kann ich dich beruhigen, lieber Pit«, sagte Marie selbstbewusst. »Nachdem ich nämlich das Gefühl hatte, dass Julia diesmal nicht lockerlässt, habe ich damit angefangen, mich in das Thema Hundeerziehung einzulesen. Drei Fachbücher und etliche Internetartikel habe ich schon durch.«

»Super!« Brenner zeigte respektvoll den angehobenen Daumen. »Zudem finde ich es sehr gut, dass ihr euch für einen Rüden entschieden habt!«

»Weshalb?«

»Ich gehe ja davon aus, dass es sich nicht vermeiden lässt, dass du den Hund das eine oder andere Mal mit ins Büro bringst.«

»Und was macht da den Unterschied?«, fragte Marie etwas irritiert, die zwar um Brenners Hunde-Sachverstand wusste, sich jedoch überhaupt nicht vorstellen konnte, weshalb Rüden im Büro unproblematischer sein sollten als Hündinnen.

»Ganz einfach«, versuchte Brenner mit ernstem Gesicht zu erläutern, wobei er ein leichtes Grinsen nicht unterdrücken konnte, »dann habe ich wenigstens männliche Unterstützung im Team!«

»Ach du Ärmster! Sag bloß, du fühlst dich nicht wohl in deiner Hahn-im-Korb-Rolle?«, konterte Marie lachend, nachdem sie erkannt hatte, dass Brenner es mal wieder geschafft hatte, sie auf den Arm zu nehmen. »Vor allem, nachdem doch auch unsere Staatsanwältin dabei ist, dich immer mehr ins Herz zu schließen.«

Brenners Grinsen verschwand augenblicklich. Seit Cora Ekberg den Fall Wagner, trotz seiner eingebrachten Bedenken, für abgeschlossen erklärt und ihm damit mal wieder ihre Macht demonstriert hatte, war er nicht gut auf sie zu sprechen. Auch wenn der Vorfall inzwischen schon drei Wochen zurücklag, wurmte es Brenner immer noch, wenn er sie sah und so vermied er, wenn möglich, jede Begegnung mit ihr.

Bevor Brenner eine passende Antwort auf Maries Provokation geben konnte, klingelte sein Telefon. »Wenn man vom Teufel spricht …«, knirschte Brenner, als er die Nummer auf dem Display sah. Nach dem zweiten Läuten stand Brenner auf. »Ich wollte sowieso gerade auf die Toilette.«

Marie verdrehte die Augen angesichts dieses kindischen Gehabes und fuhr mit ihrem Stuhl an Brenners Schreibtisch.

»Franke, Apparat Brenner.«

»Ich hätte gerne unseren verehrten Herrn Hauptkommissar gesprochen.«

»Der ist leider momentan im Hause unterwegs. Kann ich ihm etwas ausrichten?«

»Sie können«, kam es ironisch aus dem Hörer. Vermutlich war es auch der Staatsanwältin nicht entgangen, dass sie momentan nicht auf Brenners Favoritenliste stand und er ihr bewusst aus dem Weg ging. »Richten Sie ihm bitte aus, dass er in mein Büro kommen soll. Ich muss dringend etwas mit ihm besprechen. Und zwar bitte heute noch!«

»Werde ich tun«, beschied Marie und dachte, dass wohl auch die Staatsanwältin ab und an unter einem pubertären Rückfall litt, wenn es um Brenner ging. Mit einem seufzenden »Kindergarten!« legte sie auf.

»Sie wollten mich sprechen?«, fragte Brenner etwa dreißig Minuten später betont lässig, als er vor dem Schreibtisch der Staatsanwältin Platz nahm. Sie trug einen eleganten Hosenanzug, der ihre Figur besonders gut zur Geltung brachte. Brenner war sich durchaus bewusst, dass er die Staatsanwältin im Grunde genommen sehr attraktiv fand. Würde sie nur nicht immer ein derart dominantes Gehabe an den Tag legen! Daran änderten auch ihre wunderschönen braunen Augen und die ausgeprägten Wangenknochen nichts.

»Guten Tag, Herr Brenner.« Die Staatsanwältin lehnte sich zurück und schaute Brenner direkt in die Augen.

›Wenn du jetzt meinst, einen Wettkampf im Blickkontakthalten machen zu müssen‹, dachte Brenner, ›dann verlierst du gnadenlos!‹ Er lehnte sich ironisch grinsend zurück.

Entweder hatte Cora Ekberg heute keine Lust auf derartige Machtspiele oder, wie Brenner es interpretierte, sie erkannte ihre Chancenlosigkeit frühzeitig, denn mit einem Fingerzeig auf ihren Terminplaner sagte sie: »Sie wollten doch bis letzten Donnerstag die Akten zum Fall Wagner abgeschlossen haben. Heute ist Montag!«

»Richtig und falsch.« Brenner hielt weiter Augenkontakt.

Die Staatsanwältin fragte irritiert: »Könnten Sie vielleicht präzisieren?«

»Ich kann.« Brenner lächelte provozierend und wartete ein paar Sekunden ab, bis er meinte, eine zunehmende Anspannung in Cora Ekbergs Körpersprache wahrzunehmen. Dann ergänzte er betont lässig: »Richtig ist, dass heute Montag ist. Falsch ist, dass ich die Akte bis Donnerstag fertig stellen wollte.« Dabei betonte er das Wort ›wollte‹ besonders.

Ekberg überlegte kurz, wie sie Brenners Arroganz am besten Paroli bieten könne.

»Okay, den Termin habe ich Ihnen vorgegeben.« Cora Ekberg beugte jetzt den Oberkörper vor und blitzte Wagner mit zusammengekniffenen Augen an. »Der Fall Wagner ist abgeschlossen. Für Ihre vagen Vermutungen bezüglich eines Strippenziehers im Hintergrund gibt es nicht den kleinsten Anhaltspunkt. Akzeptieren Sie einfach, dass es auch Fälle gibt, die nicht der genialen Kombinationsgabe eines Brenners bedürfen!«

Während Brenner sich noch überlegte, wie er diesen Angriff, der ja wohl eindeutig unter die Gürtellinie ging, adäquat parieren sollte, schob die Staatsanwältin schon nach. »Bis morgen Abend will ich die abgeschlossene Akte auf meinem Schreibtisch haben.«

›Da kannst du lange darauf warten‹. Brenner erhob sich. »Für Sie arbeite ich doch gerne heute Nacht durch.« Eine bessere Antwort fiel ihm auf die Schnelle nicht ein. Auf dem Weg zur Tür murmelte er halblaut: »Sie können mir ja Gesellschaft leisten.«

Marie erkannte natürlich sofort, dass ihr Chef keine erbauliche Unterredung hinter sich hatte. »War's so schlimm?«, wollte sie ihn mitfühlend aufmuntern, wobei es ihr nicht gelang, einen ironischen Unterton zu vermeiden.

»Diese Tussi kann's einfach nicht lassen!«

»Was?«

»Die versucht ständig, mich zu provozieren!«

»Und? Gelingt's ihr?«, fragte Marie überflüssigerweise und lachte dabei.

»Natürlich nicht!« Brenner musste jetzt doch grinsen. »Aber irgendwie habe ich das Gefühl, die hat Probleme mit Männern und meint, ihre diesbezügliche Frustration an mir ausleben zu können!«

»Zumindest scheint sie Single zu sein«, versuchte Marie eine ausführliche Kommentierung von Brenners Theorie zu vermeiden. »Jedenfalls habe ich bei unserer schönen Staatsanwältin noch nie etwas von einem Partner mitbekommen.«

Marie ging in Gedanken die wenigen Gespräche mit der Staatsanwältin durch, bei denen auch das eine oder andere private Thema angesprochen worden war. Aber weder bei ihren Urlauben, noch in Zusammenhang mit ihren zahlreichen Besuchen von Opern oder Kunstaustellungen hatte die Staatsanwältin jemals eine männliche Begleitperson erwähnt. Na ja, vielleicht ist sie ja lesbisch und traute sich angesichts ihrer beruflichen Position kein Coming-out. ›Aber das soll nicht mein Problem sein‹, beendete Marie ihre Gedanken und beschäftigte sich weiter mit dem Erstellen der vom Kriminaldirektor eingeforderten Statistikbögen.

Brenner ging allerdings erst gar nicht auf das von Marie vermutete Single-Dasein der Staatsanwältin ein. Deren Beziehungsleben war ihm völlig egal. Natürlich war sich Brenner im Klaren darüber, dass er den Fall Wagner besser als erledigt akzeptieren sollte, denn außer dem Gefühl, dass mehr dahintersteckte, hatte er nichts Konkretes vorzuweisen.

Auch seine Anfrage beim Amtsgericht nach einem von Wagner hinterlegten Testament war negativ gewesen. Er hatte darauf gehofft, dort eventuell Hinweise zu finden, mit denen er die Staatsanwältin überzeugen könne, den Fall noch weiter zu verfolgen. Eigentlich war Brenner davon ausgegangen, dass Wagner seine neue Lebenspartnerin mittels Testament absichern würde. Möglicherweise wollte der Unternehmer jedoch erst den Verkauf seiner Firma abschließen. Was auch immer. Ohne neue Fakten musste er wohl oder übel klein beigeben. Und ob er heute den erforderlichen Papierkram erledigte oder erst in ein paar Wochen, war eigentlich egal. Den überwiegenden Part würde er sowieso morgen an Nadine delegieren, wenn diese aus ihrem Kurzurlaub zurückkam.

Nadine hatte ihrem Freund zum Geburtstag ein verlängertes Mountainbike-Wochenende geschenkt und war bereits am Freitag mit ihm ins Allgäu gefahren. ›Eigentlich wäre ich auch mal wieder urlaubsreif‹, dachte Brenner, als er von Marie unterbrochen wurde.

»Hast du inzwischen schon den psychologischen Test gemacht?«

Brenner schaute irritiert auf. »Welchen Test?«

»Den bei PremiumPartner. Ich hatte dir doch gesagt, dass dieser Test sehr aufschlussreich sein kann. Oder glaubst du, dass dir deine Traumfrau bei einer deiner Jogging-Touren begegnet?«, stichelte Marie und wusste genau, dass sie damit einen wunden Punkt bei Brenner berührte.

Denn bezüglich fester Partnerschaften agierte er im Gegensatz zu seinen sonstigen Gewohnheiten alles andere als zielstrebig. Sobald er eine Freundin hatte und sich daraus etwas Festeres zu entwickeln begann, favorisierte er wieder das Singledasein. Hatte er längere Zeit keine Freundin, dann gewann der Wunsch nach einer festen und dauerhaften Beziehung die Oberhand. Zumindest war dies Maries Beobachtung. Denn bei dem einen oder anderen Gespräch meinte sie, genau diesen inneren Zwiespalt herausgehört zu haben. Konkret sagte der Kerl ja nichts. Immer wenn es beim Thema Beziehung tiefer ging, wich er aus und flüchtete sich in Allgemeinplätze.

Brenner überlegte, wie er auf Maries Provokation am besten reagieren sollte. »Was mir gerade einfällt«, sagte er, »vergiss nicht, für Charly eine Haftpflichtversicherung abzuschließen, bevor ihr ihn zu euch holt.«

»Wieso? Der ist doch ganz brav. Charly wird niemanden beißen.«

Wie von Brenner beabsichtigt, hatte Marie ihre Frage zum leidigen Thema Online-Partnersuche vergessen und seine Ablenkungsfährte aufgenommen, deren Spur er dann sogleich vertiefte: »Diese Gefahr meine ich damit auch nicht. Aber solange Charly nicht hundertprozentig auf dich hört, kann es sein, dass er Wild jagt und dann beim Überqueren einer Straße einen Auffahrunfall verursacht. Und wenn du dann keine gute Haftpflichtversicherung hast, kann's schnell teuer werden.«

»Der ist jetzt schon ganz schön teuer, noch bevor er bei uns eingezogen ist.«

»Wie meinst du das?«

»Julia und ich waren gestern im Hundeshop«, begann Marie zu erklären und errötetet leicht. »Mit einem Kofferraum voll an Hunde-Basisausrüstung und fast dreihundert Euro weniger im Geldbeutel sind wir wieder heimgefahren.«

»Was?«, prustete Brenner ungläubig. »Wollt ihr Charly einem Kulturschock aussetzen? Der hat jetzt wochenlang im Tierheim gelebt!«

Marie schwieg beleidigt.

»Zudem ist Charly ein ganz normaler Hund und kein Luxus-Schoßhündchen. Für was habt ihr denn so viel Geld ausgegeben?«

»Du hast offensichtlich keine Ahnung, was Hunde-Equipment heutzutage kostet!«, konterte Marie resolut. »Schon allein die beiden Hundebettchen haben fast hundertfünfzig Euro gekostet!« Als Marie den verständnislosen Blick von Brenner sah, fuhr sie fort: »Und dabei waren es noch lange nicht die teuersten.«

»Wollt ihr euch gleich zwei Hunde anschaffen?« Brenner war jetzt doch etwas irritiert.

»Natürlich nicht.« Marie schüttelte genervt den Kopf angesichts so viel Begriffsstutzigkeit. »Ein Bettchen kommt ins Wohnzimmer und da Charly ja eigentlich Julias Hund ist, möchte sie, dass er nachts bei ihr im Zimmer schläft.« Um weiteren Einwänden Brenners vorzubeugen, ergänzte sie bestimmt: »Weil ins Bett darf Charly natürlich nicht!«

›Ha ha, natürlich nicht!‹, dachte Brenner. Spätestens in der zweiten Nacht schläft er bei Julia im Bett und in der dritten bei Marie. Um Marie jedoch nicht weiter in Erklärungsnot zu bringen, fügte Brenner lediglich an: »Unsere Hunde mussten sich noch mit einer alten Decke als Schlafstatt begnügen.«

Wobei ihm dann einfiel, dass der letzte Schäferhund seines Vaters, durchaus etwas anspruchsvoller war und irgendwann den Wohnzimmersessel für sich okkupiert hatte. Anstatt ihm, wie bereits seinen Vorgängern, klarzumachen, dass Möbel den Zweibeinern vorbehalten waren, hatte sein Vater nach einigen vergeblichen Versuchen einen weiteren Wohnzimmersessel gekauft. Wenn's um ihre Lieblinge ging, war vielen Tierbesitzern halt nichts zu teuer.

»Dann braucht ein junger Hund natürlich auch ein paar Spielzeuge und drei Halsbänder haben wir ...«

»Wieso drei?«, unterbrach Brenner Maries Auflistung.

»Verschiedene Farben natürlich.«

Um Brenners süffisantes Grinsen zu stoppen, setzte Marie nach: »Nicht jeder läuft nur mit Jeans und Lederjacke rum.« Damit spielte Marie auf Brenners Kleidungsstil an. Brenner legte keinen Wert auf modische Outfits, sondern achtete stets auf den praktischen Nutzen. Den einzigen Kleiderwechsel, den Brenner regelmäßig vollzog, war der Austausch seiner Lederjacke gegen einen Parka im Winter.

Brenner überging Maries Anspielung. »Und wann gehst du das nächste Mal mit Charly spazieren? Ich würde deinen zukünftigen Mitbewohner gerne mal kennenlernen.«

»Wenn du willst, kannst du heute Abend mitkommen. Ich fahre nur kurz zu Hause vorbei und hole Julia ab. Wir können uns dann am Tierheim treffen.«

Marie erklärte Brenner genau, wie er zum Tierheim kam. Anschließend vertieften sich beide wieder in ihre PCs. Noch ahnten sie nicht, dass in den nächsten zwölf Stunden der beschauliche Büroalltag von dramatischen Ereignissen abgelöst werden würde.

Herz Vier auf Karo Fünf

Herz Vier auf Karo Fünf. Pik Neun auf Karo Zehn. Das war's dann schon. ›Kein Zug mehr möglich!‹ erschien in einem großen Button auf dem Bildschirm. Automatisch klickte er den OK-Button und öffnete anschließend ein ›Neues Spiel‹.

Seine Gedanken waren wie so oft bei Sandra. Insbesondere in den letzten Wochen, wo der Weg nun wieder frei war. Die Ermordung ihres Lovers hatte ein euphorisches Gefühl bei ihm ausgelöst. Jetzt hatte er wieder eine Chance, sie zurückzugewinnen. Allerdings war er sich nicht sicher, wie er Sandra glaubhaft vermitteln konnte, dass er sich geändert hatte. Hatte er sich wirklich geändert? Auf jeden Fall war er dazu bereit, sofern sie ihm nochmal eine Chance gab.

Dabei wusste er überhaupt nicht mehr, was ihn seinerzeit geritten hatte, den ursprünglich eingeschlagenen Weg zu verlassen. Er hatte doch von Jahr zu Jahr immer mehr Kunden gewonnen, die ihm ein sicheres Einkommen garantiert hatten. Bis vor drei Jahren, als sich zuerst sein Hauptkunde plötzlich für eine andere Grafikagentur entschieden hatte und kurz danach noch weitere Kunden abgesprungen waren. Angeblich wären seine Entwürfe nicht zielgruppenkonform. So ein Schwachsinn! Die hatten doch keine Ahnung von moderner Werbepsychologie. ›Der Wurm muss dem Fisch gefallen und nicht dem Angler!‹

Gut, er hätte durchaus etwas diplomatischer vorgehen können, oder besser noch die Aufträge einfach wie gewünscht umsetzen sollen.

Eigentlich sollte er, anstatt Klondike zu spielen, lieber seine Präsentationsunterlagen aktualisieren und sich Gedanken über Neukunden-Akquise machen. Aber dazu brauchte er eine Kreativphase und die konnte man nicht auf Knopfdruck generieren.

Sein Nachgrübeln wurde von dem Signalton einer eingehenden WhatsApp-Nachricht unterbrochen. Er beugte sich über den Schreibtisch und griff nach seinem Handy. Wie elektrisiert schaute er auf das Display: »Muss dich dringend sprechen. Komm so schnell wie möglich bei mir vorbei!«

Augenblicklich durchflutete ein wohliges Gefühl seinen Körper. Das konnte doch nicht wahr sein, dass Sandra ihm von sich aus eine neue Chance gab? Damit hatte er nicht gerechnet. Er stoppte das Computerspiel und fuhr den Rechner herunter. Mehrere Gedanken schossen ihm gleichzeitig durch den Kopf. Dabei strich er sich mit der Hand über das Kinn, registrierte seinen Bartwuchs und beschloss, als erstes seine Rasur zu erledigen. Sandra hatte zwar immer gesagt, dass ihm der Dreitagebart sehr gut stehen würde, aber momentan war die Bartlänge weit darüber hinaus gewachsen und sah alles andere als attraktiv aus. Also ganz runter damit. Dann gleich noch unter die Dusche.

Noch während er das heiße Wasser über seinen Körper laufen ließ, überlegte er sich, wie sie den Neubeginn wohl am besten angehen sollten. Am liebsten wäre ihm natürlich, wenn sie genau dort anknüpfen könnten, als ihre Beziehung noch in Ordnung gewesen war. So etwa um die Zeit ihres Ecuador-Urlaubs.

Aber vermutlich war ein direktes Anknüpfen an die Zeit, als noch keine düsteren Wolken ihre Beziehung überschattet hatten, nicht möglich. Sie mussten erst wieder Vertrauen zueinander aufbauen. Ja, dieser Weg musste sehr behutsam beschritten werden. Er würde sich extrem zusammenreißen müssen, nichts zu überstürzen. Seine Impulsivität, oder laut Sandra seine Unbeherrschtheit und sein Jähzorn, waren hauptsächlich dafür verantwortlich gewesen, dass ihre Beziehung ein schnelles und jähes Ende gefunden hatte. Er war beruflich bedingt nicht in bester Verfassung und häufig sehr reizbar gewesen.

Während er sich abtrocknete, schaute er nochmals auf sein Handy und las erneut Sandras WhatsApp.

Seine Bewegungen wurden langsamer. Irgendwie war der Text schon etwas komisch. »Muss dich dringend sprechen. Komm so schnell wie möglich bei mir vorbei!« Im Gegensatz zu ihm brachte Sandra die Dinge zwar immer kurz und präzise auf den Punkt, aber dennoch … Wenn er den Text neutral auf sich wirken ließ, war er nicht unbedingt optimal formuliert, um ein Treffen für einen Neubeginn zu vereinbaren. Hatte er sich in der ersten Euphorie total verrannt und sich in die falsche Richtung leiten lassen?

Wahrscheinlich ging es Sandra momentan nicht um einen Neubeginn ihrer Beziehung, sondern um seine Hilfe in einer ganz anderen Situation. Sei's drum. Er würde die Situation, welche auch immer es war, dazu nutzen, um Sandra zurückzugewinnen. Aufgrund der gemeinsamen Jahre wusste er durchaus, welche Knöpfe er drücken musste, um Sandras emotionale Seite zu aktivieren. Beim Gedanken an die eine und andere Situation huschte ein Lächeln über sein Gesicht.

»Ja Sandra, wir kommen wieder zusammen!« Er schlüpfte in seine Jeans und zog sich ein frisches T-Shirt über.

Noch während er nach seiner Jacke griff, kam ihm in den Sinn, ihr sein sofortiges Kommen telefonisch anzukündigen. Eigentlich hätte er das ja bereits unmittelbar nach Eingang der WhatsApp machen können. Aber irgendwie hatte ihn Sandras unerwartete Nachricht völlig enthusiastisch gestimmt. Andererseits musste er ihr ja auch nicht sofort signalisieren, dass er auf ihr Kommando hin sofort Männchen machte. Schließlich hatte sie ihn bei ihrem letzten Zusammentreffen alles andere als fair behandelt. Im Gegenteil! Nein, es reichte völlig aus, wenn er jetzt anrief und sie in einem lockeren und zugleich freundlichen Ton informierte, dass er auf dem Weg zu ihr war.

›Wieso geht die jetzt nicht ran?‹ Nach sechsmaligem Läuten steckte er sein Handy in die Jackentasche.

Während der Fahrt zu Sandras Wohnung wurde er zunehmend unruhiger. Die erste Euphorie war nahezu vollständig verflogen. Sie musste doch gesehen haben, dass er versucht hatte, sie zu erreichen. Weshalb rief sie nicht zurück? Sie konnte doch nicht automatisch davon ausgehen, dass er Zeit hatte, ihrer Nachricht unmittelbar Folge zu leisten. Mit jedem Kilometer, den er zurücklegte, schien ihm die Sache dubioser.

›Na ja, die Situation wird sich jetzt gleich aufklären‹, dachte er, als er sein Auto vor Sandras Haus parkte. Noch während er auf die Haustür zulief, registrierte er die Lichter in der ersten Etage.

Als er den Klingelknopf drückte, sah er, dass die Haustür nur angelehnt war. ›Das ist mehr als komisch‹, dachte er. ›Hat eventuell die Mieterin vergessen, die Haustür zu schließen?‹ Sandra konnte eine derartige Unachtsamkeit nicht passiert sein. Sie war seit den zunehmenden Einbruchserien der letzten Jahre immer besorgt gewesen, dass eines Tages auch in ihr geliebtes Häuschen eingebrochen werden würde. Er klingelte ein weiteres Mal. Ohne abzuwarten schob er die Haustür auf und ging die wenigen Schritte zu ihrer Wohnungstür. Auch diese war nur angelehnt …

Nachdem Brenner noch bis spät in die Nacht

Nachdem Brenner noch bis spät in die Nacht BODYGUARD mit Kevin Costner und Whitney Houston angesehen hatte, war er erst um kurz vor sieben Uhr aufgestanden. Ursprünglich wollte er nur den Anfang anschauen, immerhin hatte er diesen Film schon mindestens drei, wenn nicht gar vier Mal gesehen, sich dann aber nicht dazu durchringen können, den Fernseher auszuschalten. Irgendwie faszinierte ihn die Figur des ehemaligen Secret Service-Agenten Frank Farmer jedes Mal aufs Neue. Das lag vermutlich daran, dass er sich mit dessen ›lonely cowboy-Rolle‹ identifizierte.

Brenner rasierte sich und überlegte, ob er jetzt oder erst nach Dienstschluss joggen sollte. Da im Büro sowieso nur die leidige Fertigstellung der Wagner-Akte wartete, konnte er seinen Dienst heute auch später antreten. Immerhin hatte er in den knapp drei Jahren in Karlsruhe bereits weit über hundert Überstunden angesammelt.

Die Entscheidung wurde ihm durch das Klingeln seines Handys abgenommen.

»Brenner.«

»Morgen Pit«, begrüßte ihn Heinz Reichle von der Zentrale der Polizeidirektion Karlsruhe. »Es gibt Arbeit für euch. Eine Tote in Knielingen. Franzen und sein Spusi-Team habe ich schon informiert. Soll ich auch Marie und Nadine Bescheid geben?«

»Ja, mach das bitte. Bin unterwegs«, antwortete Brenner knapp, ließ sich Straße und Hausnummer durchgeben und sprang schnell unter die Dusche.

Etwa zwanzig Minuten später, Brenner war gerade durch den Wattkopftunnel gefahren und bog auf die Bundesstraße Richtung Karlsruhe ein, klingelte sein Handy.

»Hallo Nadine, bist du etwa schon am Tatort?«

»Morgen, Chef«, kam Nadines Stimme aus der Freisprechanlage. »Du kannst dir nicht vorstellen, wer das Opfer ist. Die Weininger! Also Sandra Weininger, die Freundin unseres letzten Mordopfers.«

Brenner versuchte, das Gehörte zu verarbeiten, was ihm allerdings angesichts der höchstens dreißig Minuten, die er erst wach war, nicht ganz leichtfiel, als Nadine schon weitersprach.

»Sieht übel aus. Der Kerl hat brutal zugeschlagen. Franzen und der Doc sind auch schon hier. Bis wann bist du da?«

»Laut Navi noch zweiunddreißig Minuten«, antwortete Brenner, der nach wie vor bemüht war, seine grauen Gehirnzellen in den Turbo-Modus zu schalten. »Wer hat die Weininger gefunden?«

»Die Mieterin vom Obergeschoss. Die wollte gerade zur Arbeit und hat vor Sandra Weiningers Wohnungstür rote Schuhabdrücke bemerkt. Als die Weininger auf ihr Klingeln hin nicht öffnete, hat sie die Polizei angerufen.«

»Ist die Mieterin noch da?«

»Ja, Franzen hat sie gebeten, in ihrer Wohnung auf uns zu warten.«

»Okay, dann frag sie, wann sie die Weininger das letzte Mal gesehen hat, ob sie in den vergangenen Stunden etwas Verdächtiges gehört hat und so weiter.«

»Also die bei einem Tatort üblichen Standardfragen«, kommentierte Nadine ironisch. ›Wann endlich kapiert mein Chef, dass ich schon seit fast zwei Jahren mit ihm zusammenarbeite?‹, dachte Nadine und ging ein Stockwerk höher, um die Mieterin zu befragen.

Brenner überlegte angestrengt, wie der Mord an Sandra Weininger einzuordnen war. Denn dass die Weininger gerade mal drei Wochen nach der Ermordung ihres Freundes ebenfalls ermordet wurde, war logischerweise kein Zufall. Aber wo waren die Zusammenhänge? War der Junkie doch nicht der Mörder von Wagner gewesen? Das war aber der damaligen Spurenlage nach nicht möglich. Bei Seidel hatte man sowohl die Mordwaffe gefunden als auch frische Schmauchspuren an den Händen nachweisen können.

Mehrere Einsatzfahrzeuge der Polizei standen unmittelbar vor Sandra Weiningers Haus. Brenner bahnte sich forsch einen Weg durch die gaffende Zuschauermenge und nahm dabei nur unbewusst einzelne Kommentare wahr.

Direkt vor der Haustür zog sich Brenner Tatort-Überstiefel und Schutzhandschuhe an. Schon beim Betreten des Hausflurs sah er eine Tatort-Markierungstafel vor der Wohnungstür, die neben einem roten Schuhabdruck positioniert war. Richtung Haustür waren, wenngleich deutlich schwächer werdend, noch zwei weitere Schuhabdrücke erkennbar.

Brenner ging durch die offenstehende Wohnungstür in den Flur, an dessen Ende Franzen stand, den er aufgrund seiner fülligen Statur auch in dem weißen Ganzkörper-Schutzanzug unschwer erkennen konnte.

»Hallo Manfred. Kann ich reinkommen?«

»Bist ja schon mittendrin«, brummte Franzen, ohne von seinem Schreibbrett aufzuschauen und fügte noch hinzu: »Deine Kolleginnen sind auch schon da.«

Brenner blieb in der Wohnzimmertür stehen und verschaffte sich erst mal einen Überblick. Im Raum verteilt gingen die Männer von Franzens Team ihrer Spurensicherungstätigkeit nach. Mitten im Zimmer standen Marie und Nadine zusammen mit Gunnar Lund, dem Gerichtsmediziner und verdeckten die Sicht auf die Tote, von der lediglich die Beine zwischen Couch und Couchtisch hervorragten.

»Hallo zusammen«, grüßte Brenner beim Nähertreten und nahm die Antwort nur unbewusst wahr, weil seine Aufmerksamkeit sofort vom Anblick der toten Sandra Weininger gefangen war, deren Kopf in einer riesigen Blutlache lag. Ihre braunen Haare waren größtenteils verklebt mit inzwischen dunkelrot getrocknetem Blut und verdeckten ihre linke Gesichtshälfte, so dass nur ihr rechtes, vom Tod getrübtes Auge sichtbar war. Obwohl Brenner schon unzählige Mordopfer gesehen hatte, schockierte ihn dieser Anblick besonders. Vermutlich lag es daran, dass er Sandra Weininger, im Gegensatz zu den bisherigen Mordopfern, zuvor lebend gekannt hatte. Aber das Gesicht, das da vor ihm lag, hatte mit dem der Lebenden nicht mehr viel gemeinsam.

»Das waren mindestens drei Schläge, wenn nicht sogar vier«, hörte er Lund sagen, der offensichtlich Brenners Gedanken erraten hatte. »Die Tatwaffe war eine schwere Blumenvase. Genaueres kann ich euch nach der Obduktion sagen.«

»Schon eine Idee zum Tatzeitpunkt?«

»Der Körpertemperatur nach ist die Frau seit zirka acht bis zehn Stunden tot. Die Schläge waren sicher sofort tödlich, das heißt, du kannst von einem Tatzeitpunkt zwischen …«, Lund schaute auf seine Armbanduhr, »… einundzwanzig und dreiundzwanzig Uhr ausgehen.«

»Falls dich die Tatwaffe interessiert.« Franzen war an die Gruppe herangetreten und hielt Brenner eine Plastiktüte hin, in der sich eine blutverschmierte gläserne Blumenvase befand. »Die Blumen liegen noch auf dem Boden und wenn du Glück hast, habt ihr auch bald den Mörder.«

»Weshalb?«

»Wir haben jede Menge blutverschmierte Fingerabdrücke gefunden. Vielleicht sind die ja bei uns gespeichert. Zumindest taugen sie gut als Beweis, wenn ihr einen Verdächtigen habt.«

Brenner nahm den Beutel mit der Vase. »Wow, ist die schwer«, entfuhr es ihm spontan. »Mit der war doch sicher schon der erste Schlag tödlich.«

»Darüber haben wir uns gerade unterhalten«, brachte sich jetzt Marie ein. »Wenn der Täter möglicherweise sogar viermal zugeschlagen hat, könnte das schon ein klarer Overkill sein.«

»Was bedeutet …«, ergänzte Nadine, die zeigen wollte, dass sie in ihrer Ausbildung gut aufgepasst hatte, »… dass der Täter vermutlich eine enge persönliche Beziehung zum Opfer hatte und sich in eine Art Blutrausch hineingesteigert hat.«

»Dafür, dass der Mord vermutlich eine Affekthandlung war, spricht auch die Tatwaffe.« Brenner schaute nochmals auf die Vase, bevor er diese wieder an Franzen zurückgab. »Wäre der Mord vom Täter geplant gewesen, dann hätte er vermutlich eine eigene Mordwaffe mitgebracht.«

»Mich braucht ihr ja wohl nicht mehr.« Lund schloss seine Tasche und verabschiedete sich.

In der Wohnzimmertür drehte er sich nochmal um und sagte: »Marie, denk daran, zum Zahnarzt zu gehen. Mit einem vereiterten Zahn ist nicht zu spaßen!«

Erst durch diesen Hinweis schaute Brenner Marie näher an und erkannte sofort, dass sich die gestern Abend beim Spaziergang mit Charly erwähnten Zahnschmerzen verstärkt hatten.

»Du wolltest doch heute Morgen zum Zahnarzt gehen, wenn's nicht besser wird«, erinnerte sie Brenner.

»Wollte ich ja auch. Aber dann kam der Anruf vom Präsidium. Und wie mein Chef immer sagt, spricht der frische

Tatort zum aufmerksam zuhörenden Ermittler.« Marie wollte grinsen, was allerdings aufgrund der Schmerzen misslang.

»Ich denke, du hast vorläufig genug gehört.« Brenner schaute seine Kollegin besorgt an. »Lass uns die Fakten nochmal kurz zusammenfassen und dann fährst du direkt zum Zahnarzt.«

»Jawohl, Papa!« Marie machte ein todernstes Gesicht, obwohl sie trotz ihrer Schmerzen innerlich schmunzeln musste angesichts Brenners übertriebener Fürsorge. Während Brenner ansonsten immer auf seine Vorbildfunktion bedacht war, kam er selbst noch mit dem Kopf unterm Arm an, wenn ein Fall in der heißen Phase war.

»Welche Fakten haben wir?«, fragte Brenner und begann dann gleich selbst mit der Aufzählung: »Erstens einen Tatverlauf, der nahelegt, dass der Mörder eine emotionale Beziehung zur Toten hatte.«

Bevor er weitersprach, ergänzte Nadine: »Zweitens, vermutlich eine Affekttat, weil der Mörder die in der Wohnung befindliche Vase als Mordwaffe benutzt hat. Zudem hat er jede Menge Fingerabdrücke hinterlassen, was darauf hindeutet, dass er nach der Tat überstürzt geflohen ist.«

»Und drittens sicherlich eine Verbindung zu unserem letzten Mordfall«, fügte Marie hinzu. »Denn dass Wagners Freundin nur wenige Wochen nach ihm ermordet wird, ist nie und nimmer Zufall!«

»Das war auch mein erster Gedanke, als ich hörte, wer unsere Tote ist.« Brenner schaute Nadine an. »Du hast mit der Mieterin gesprochen?«

»Ja, eine Frau Kullmann. Sie hat bis kurz vor halb zwölf Fernsehen geschaut. Da sie nicht mehr so gut hört, laufe dieser immer mit hoher Lautstärke, weshalb sie in der Wohnung unter sich nichts wahrgenommen habe. Danach ist sie unmittelbar ins Bett und hat geschlafen.«

»Wann hat diese Frau Kullmann Sandra Weininger zum letzten Mal gesehen?«

»Gestern Abend, als sie vom Einkaufen nach Hause gekommen ist. Frau Weininger war gerade dabei, den Müllbeutel rauszutragen. Aber außer ein paar kurzen Worten über das Wetter haben sie nicht viel gesprochen.«

Franzen trat zu den Kommissaren. »Das dürfte euch interessieren!«

Franzen reichte Brenner ein Handy. »Das lag in der Küche auf dem Sideboard. Schau dir mal die WhatsApp an!«

Brenner schaute auf das Display und las laut: »Muss dich dringend sprechen. Komm so schnell wie möglich bei mir vorbei!«

»An wen ging die?«, fragte Marie sofort.

Brenner schaute zum oberen Rand des Displays. »An einen ›Bernd Schuster‹.«

»Darf ich mal haben?«, bat Nadine und streckte ihre Hand aus.

Nadine wischte kurz das Display nach unten. »Das ist ja interessant!«

»Was?«

»Die WhatsApp, die du vorgelesen hast, hat Sandra Weininger gestern um 21:17 Uhr versendet.«

»Also unmittelbar vor ihrer Ermordung«, konstatierte Marie.

»Ja«, bestätigte Nadine. »Die letzte WhatsApp davor hat Bernd Schuster an Sandra Weininger geschrieben. Allerdings schon am 27. August im letzten Jahr!« Nadine schaute kurz hoch, bevor sie weiter vorlas: »Ich hoffe du bist mit ihm glücklicher als mit mir. Mehr Geld hat er ja!!!«

»Hört sich nach Exfreund an«, kommentierte Brenner.

»Wartet mal, das geht noch weiter.« Nadine scrollte wieder über das Display. »Ebenfalls am 27. August hat Weininger an Schuster geschrieben: »Kapier es endlich! Es ist VORBEI! Und hör auf mit deinen Anrufen. Ich lösche alle, ohne sie vorher abzuhören.«

»Der hat offensichtlich Telefonterror gemacht.« Brenner versuchte jetzt, an Nadines Schulter vorbei einen Blick auf das Display zu werfen.

»Der erste Eintrag ist vom 24. August. Diesmal wieder von Schuster an Weininger. »Gib mir noch eine letzte Chance! Ich habe mich wirklich verändert! Ich liebe dich doch!«

Nadine gab Brenner das Handy zurück. »Davor sind keine Einträge mehr.«

»Wie das?«, fragte Brenner irritiert, »hat sie die gelöscht? Das gibt doch wenig Sinn. Wieso dann nicht auch die anderen?«

»Gib nochmal«, bat Nadine. Nach mehrmaligem Tippen und einigen Wischbewegungen sagte Nadine, wobei ein gewisser Stolz aus ihrer Stimme herauszuhören war: »Auch die WhatsApp-Nachrichten ihrer anderen Kontakte sind nicht älter als Mitte August. Ich vermute mal, dass sich Sandra Weininger um diese Zeit ein neues Handy gekauft hat und beim Installieren der WhatsApp-Software die früheren Korrespondenzen nicht übernommen wurden.«

»Kannst du mir die Handynummer von Bernd Schuster geben?«, bat Marie und machte sich schreibbereit.

Während Nadine Marie die Telefonnummer diktierte, dachte Brenner mal wieder, wie optimal sich sein Team ergänzte.

»Marie, das Anfragen der Adresse ist deine letzte Amtshandlung für heute, dann gehst du zum Zahnarzt und anschließend nach Hause.« Und zu Nadine gewandt, sagte Brenner: »Wir beide fahren jetzt zu diesem Schuster.« Nach einem kurzen Moment fügte er noch hinzu: »Sofern der nicht untergetaucht ist.«

Marie versuchte es zunächst per Handy über die Rückwärtssuche im Internet. Da Schuster seine Handynummer jedoch nicht veröffentlicht hatte, gab es auch keinen Adresseintrag. Marie musste im Präsidium anrufen.

Brenner schaute sich derweil nochmals im Wohnzimmer um und unweigerlich wurde ihm bewusst, dass die Atmosphäre des Raumes, die er bei den letzten Besuchen noch als außergewöhnlich ansprechend und gemütlich empfunden hatte, durch den Mord schlagartig verändert worden war. Natürlich spielten dabei die Tote, das viele Blut und die ganzen Anwesenden eine Rolle. Dennoch. Brenner vermeinte den kalten Hauch des Todes zu spüren und musste unwillkürlich an Marie und ihren Hang zur Esoterik denken. Er nahm sich vor, dieses Phänomen unbedingt mal mit ihr zu diskutieren.

Marie hatte inzwischen Bernd Schusters Adresse von den Kollegen in der Zentrale erhalten und gab diese an Brenner weiter, bevor sie sich verabschiedete: »Haltet mich bitte auf dem Laufenden.«

»Machen wir«, versprach Brenner und sagte zu Nadine gewandt: »Lass dein Motorrad stehen und fahr bei mir mit.«

Nachdem Brenner noch die Besatzung einer der anwesenden Streifenwagen gebeten hatte, ihnen zu folgen, weil voraussichtlich eine Verhaftung anstehen würde, fuhr er mit Nadine nach Karlsruhe-Oberreut. Schon als sie in die Zielstraße einbogen, rümpfte Nadine die Nase. »In solchen Mietskasernen würde ich mich nie und nimmer wohlfühlen.«

»Für mich wäre das auch nichts«, stimmte Brenner zu und parkte seinen Roadster.

Gemeinsam mit den Kollegen der Schutzpolizei gingen sie Richtung Gebäudeeingang. Als Brenner auf dem Klingelschild sah, dass die Wohnung von Schuster vermutlich im Erdgeschoss lag, bat er die Streifenpolizisten außen zu warten. »Kollege Gerber, Sie gehen bitte auf die Rückseite des Gebäudes. Nur für den Fall, dass der Typ durch ein Fenster abhauen will.«

Danach drückte er einige Tasten im oberen Bereich des Klingelbrettes. Beim ersten »Ja, bitte?« aus dem Lautsprecher sagte Brenner: »DHL. Paketdienst!«

Wie erwartet, erklang dann auch gleich der Türsummer. Auf beiden Seiten des Erdgeschossflurs befanden sich jeweils drei Wohnungstüren. Die drei auf der linken Seite lagen zur Straßenseite hin, die anderen drei zur Gebäuderückseite. Auf dem Klingelschild der letzten Wohnung auf der rechten Flurseite war in verblasster Schrift ›Schuster‹ zu lesen.

Bevor Brenner die Klingeltaste drückte, horchten beide, ob irgendwelche Geräusche aus der Wohnung zu hören waren. Nadine prüfte nochmals den korrekten Sitz ihrer Waffe, was bei Brenner ein Schmunzeln hervorrief. Unweigerlich musste er an seine ersten Jahre im Polizeidienst denken, als er in ähnlichen Situationen auch jederzeit von einem erforderlichen Waffeneinsatz ausging. Erst im Laufe der Jahre und durch die Hinweise seiner älteren Kollegen war ihm klargeworden, dass allein der Anblick einer Schusswaffe so manchen Verdächtigen zu einer unbedachten Panikreaktion veranlassen konnte und die Polizisten dadurch erst recht in eine problematische Position brachte. Denn auch für Polizisten galt, wie für jeden Bundesbürger, der Notwehrparagraph und demzufolge wurde jeder Schusswaffengebrauch akribisch von der Staatsanwaltschaft durchleuchtet.

Brenner drückte den Klingelknopf, dessen schrilles Klingeln auch vor der Tür unüberhörbar war. Nach einer kurzen Pause drückte Brenner weitere drei Mal. »Es scheint jemand da zu sein«, quittierte Brenner die Geräusche, die aus dem Wohnungsinneren zu vernehmen waren. Allerdings kam niemand an die Tür. Brenner klingelte noch weitere Male und als immer noch niemand kam, schlug er mit der flachen Hand mehrmals auf das Türblatt und rief: »Polizei. Aufmachen!«

Danach hörten sie laute Geräusche, die klangen, als ob Gegenstände zu Boden fielen.

»Der haut ab!«, fluchte Brenner und rannte, gefolgt von Nadine, zum Hauseingang zurück.

Im Freien angekommen, rief Brenner dem dort wartenden Kollegen von der Schutzpolizei noch zu: »Sie bleiben hier!« Damit wollte er vermeiden, dass Schuster lediglich eine Flucht durch das Fenster vortäuschte und abwartete, bis die Polizisten hinter dem Gebäude waren, um dann durch die Eingangstür zu fliehen.

Mit dieser Befürchtung hatte Brenner Schuster jedoch überschätzt. Kaum waren Brenner und Nadine um die Hausecke gebogen, sahen sie ihren uniformierten Kollegen, der sich gerade vom Boden aufzurappeln versuchte und dabei benommen den Kopf schüttelte. Der Flüchtende war bereits dreißig Meter weiter und sprintete über die Grünanlage, die sich zwischen den Gebäudereihen der beiden Parallelstraßen befand.

Brenner und Nadine nahmen sofort die Verfolgung auf. Nadine überholte ihren Chef schon nach wenigen Metern. Brenner war zwar topfit, aber doch eher Langstrecken gewöhnt und die nicht minder sportliche Nadine war schon aufgrund ihres Alters die deutlich bessere Sprinterin.

Schuster überquerte einen kleinen Kinderspielplatz und wollte gerade zwischen zwei Gebäuden verschwinden, als dort ein rückwärtsfahrender Möbeltransporter einbog. Da neben dem rechten Gebäude ein hoher Zaun das Weiterkommen verhinderte, wandte sich Schuster nach links und verkürzte dadurch zwangsläufig die Distanz zu Nadine. Die konnte jetzt seitlich auf Schuster zulaufen und überwand die letzten Meter mit einem gewagten Sprung, mit dem sie Schuster zu Boden riss. Beim anschließenden kurzen Gerangel hatte Nadine gegenüber dem etwa ein Meter neunzig großen Mann keine Chance. Ein seitlicher Ellbogenschlag setzte sie sofort außer Gefecht.

Inzwischen war Brenner bei den beiden angelangt und wollte gerade eingreifen, als Schuster sich zur Seite rollte, blitzschnell aufrichtete und sofort begann, Brenner mit Faustschlägen zu attackieren. Dieser wich den ersten beiden Schlägen mit einem seitlichen Abducken des Oberkörpers aus. Den dritten Faustschlag blockte Brenner mit dem linken Unterarm und versetzte Schuster fast zeitgleich mit der rechten Hand einen Handballenstoß auf die Nase, aus der sofort Blut hervorschoss.

Bevor Schuster, durch den jäh in seinem Kopf explodierenden Schmerz gelähmt, wieder handlungsfähig war, ergriff Brenner mit der rechten Hand sein Handgelenk und drehte ihm den Arm hinter den Rücken. Nun konnte er problemlos mit der linken Hand an Schusters Hinterkopf fassen. Mit einem festen Griff in die Haare riss er Schuster ruckartig nach unten. Ohne Haare und Handgelenk loszulassen, trat Brenner mit der Fußkante in Schusters Kniekehle und brachte diesen endgültig zu Fall. Danach verstärkte er den Druck seines Handbeugehebels, indem er auch die linke Hand zu Hilfe nahm und Schuster zwang, sich auf den Bauch zu drehen. Jetzt brauchte Brenner nur noch seinen Fuß auf die Schulter von Schuster zu setzen, um diesen bewegungsunfähig auf dem Boden zu fixieren.

Erst jetzt hatte Brenner Zeit, sich nach Nadine umzuschauen. Diese richtete sich gerade benommen vom Boden auf und war noch dabei, sich zu orientieren, als der Kollege von der Schutzpolizei, der wenige Minuten vor ihr dasselbe Schicksal erlitten hatte, herbeigerannt kam.

»Ich wollte ihm gerade die Handschellen anlegen, als er mich niedergeschlagen hat.«

»Das können Sie jetzt nachholen, Kollege«, sagte Brenner und hielt Schuster noch solange im Fixier-Hebel, bis die Handschellen eingerastet waren.

»Ich verhafte Sie wegen Mordverdachtes!«, sagte Brenner, als er Schuster auf die Füße zog und ihn dem uniformierten Kollegen übergab.

Schuster versuchte sich loszureißen und schrie: »Ich bin unschuldig! Sandra war schon tot!«

»Das können Sie uns ausführlich auf dem Revier erzählen.« Mit Blick zum Uniformierten sagte Brenner: »Abführen.«

Dann schaute er sich Nadines Auge an, das sich bereits verfärbte und bedenklich anschwoll, und fragte besorgt: »Geht's?«

»Ging schon besser«, antwortete Nadine, die versuchte, die malträtierten Nackenwirbel und Muskeln durch Halbkreisbewegungen ihres Kopfes wieder auf Vordermann zu bringen.

»Kannst du mir kurz schildern, was genau passiert ist, als du ihn zu Fall gebracht hast?«

»Chef, ich habe keine Gehirnerschütterung!«, echauffierte sich Nadine und führte dann sofort ihre Hand zum Nacken, weil sie ihre Antwort mit einem vehementen Kopfschütteln unterstützen wollte und damit einen stechenden Schmerz im Nackenbereich auslöste.

Brenner musste schmunzeln – Nadine hatte den Zweck seiner Frage sofort durchschaut. Eine einfache Möglichkeit, den Verdacht auf Gehirnerschütterung zu überprüfen, bestand darin, den Verletzten den Ablauf genau schildern zu lassen. Bei einer Gehirnerschütterung konnte der Betroffene in der Regel die unmittelbar nach dem Schlag auf das Gehirn stattgefundenen Szenen nicht mehr vollständig rekapitulieren.

»Offensichtlich haben deine Gehirnzellen doch nichts abbekommen.« Sicherheitshalber fügte Brenner allerdings hinzu: »Zu deinem Motorrad fahre ich dich jedoch erst heute Abend nach Dienstschluss.«

Nadine war zuerst versucht, genau wie Marie auch mit einem »Ja, Papa!« zu reagieren, fragte dann aber nur: »Was hältst du von seiner Aussage?«

»Ich gehe davon aus, dass seine Fingerabdrücke und die auf der Tatwaffe identisch sind«, antwortete Brenner ohne lange nachzudenken. »Und sein Fluchtversuch spricht auch eine klare Sprache.«

»Sehe ich auch so.«

Brenner schaute zum offenstehenden Fenster, von dem aus Schuster wenige Minuten zuvor seinen Fluchtversuch unternommen hatte. »Bevor wir ins Präsidium fahren und ihn vernehmen, sollten wir uns noch seine Wohnung anschauen.«

Anhand der Aushänge im Gebäudeflur machte Brenner zuerst die für die Hausverwaltung zuständige Firma ausfindig und bat dann telefonisch darum, jemanden mit einem Schlüssel vorbeizuschicken.

Als sie wenige Minuten später die Wohnung von Schuster betraten, erkannten Brenner und Nadine gleich, dass der Bewohner nicht nur wenig Wert auf Ordnung legte, sondern auch ansonsten keine großen Ansprüche an sein Mobiliar stellte. Alle Möbel waren kunterbunt zusammengewürfelt und entstammten unterschiedlichsten Stilrichtungen und auch Jahrgängen.

»Vermutlich Sperrmüll oder Flohmarkt«, kommentierte Nadine und als sie die leere Weinbrandflasche und die halbleere Wodkaflasche neben dem Bett entdeckte, fügte sie hinzu: »Selbst beim Alkohol ist er nicht linientreu.«

Brenner musste in dem Moment an Sandra Weiningers geschmackvoll eingerichtete Wohnung denken und bemerkte: »Kaum vorstellbar, dass der und Frau Weininger mal zusammenwaren.«

»Nur in seine PC-Anlage hat er ordentlich investiert.« Nadine sah anerkennend auf die zwei riesigen Bildschirme und den dazugehörigen PC mit dem unverkennbaren Apfel-Symbol.

Brenner zeigte auf die vor dem geöffneten Fenster auf dem Boden liegenden Blumentöpfe, deren vertrocknete Pflanzen zum Gesamtbild passten und sagte: »Das waren vermutlich die Geräusche, die wir gehört haben.«

»Sollen wir Franzen und sein Team rufen?« Nadine schaute sich unschlüssig im Raum um.

»Lass mal. Die Spurenlage in Weiningers Haus ist vorerst aussagekräftig genug.«

Brenner schaute noch flüchtig den Papierstapel auf dem Schreibtisch durch, der aus diversen ungeöffneten und geöffneten Briefen und Werbesendungen bestand. »Wir kommen nochmal her, wenn wir genauer wissen, wonach wir suchen müssen.« Auf dem Weg zur Wohnungstür ergänzte er noch: »Vielleicht gesteht er aber auch, wenn er die Aussichtslosigkeit seiner Lage erkennt.«

»Sie werden immer besser!«

»Sie werden immer besser!«

Cora Ekberg kam Brenner und Nadine im Flur des Präsidiums entgegen. »Den letzten Mord in zwei Tagen gelöst, den aktuellen in nur einem Tag. Das ist schon fast Guinessbuch-rekordverdächtig!«

Brenner, gedanklich schon beim anstehenden Verhör, war zu perplex, um auf die Schnelle eine passende Antwort zu finden. Er war sich so spontan auch gar nicht klar darüber, ob er auf ein ehrlich gemeintes Kompliment oder eine ironische Attacke zu reagieren hatte.

Deshalb hob er im Vorbeigehen nur kurz die Hand. Im Büro angekommen, hängte er seine Lederjacke über die Stuhllehne und wählte die Nummer von Franzen.

»Hallo Manfred, hast du …«

»Ihr ward ja superschnell«, unterbrach ihn der Leiter der Spurensicherung, »es hat sich schon herumgesprochen, dass unser Schwoab mal wieder seine Kampfsportkünste zum Einsatz bringen konnte.«

»Ich kann dir ja gelegentlich ein paar Unterrichtsstunden geben. Muss mir zuvor nur noch überlegen, welche Techniken bei Übergewicht machbar sind«, ging Brenner auf Franzens Sticheleien ein.

Dieser wollte jedoch ein Gespräch über seine Unsportlichkeit vermeiden und sagte schnell: »Wir haben von Schuster gleich Fingerabdrücke genommen. Zuvor haben wir natürlich die am Tatort gefundenen Abdrücke mit unserer Datenbank verglichen. Allerdings keine Übereinstimmung …«

»Manfred!« schnaubte Brenner unwirsch, weil er genau wusste, dass Franzen schon wieder mit seinem ›Ich weiß was, was du nicht weißt‹-Spielchen anfing.

»Positiv«, kam dann auch sofort die Antwort. »Die am Tatort gesicherten Spuren stammen hundertprozentig von Schuster.«

»Geht doch!«, kommentierte Brenner das schnelle Einlenken. »Habt ihr sonst noch was Interessantes gefunden?«

»Vermutlich nichts, was für den Fall wichtig wäre. Allerdings waren die Weininger und der Schuster längere Zeit ein Paar. Wir haben mehrere Urlaubsalben gefunden. Auf fast jedem Bild ist einer der beiden zu sehen. Den eingeklebten Flugkarten nach waren die beiden unter anderem in Sri Lanka, Ecuador und auf den Malediven.«

»Also war's durchaus eine längere Beziehung«, dachte Brenner laut. »Kannst du mal nachsehen, wann der letzte Urlaub war?«

»Die Alben haben wir nicht mitgenommen. Wenn ich mich jedoch richtig erinnere, dann war das der Ecuador-Urlaub im Winter vor drei Jahren. Ist das für dich wichtig?«

»Vermutlich nicht. Hat mich nur interessiert, weil die Weininger ja laut ihrer Aussage seit zwei Jahren mit Wagner zusammen war.«

»Wäre dann ja kein Widerspruch.«

»Schon klar, aber dass die Weininger dann die Fotoalben von der Zeit mit ihrem Verflossenen aufhebt?«

»Wer kennt schon die Frauen?«, versuchte sich Franzen mit einer Antwort.

»Okay, danke dir. Ich knöpf mir jetzt mal den Schuster vor. Bis dann.«

Brenner wollte gerade eine neue Nummer wählen, als er von Nadine mit einem »Typisch Mann!« unterbrochen wurde.

»Wie? Was?«

»Na, weshalb soll die Weininger nicht ihre alten Fotoalben

aufheben? Damit sind doch zahlreiche schöne Erinnerungen verbunden.«

»Ja, aber die war doch inzwischen …«

»Na und? Sofern sich die Weininger und der Schuster keinen Rosenkrieg geleistet haben, und das soll es ja eher bei verheirateten Paaren geben, besteht doch kein Grund, nach einer Partnerschaft auch gleich die gemeinsamen Fotos zu entsorgen, oder?«

Brenner überlegte, ob es daran lag, dass Nadine einer anderen Generation angehörte oder ob es mal wieder so ein Thema war, bei dem Männer grundsätzlich eine andere Sichtweise hatten. Allerdings wollte er das Thema nicht vertiefen und umging eine direkte Antwort, indem er sagte: »Auf jeden Fall belegen die nicht beseitigten Fotoalben, dass es durchaus denkbar ist, dass sich die Weininger mit einem Problem an ihren Exfreund gewendet hat.«

Nadine nickte zustimmend: »Jetzt müssen wir nur noch rausfinden, welches Problem das war.«

»Vielleicht erfahren wir das in wenigen Minuten.« Brenner griff zum Telefon: »Lassen Sie bitte den Schuster ins Verhörzimmer bringen.«

Brenner betrat vor Nadine den Verhörraum. Bernd Schuster saß bereits in Handschellen am Tisch. Hinter ihm ein uniformierter Kollege, an der Wand stehend.

»Sie können ihm die Handschellen abnehmen und draußen warten.« Brenner ging nicht davon aus, dass Schuster gewalttätig werden würde, zumal dieser seit etwa einer Stunde wusste, dass er gegen Brenner keine Chance hatte.

Nadine nahm neben Brenner Platz. Dieser schlug zunächst die Aktenmappe auf, die er sich zuvor noch bei Franzen abgeholt hatte und tat so, als ob er aufmerksam darin lesen würde. Außer dem positiven Abgleich der Fingerspuren und diverser Auflistungen über die am Tatort vorgefundene Spurenlage enthielt die Akte nichts Neues. Brenner wollte lediglich den psychischen Druck auf Schuster erhöhen, da Schweigen für die meisten Verdächtigen kaum auszuhalten war.

Schuster gehörte zu dieser Mehrheit. Bereits nach wenigen Sekunden lehnte er sich über den Tisch nach vorne und sagte laut: »Ich war's nicht – ich habe Sandra geliebt! Ich könnte ihr nie und nimmer auch nur das kleinste Leid antun!«

Brenner schaute nur kurz auf. Ohne auf Schuster einzugehen, widmete er sich dann weiter seinen Schriftstücken.

Schuster lehnte sich zurück, verschränkte die Arme und sagte mit bockiger Stimme: »Sie können mich stundenlang verhören. Ich werde nichts Anderes aussagen!«

Brenner hob langsam den Kopf und schaute Schuster in die Augen. Nach mehreren Sekunden des Wartens sagte er in sehr ruhigem Ton: »Herr Schuster, die Spurenlage am Tatort ist eindeutig. Die Staatsanwaltschaft beantragt gerade beim Richter den Haftbefehl. Sie sollten sich einen Rechtsanwalt besorgen.«

»Ich brauche keinen Anwalt, ich bin unschuldig!« Schuster fuhr sich kurz mit den Händen durch die Haare, bevor er sich wieder vorbeugte und eindringlich weitersprach: »Ja, ich war dort. Sandra hat mir eine WhatsApp geschickt und dann bin ich sofort zu ihr gefahren und …«

Brenner unterbrach: »Stopp! Wenn Sie uns Ihre Sichtweise erläutern wollen, dann schalte ich das Aufnahmegerät ein.«

Brenner hatte Schuster genau da, wo er ihn haben wollte. Natürlich würde bei den weiteren Vernehmungen Schusters Rechtsbeistand anwesend sein. Aber erstens wollte Brenner nicht solange warten und zweitens, was der viel entscheidendere Punkt war, wollte Brenner vermeiden, dass der Anwalt Schuster empfahl, keine Aussage zu machen. Rein rechtlich war dies durchaus möglich und in einem solchen Fall wäre es wesentlich schwieriger und vor allem zeitaufwändiger, die Anklage hieb- und stichfest vorzubereiten.

»Dann schalten Sie endlich das verdammte Ding ein!« Schusters Ungeduld war unüberhörbar.

Brenner startete das Aufnahmegerät und gab Datum, Uhrzeit und die Namen der Anwesenden ein.

»Herr Schuster verzichtet für die vorstehende Befragung auf die Anwesenheit seines Anwaltes. Ist das richtig?«

Schuster nickte.

»Das Band zeichnet nur unsere Stimmen auf, Herr Schuster. Beantworten Sie bitte verbal meine Frage.«

»Ja, ich verzichte.«

»Was machen Sie beruflich?«

»Ich bin freiberuflicher Grafiker.«

»Gut, Herr Schuster. Dann erzählen Sie doch mal, wie sich der gestrige Abend, ab zirka einundzwanzig Uhr bei Ihnen abgespielt hat.«

Schuster setzte sich aufrecht hin, konzentrierte sich und begann: »Ich habe gerade im Internet gesurft, als die WhatsApp von Sandra ankam.« Schuster machte eine kurze Pause. »Ich war total überrascht, weil wir schon lange keinen Kontakt mehr hatten.«

»Wann haben Sie Frau Weininger das letzte Mal gesehen?«, unterbrach Brenner.

Schusters Blick ging überlegend nach oben. »Das müsste so irgendwann Mitte letzten Jahres gewesen sein.«

Brenner entging nicht das verstärkte Blinzeln seines Gegenübers, weshalb er neben der entsprechenden Notiz auch gleich einen kleinen Kreis setzte. Die kleinen Kreise waren sein persönliches Code-Zeichen für Aussagen, bei denen er glaubte, verräterische Lügenanzeichen wahrgenommen zu haben. Früher hatte er Fragezeichen verwendet, aber die waren für sein Gegenüber leicht zu erkennen und ließen es möglicherweise vorsichtiger werden.

»Wie lange ging denn Ihre Beziehung mit Frau Weininger?«

»Etwas über vier Jahre.«

»Und weshalb ging die Beziehung auseinander?«

Schuster ließ sich mit der Antwort etwas Zeit und es war unübersehbar, dass er sich seine Worte erst zurechtlegen musste. »Wir haben uns irgendwie auseinandergelebt. Mal hatte Sandra ein Projekt, an dem sie Tag und Nacht gearbeitet hat. Dann wiederum stand bei mir ein Auftrag mit engem Zeitfenster an.«

›Das kann so gewesen sein oder auch nicht‹, dachte Brenner und sagte: »Zurück zu gestern Abend. Sie haben die WhatsApp bekommen. Was haben Sie dann gemacht?«

»Ich habe natürlich gleich versucht, sie anzurufen. Aber Sandra ist nicht rangegangen!«

»Das können wir überprüfen.« Brenner machte sich eine entsprechende Notiz und ärgerte sich, dass er das Handy von Sandra Weininger nicht bereits im Vorfeld auf Telefonverbindungen hin überprüft hatte.

»Dann habe ich mich sofort ins Auto gesetzt und bin zu ihr gefahren.«

Schuster überlegte einen kurzen Moment bis er dann weitersprach: »In dem Moment, als ich klingeln wollte, sah ich, dass die Haustür nur angelehnt war.«

Schuster sprach sehr langsam, wofür Brenner zwei Erklärungen parat hatte. Entweder fiel es ihm emotional schwer, das Erlebte zu beschreiben oder, und diese Variante favorisierte Brenner, Schuster versuchte, etwaige Logikfehler in seiner Beschreibung zu vermeiden und überlegte sich deshalb jeden Satz sehr genau.

»Ich habe zwar geklingelt, bin aber danach gleich eingetreten und zu ihrer Wohnungstür gegangen.«

Pause.

»Die war ebenfalls nur angelehnt …«

Pause.

Brenner ließ Schuster keine Sekunde aus den Augen. Er durfte nicht die kleinste Unstimmigkeit übersehen, weder in Schusters Körpersprache noch in dessen Mimik.

»Ich habe dann die Tür geöffnet, bin aber zunächst noch stehen geblieben und habe mindestens zwei oder sogar drei Mal Sandras Namen gerufen.«

Pause.

»Erst als sie nicht geantwortet hat, bin ich ins Wohnzimmer gegangen.«

Schuster beugte seinen Kopf nach unten und bedeckte sein Gesicht mit beiden Händen.

›Wenn der jetzt noch zu flennen anfängt, krieg ich einen Schreianfall‹, dachte Brenner. Der Typ ist entweder der geborene Schauspieler oder er hat eine Schauspielausbildung gemacht.

»Sandra lag auf dem Boden«, flüsterte Schuster, ohne die Hände vom Gesicht zunehmen.

Dann setzte er sich abrupt auf und schrie: »Ich habe sie geliebt! Sie war alles, was ich hatte! Finden Sie diesen verdammten Sauhund, der sie ermordet hat.«

Nach diesem Gefühlsausbruch sank Schuster wieder in sich zusammen und murmelte: »Finden Sie das Arschloch!«

Brenner ließ das alles auf sich wirken. Es waren weniger Schusters Ausführungen, die ihn nachdenklich machten, sondern dessen Körpersprache und Mimik. Natürlich konnte Schuster sich ausführlich auf diese Vernehmung vorbereitet haben. Falls er tatsächlich mal eine Schauspielausbildung gemacht hatte, dann könnte er sogar regelrecht ein Drehbuch für seine bevorstehende Vernehmung geschrieben haben. Aber – wenn Schuster all das geplant hatte, weshalb hatte er dann nicht versucht, möglichst keine Spuren zu hinterlassen? Und dann war noch etwas Wesentliches überhaupt nicht stimmig: Die ganze Spurenlage wies eindeutig auf eine Affekthandlung hin. Da war überhaupt nichts Geplantes! Nein, irgendwie passte momentan nicht viel zusammen.

Nach einem tiefen Luftholen fragte Brenner: »Frau Weininger lag am Boden. Was haben Sie dann gemacht? Versuchen Sie, sich an jede Kleinigkeit zu erinnern.«

»Welche Kleinigkeiten?«, brauste Schuster jetzt wieder auf. »Ich bin zu ihr hin, habe ihren Oberkörper angehoben und dann ihren eingeschlagenen …« Schuster hörte auf zu sprechen und nahm wieder seine Hände vors Gesicht. »Alles voller Blut! Nur Blut! Das war nicht mehr Sandra!« Schuster schluchzte jetzt tatsächlich.

Brenner ließ Schuster etwas Zeit, bevor er ruhig weiterfragte: »Herr Schuster, Sie haben Sandra in Ihrem Arm gehalten. Als Sie gesehen haben, dass Sandra nicht mehr lebte, was haben Sie dann gemacht?«

Um einem erneuten Wutausbruch Schusters vorzubeugen, ergänzte Brenner: »Wenn wir und vor allem der Staatsanwalt Ihnen glauben sollen, ist es wichtig, dass Sie uns jedes Detail schildern. Nur dann haben wir die Chance, Ihre Unschuld zu beweisen.« Brenner glaubte natürlich mit keinem Wort an Schusters Unschuld. Seine Formulierung war lediglich ein Trick, um Schuster zu detaillierten Aussagen zu bringen, in denen er sich dann möglicherweise verstrickte.

Schuster schniefte, setzte sich aber wieder aufrecht hin und sah Brenner lang in die Augen, bevor er kopfschüttelnd sagte: »Ich weiß es nicht. Ich weiß es wirklich nicht, Herr Kommissar.«

Dann lehnte er sich zurück und verschränkte die Arme. »Ich bin vermutlich nach Hause gefahren und habe mich sinnlos betrunken.«

Schuster versuchte nun seinerseits, Brenners Gesichtsausdruck zu interpretieren, bevor er weitersprach: »Ich bin erst aufgewacht, als es an meiner Tür Sturm geklingelt hat.«

Da die Kommissare ihn nur fragend anschauten, ergänzte er: »Nachdem ich etwas klarer im Kopf war, fiel mir auch gleich der gestrige Abend wieder ein. Und als ich dann ›Polizei! Aufmachen!‹ hörte, habe ich Panik bekommen und bin abgehauen.« Eine Sekunde später setzte er nach: »Habe ich versucht, abzuhauen!«

»Und dabei zwei Polizeibeamte verletzt«, merkte Brenner trocken an. »Das reicht schon mal aus, Sie in Haft zu behalten.«

Als Brenner und Nadine aus dem Verhörraum kamen, ging die Tür vom Nebenraum auf.

»Weshalb haben Sie den Schuster nicht härter in die Mangel genommen?«, fragte Staatsanwältin Ekberg, die die Vernehmung offenbar durch den Einwegspiegel beobachtet hatte.

Brenner blieb kurz stehen und sagte dann kurzangebunden: »Kommen Sie mit in mein Büro.«

Dort angekommen ließ sich Brenner auf seinen Stuhl fallen und schaute nachdenklich nach oben.

»Der Schuster ist doch nur ein sehr guter Schauspieler«, begann die Staatsanwältin das Gespräch, noch bevor sie sich gesetzt hatte. »Die Faktenlage spricht eindeutig gegen ihn.«

Brenner gab keine Antwort, sondern sah Nadine an, die das als Aufforderung interpretierte. »Mich hat seine Aussage auch irritiert«, begann sie. »Einerseits bin ich mir sicher, dass er Sandra Weininger erschlagen hat und hoffe, dass er dafür lange in den Bau geht.« Sie fuhr unwillkürlich mit der Hand zu ihrem angeschwollenen Auge. »Andererseits schien mir seine Betroffenheit durchaus echt.«

»Nein, das war gespielt«, widersprach die Staatsanwältin.

Brenner stand auf und begann seine üblichen Runden durch den Raum. »Ich habe einen Fehler gemacht.« Er blieb stehen und schaute zu den beiden. »Die Spurenlage und Schusters Fluchtversuch haben mich dazu verleitet, ihn ohne weitere Vorbereitung zu befragen.« Brenner nahm wieder seine Wanderung auf. »Eine ganz wesentliche Frage haben wir nämlich außer Acht gelassen.«

»Und die wäre?«, wollte die Staatsanwältin wissen.

Brenner blieb stehen. »Wie hängen der Mord an Sandra Weininger und Wagner zusammen?«

»Na, ganz einfach«, sagte die Staatsanwältin und erklärte überzeugend: »Der Unternehmer wurde von dem Junkie aus den uns bekannten Gründen ermordet, was Schuster mitbekommen hat. Über den Fall wurde ja hinlänglich in den Medien berichtet. Schuster sah darin die Chance auf einen Neubeginn seiner Beziehung zur Weininger.«

Die Staatsanwältin schaute zu Brenner und Nadine und fuhr dann fort: »Als Schuster gestern die WhatsApp-Nachricht bekommen hat, macht er sich logischerweise neue Hoffnung und fährt zur Weininger. Dann kommt es, aus welchen Gründen auch immer, zum Streit. Vielleicht sagt die Weininger, dass eine neue Beziehung doch keinen Sinn mache, oder sonst etwas, das ihm missfallen hat. Schuster dreht durch, greift zum nächstbesten Gegenstand, in unserem Fall die Vase, und erschlägt Weininger. Somit war es kein Mord, sondern Totschlag im Affekt. Aber davon sind wir aufgrund der Spurenlage ja sowieso ausgegangen.«

Nadine war inzwischen auf die Argumentationskette der Staatsanwältin eingeschwenkt und ergänzte: »Geschockt durch seine Tat, verlässt Schuster panikartig die Wohnung, fährt nach Hause und besäuft sich. Aber …«

Nadine unterbrach sich und versuchte, für den begonnenen Satz die richtige Formulierung zu finden. »… Aber das erklärt noch nicht sein Verhalten im Vernehmungsraum, denn das kam mir doch irgendwie echt vor.«

»Dann recherchieren Sie halt seinen Hintergrund. Vielleicht stoßen Sie auf eine Schauspielausbildung«, entgegnete die Staatsanwältin schnippisch, weil sie von der jungen Kripobeamtin eigentlich eine vollständige Unterstützung ihrer Theorie erwartet hatte.

In deutlich versöhnlicherem Ton versuchte sie anschließend einzulenken: »Es kann ja durchaus sein, dass Schuster durch seine Tat eine Art Trauma hat und dadurch eine retrograde Amnesie ausgelöst wurde, die durch den anschließenden Alkoholexzess möglicherweise noch verstärkt wurde.«

»Zugegeben, Frau Ekberg«, Brenner hatte sich inzwischen wieder gesetzt, »es könnte durchaus sein, dass der Schock über die eigene Tat so groß war, dass Schusters Gehirn mit einem auf die Tatzeit begrenzten Gedächtnisverlust reagiert.«

»Sag ich doch«, kam es selbstbewusst von der Staatsanwältin. »Damit brauchen wir auch keine Schauspielausbildung zu recherchieren, denn seine Betroffenheit ist echt.«

»Wie lange dauert denn eine solch retrograde Amnesie? Die muss doch irgendwann mal nachlassen?«, fragte Nadine mit Blick zu Brenner.

»Wenn ein derartiger Gedächtnisverlust nach einer Hirnverletzung, beispielsweise einem Autounfall, auftritt, dann kann es Tage oder auch Wochen dauern. Das hängt zum Teil mit dem körperlichen Heilungsprozess zusammen. In unserem Fall ist der Auslöser jedoch psychischer Natur und da kann die Erinnerung unter Umständen komplett und langfristig ausbleiben.«

Nach einem kurzen Moment des Nachdenkens ergänzte Brenner: »Allerdings könnte ein Psychologe die Blockade vermutlich mit Hypnosesitzungen lösen.«

»Dann holen wir halt einen Psychologen«, griff Nadine Brenners Idee sofort auf.

»Das setzt Schusters Zustimmung voraus«, belehrte Cora Ekberg und stand auf. »Vermutlich rät ihm sein Rechtsanwalt jedoch davon ab. Und dazu zwingen können wir ihn nicht.«

Beim Hinausgehen sagte sie zu Brenner: »Ich werde schon mal den Haftantrag für den Richter vorbereiten. Halten Sie mich bitte auf dem Laufenden.«

Brenner stand ebenfalls auf und nahm seine Jacke: »Ich brauch jetzt dringend eine Denkpause. Und was zum Essen. Ich hatte heute noch nicht mal ein Frühstück.«

Mit Blick zu Nadine fragte er: »Gehst du mit zum Italiener?«

Nadine überlegte kurz, ob sie vor einer Antwort erst mal in den Spiegel schauen sollte, entschied sich jedoch dagegen. Diejenigen, die sie kannten, wussten, welchen Job sie hatte und dass sie grundsätzlich hart im Nehmen war. Und die Meinung von Fremden war ihr sowieso schnuppe. »Klar, ich komme gerne mit.«

Auf dem Weg zur Pizzeria und auch während ihres dortigen Aufenthaltes vermied Brenner bewusst eine weitere Diskussion ihres Falles. Er hatte in den letzten Jahren einiges über die Arbeitsweise des Gehirns gelesen und wusste, dass gezielt eingesetzte Denkpausen durchaus vorhandene Blockaden lösen und zu neuen Sichtweisen führen konnten. Immer wieder kam es vor, dass man vor lauter Bäumen den Wald nicht mehr erkannte. Während der bewusst eingehaltenen Denkpause arbeitete jedoch das Unterbewusstsein am aktuellen Problem weiter und präsentierte dann schon Stunden später, oder manchmal auch erst am nächsten Tag, neue Lösungsansätze. Mit dieser Methode hatte Brenner schon häufig Erfolg gehabt, weshalb er sich jetzt auch ausführlich Nadine von ihrem verlängerten Wochenende im Allgäu erzählen ließ.

Als sie etwa neunzig Minuten später gerade die Treppe zum Präsidiumseingang hochgehen wollten, sahen sie Maries Skoda auf den Parkplatz fahren.

Halb scherzhaft, halb ernst begrüßte Brenner seine Kollegin: »Du hattest doch die Anweisung, nach dem Zahnarzt nach Hause zu gehen!«

Marie grinste: »War ich ja auch. Aber du hast nicht gesagt, wie lange ich dort bleiben soll und außerdem hatte ich dich gebeten, mich auf dem Laufenden zu halten, was du wiederum nicht gemacht hast.«

Bevor Brenner etwas erwidern konnte, ergänzte Marie: »Es geht mir schon deutlich besser und ich habe immerhin zwei Stunden Schlaf nachgeholt. Und ich will natürlich wissen …«

Jetzt erst bemerkte Marie das angeschwollene Auge von Nadine, das sofort ihre mütterlichen Instinkte weckte. »Aber Kleine, was ist denn mit dir passiert?« Mitfühlend wollte Marie ihre Hand auf Nadines Auge legen.

Diese wich jedoch mit dem Kopf zur Seite und sagte lapidar: »Berufsrisiko!« Sie überlegte sich nicht zum ersten Mal, was sie wohl tun musste, um aus der Kindersatz-Rolle ihrer beiden Kollegen herauszukommen.

Im Büro angekommen, überließ Brenner es Nadine, Marie auf den neuesten Stand zu bringen. Währenddessen teilte er das Whiteboard in drei Spalten und schrieb in die linke Spalte:

Tatort-Fakten

– WhatsApp von S. Weininger an B. Schuster, 21:07h
– Tötungszeit: zwischen 21:00h und 23:00h
– Tötungsart: drei bis vier Schläge auf Kopf
=> Overkill? => emotionale Beziehung Opfer – Täter?
– Tatwaffe: Glasvase aus Wohnung
=> Affekthandlung?
– keine Einbruchspuren
=> Weininger hat Täter die Tür geöffnet
– Fingerabdrücke (u.a. auf Tatwaffe)
=> eindeutig von B. Schuster

Die mittlere Spalte bekam folgende Einträge:

Bernd Schuster

– Exfreund des Opfers
– wollte Beziehungsende nicht akzeptieren
=> Telefonterror? (vgl. WhatsApp von Weininger an Schuster vom 27.08.15)
– war nachweislich am Tatort (Spurenlage + Aussage)
– will S. Weininger jedoch bereits tot vorgefunden haben?
– für alles Folgende angeblich Amnesie?

Marie beobachte Brenner, während er die dritte Spalte füllte, und sagte: »Wenn Schuster euch durch seine Körpersprache und Mimik beeindruckt hat, dann könnte es ja tatsächlich sein, dass er unter retrograder Amnesie leidet und sein Bewusstsein momentan den Mord einfach negiert.«

»Prinzipiell ja. Aber was, wenn er sich auch zukünftig nicht erinnern kann oder will?« Brenner stand auf und begann wieder mit seiner üblichen Wanderung. »Es ist durchaus denkbar, dass die Erinnerung zwar wiederkommt, er sie uns jedoch vorenthält, damit er nicht ins Gefängnis muss.« Brenner blieb stehen. »Dann gibt's einen reinen Indizienprozess und jeder halbwegs brauchbare Anwalt erreicht bei der jetzigen Sachlage zumindest ein ›In dubio pro reo‹ ...«

Er setzte sich. »Damit der Richter bei Schuster also nicht auf ein ›Im Zweifel für den Angeklagten‹ hin urteilt, müssen wir noch einiges herausfinden.«

»Woran genau denkst du?«, wollte Marie wissen.

Brenner zeigte auf das Whiteboard. »Schaut euch mal meine Fragen in der dritten Spalte an.«

Marie begann laut zu lesen: »Weshalb wollte S. Weininger Schuster treffen? Was wollte sie mit ihm besprechen, das sowohl dringlich, zugleich aber telefonisch nicht zu klären war?«

»Daran habe ich heute auch schon ein paar Mal gedacht«, brachte sich Nadine ein, »diese Frage ist mir jedoch immer wieder weggetaucht.«

Marie nickte. »Ihr habt recht. Wenn die beiden tatsächlich schon mehrere Monate keinen Kontakt mehr miteinander hatten, muss etwas Dramatisches passiert sein, dass Sandra Weininger ihren Exfreund bittet, um neun Uhr abends zu ihr in die Wohnung zu kommen.«

Nadine rieb sich über die Wange und betastete unbewusst ihre Schläfe. »Vor allem macht mich stutzig, dass sie ihn nicht telefonisch darum gebeten hat, zu kommen.«

»Sind wir überhaupt sicher, dass sie nicht versucht hat, ihn anzurufen?«, fragte Marie.

»Verflixt!«, entfuhr es Brenner. »In der ganzen Euphorie, weil alles so super zueinander gepasst hat, habe ich gar nicht daran gedacht, die Telefonverbindungen auf Weiningers Handy zu prüfen.«

»Ich geh schnell zu Franzen und hol es«, bot Nadine sofort an.

Als Nadine das Büro verlassen hatte, fragte Brenner: »Und wie geht's dir wirklich?«

Marie wusste im ersten Moment gar nichts mit Brenners Frage anzufangen. »Ach Pit! Natürlich tut's immer noch ein bisschen weh. Aber der Hauptschmerz ist weg. Und der Rest wird sich auch noch geben.«

»Geht ihr heute Abend wieder zu Charly?«

»Das haben wir zumindest vor. Julia brennt darauf, all die Tipps, die du ihr gestern Abend gezeigt hast, auszuprobieren.«

»Denkt aber daran, dem Kleinen nicht zu viel Verschiedenes auf einmal beibringen zu wollen. Und vor allem immer die gleichen Kommandos für das jeweilige Verhalten benutzen.«

»Hey Pit, ich hab's gestern schon kapiert.«

»Sorry!«, entschuldigte sich Brenner, »aber du kennst ja den Spruch: ›Gehört ist nicht verstanden. Verstanden ist nicht behalten. Behalten ist nicht angewandt.‹«

»Klugscheißer!«, sagte Marie grinsend und rollte theatralisch mit den Augen. »Du wirst schon sehen, unser Charly wird der perfekte Familienhund!«

Bevor Brenner Maries Vision kommentieren konnte, kam Nadine zurück.

»Von gestern sind sieben Telefonverbindungen drauf«,

sagte Nadine, als sie Brenner das Handy überreichte. »Franzen hat übrigens gesagt, dass außer Weiningers Fingerabdrücke keine weiteren auf dem Handy waren.«

Brenner brauchte einen Moment, bis er unter den vielen Apps auf dem Display das Telefon-Symbol gefunden hatte und dachte an die Zeit der ersten Handys zurück, mit denen man nur telefonieren konnte. Zumindest Brenner. Denn die auch damals schon vorhandene SMS-Funktion hatte er kaum genutzt, weil ihn das mehrmalige Tippen derselben Taste, um den gewünschten Buchstaben auszuwählen, total genervt hatte.

»Ja, der letzte Anruf war von Schuster. Allerdings wurde dieser nicht angenommen. Somit stimmt also zumindest dieser Teil von Schusters Aussage.«

Marie war inzwischen auch zu Brenner getreten und schaute zusammen mit Nadine über dessen Schulter.

»Von den anderen sechs Telefonaten des gestrigen Tages hat sie vier Personen selbst angerufen«, kommentierte Brenner, während er das Display nach unten scrollte.

»Der vorletzte Anrufer ist nur eine Nummer«, bemerkte Marie. »Bei den anderen steht jeweils ein Name dabei. Das bedeutet, dass Sandra Weininger diese als feste Kontakte gespeichert hat.«

»Und wie hilft uns das jetzt weiter?«, wollte Nadine wissen.

»Jeder von uns ruft jeweils zwei dieser Nummern an und fragt die Betreffenden, was der Inhalt des Gesprächs war.«

»Gute Idee, Pit«, stimmte Marie zu, »vielleicht können wir aufgrund der Gesprächsinhalte eine Vermutung ableiten, weshalb die Weininger ihren Exfreund so dringend persönlich sprechen wollte.«

»Dann sollten wir aber auch einen Blick in ihre Mails werfen. Da könnten ebenfalls Nachrichten dabei sein, die uns eine Antwort darauf geben.«

»Super, Nadine!«, lobte Brenner und ergänzte grinsend: »Der Schlag von heute Morgen hat tatsächlich keine Spuren hinterlassen.«

»Dann gib am besten gleich Franzen Bescheid«, warf Marie ein, »damit er Weiningers PC holen lässt. Den hat die Spusi sicher nicht mitgenommen.«

»Gute Idee, ich geh kurz selbst bei ihm vorbei. Teilt bitte die Telefonnummern unter euch auf.«

Kaum hatte Brenner die Tür hinter sich geschlossen, bemerkte Nadine süffisant: »Unser Chef hat wohl gerade keine Lust auf niedere Arbeiten.«

Als Brenner etwa fünfzehn Minuten später zurückkam, informierte ihn Marie: »Bis auf die Telefonnummer ohne Namen waren alles geschäftliche Gespräche mit Verlagsleuten oder Autoren. Da ging es lediglich um Terminabstimmungen oder Textkorrekturen und so weiter. Also nichts, was in irgendeiner Form ein dringliches Treffen mit Schuster nötig gemacht hätte.«

»Und die Nummer ohne Namen?«

»Zu dieser Nummer gibt's keinen Anschluss mehr«, sagte Nadine, »ich hab die zwischenzeitlich überprüft, das ist eine Prepaid-Handynummer.«

Brenner überlegte, ob die Information etwas mit dem Fall zu tun haben könnte. Da klingelte sein Telefon.

»Hallo Doc!«

Nach kurzem Zuhören: »Das ist ja der Hammer!«

Pause.

»Wie lange schon?«

Pause.

»Ja, ich sag Franzen Bescheid.«

Pause

»Sonst irgendetwas Neues?«

Pause.

»Nein, klar, das reicht! Okay, dann einstweilen vielen Dank! Tschau!«

Brenner legte den Hörer auf und sagte zu seinem Team: »Jetzt haben wir die Antwort auf unsere Frage!«

Anstatt weiterzusprechen, schüttelte Brenner nur nachdenklich den Kopf, woraufhin Marie schnell der Kragen platzte: »Mensch Pit! Fängst du jetzt an, Franzen zu imitieren?«

»Sorry, sorry!« Brenner hob entschuldigend die Hände. »Ich bin einfach noch total geplättet.«

Bevor der Unmut seiner Kolleginnen weiter anwuchs, fügte er schnell hinzu: »Die Weininger war schwanger!«

Auch Marie und Nadine brauchten einen Moment, bis sie die Nachricht verinnerlicht hatten.

Marie reagierte als Erste: »Im wievielten Monat?«

»Etwa siebte oder achte Woche.«

»Dann hat Sandra Weininger vermutlich selbst erst jetzt davon erfahren und wollte ihren Exfreund über die Schwangerschaft informieren.«

»Aber die Beziehung war doch schon lange beendet«, wandte Brenner ein.

»Schon«, begann Marie mit einem Erklärungsversuch. »Vielleicht hat sie sich in irgendeiner Form seine Unterstützung erhofft? Oder sie brauchte einfach jemanden, um darüber zu reden? Schließlich waren die beiden ja über mehrere Jahre ein Paar gewesen.«

»Möglich.« Brenner lehnte sich in seinem Stuhl zurück und sortierte seine Gedanken, bevor er weitersprach: »Eine solche Information wollte sie ihrem Exfreund natürlich nicht am Telefon mitteilen, deshalb hat sie seinen Anruf auch nicht entgegengenommen …«

»Dieser fährt in der Erwartung zu Sandra Weininger, dass sie ihm einen Neubeginn der Beziehung vorschlägt«, unterbrach ihn Nadine euphorisch, nun den genaueren Zusammenhang durchschauend, »und ist dann natürlich total frustriert, als sie ihm von ihrer Schwangerschaft erzählt. Er dreht durch und schlägt im Affekt zu!«

»Ja, das passt«, stimmte Brenner zu. »Sein Verhalten heute Morgen lässt ja durchaus den Schluss zu, dass er über wenig Selbstkontrolle verfügt.«

»Was machen wir jetzt?«, wollte Marie wissen.

Brenner nahm das Telefon zur Hand. »Sicherheitshalber brauchen wir einen DNA-Abgleich.«

Als er Manfred Franzen am Apparat hatte, berichtete er diesem kurz von dem überraschenden Ergebnis der Obduktion und bat ihn, nach Absprache mit Wagner junior, im Haus seines Vaters nach geeigneten Materialien zu suchen.

»Bis wir das DNA-Ergebnis haben, wird es allerdings noch etwas dauern«, sagte Brenner, nachdem er aufgelegt hatte. »Zwar bin ich davon überzeugt, dass Wagner senior der Vater des ungeborenen Kindes ist. Aber wir haben in diesem Fall schon genug Überraschungen erlebt.«

»Wann willst du Schuster mit der neuen Erkenntnis konfrontieren?«, fragte Marie.

Brenner schaute auf die Uhr. »Das machen wir morgen.« Nachdem er kurz nachgedacht hatte, sagte Brenner zu Nadine: »Ruf bitte unten an. Die sollen Schuster informieren, dass er ab jetzt einen Rechtsanwalt braucht und wir ihn morgen um neun Uhr vernehmen wollen.«

Zu Marie gewandt, bat er: »Kannst du bitte die Ekberg informieren? Vielleicht will sie beim Verhör dabei sein.«

Danach zog Brenner seine Lederjacke an. »Wir treffen uns morgen um acht und sprechen die anstehende Vernehmung durch. Vielleicht fällt uns über Nacht noch der eine oder andere Punkt ein, den wir beachten müssen.«

»Du hast recht«, stimmte Marie zu und zog ebenfalls ihre Jacke an. »Wenn Schuster nicht gesteht, dann muss unsere Indizienkette lückenlos sein.«

Auf der Heimfahrt überlegte Brenner, ob er nachher ins Thermalbad gehen sollte. Ein paar Runden zu schwimmen und zwei bis drei Saunagänge würden ihm sicher gut tun und wären durchaus geeignet, seine Gedanken zu sortieren. Als er Bad Herrenalb erreichte und durch die Ettlinger Straße und die Kurpromenade fuhr, fielen ihm die zahlreichen Plakate auf, auf denen eine Bürgerinitiative für einen Landkreiswechsel warb. Auch Brenner war bei seinem Umzug überrascht gewesen, dass die Kurstadt Bad Herrenalb nicht zum Landkreis Karlsruhe zählte, obwohl Karlsruhe wesentlich schneller zu erreichen und auch attraktiver war, als die jenseits des Schwarzwalds gelegene Stadt Calw. Er nahm sich vor, von seinem Wahlrecht Gebrauch zu machen und an den angebotenen Informationsabenden detaillierte Fakten einzuholen.

»Ist euch heute Nacht noch etwas Wichtiges eingefallen?«

»Ist euch heute Nacht noch etwas Wichtiges eingefallen?«, fragte Brenner, als er seine zwei Kolleginnen um kurz vor acht begrüßte.

»Mir nicht«, antwortete Marie. »Wobei ich allerdings nicht besonders viel Zeit zum Nachdenken hatte. Gestern haben die uns im Tierheim gesagt, dass wir Charly heute Abend mitnehmen können. Du kannst dir natürlich vorstellen, dass Julia mich danach den ganzen Abend mit diesem Thema in Beschlag genommen hat.«

»Wer ist Charly?«, wollte Nadine wissen.

»Ach ja, das hast du noch gar nicht mitbekommen«, antwortete Marie. »Meine Tochter hat mich davon überzeugt, dass uns beiden ein Hund ganz gut tun würde.«

»Ja super!« Nadine war begeistert. »Bringst du ihn dann auch immer mit ins Büro?«

»Das eine oder andere Mal wird es sich wohl nicht vermeiden lassen.« Marie hatte sich jetzt zu Nadine umgedreht. »Morgens, wenn Julia in der Schule ist, wird Charly bei unserer Nachbarin sein. Ihr Hund ist vor einem halben Jahr gestorben und sie ist seitdem am Überlegen, ob sie sich nochmal einen neuen zulegen soll.«

»Dann kann euer Charly ja gleich drei Damen verwöhnen«, bemerkte Nadine lachend.

»Ob das immer ein Verwöhnen ist, wage ich zu bezweifeln«, beteiligte sich jetzt auch Brenner am Gespräch. »Ich hatte nämlich schon das Vergnügen, Charly kennenzulernen.«

»Und?«

»Er ist ein wirklich cleverer Kerl und wird seinen beiden

Frauchen vermutlich recht schnell zeigen, wo es lang geht!«

»Hör nicht auf den«, ging Marie dazwischen. »Charly ist ein wirklich lieber Hund. Außerdem habe ich mich schon intensiv in das Thema Hunde-Erziehung eingelesen!«

»Theorie und Praxis klaffen manchmal auseinander!«, merkte Brenner süffisant an. »Lasst uns jetzt aber auf die anstehende Vernehmung zurückkommen.«

Mit einem Blick zu Marie sagte er: »Bin schon gespannt, zu welcher Strategie ihm sein Anwalt geraten hat. Denn wenn Schuster auf seiner Amnesie beharrt, wird es schwierig.«

»Zumal es sich rein theoretisch ja tatsächlich so abgespielt haben könnte, wie er vorgibt.«

Brenner schüttelte den Kopf. »Das ist eher unwahrscheinlich. Die Weininger schickt ihm eine WhatsApp und in den wenigen Minuten bis Schuster bei ihr ist, kommt ihr Mörder vorbei und erschlägt sie.«

»Und wenn ihr Mörder schon vorher da war und Weininger in seinem Beisein die WhatsApp geschrieben hat?«, warf Nadine ein. »Vielleicht war ja dieser Besucher der Grund, weshalb Weininger ihren Exfreund um Beistand gebeten hat.«

»Wenn sie Angst vor ihrem Besucher gehabt hätte, dann hätte sie ja wohl telefoniert und nicht erst lange eine WhatsApp geschrieben«, argumentierte Brenner gegen diese Theorie.

»Nicht unbedingt«, widersprach Marie. »Ein Telefonat bekommt der Besucher mit. Eine WhatsApp hingegen kann man durchaus auch unbemerkt auf dem Klo schreiben. Und allzu lang war der Text ja nicht.«

»Jetzt fangen wir schon wieder an, wild zu spekulieren.« Brenner stand auf und schenkte sich einen Kaffee ein. »Für mich steht fest, dass Schuster seine Exfreundin im Affekt erschlagen hat. Seine Amnesie bezüglich der Tat und dem unmittelbaren Geschehen danach nehm ich ihm meinetwegen auch noch ab. Dass jetzt aber von irgendwoher noch ein Dritter auftaucht ... Nein, niemals!«

»Hast wahrscheinlich recht«, stimmte Marie ihm zu. »Ich gebe unten schon mal Bescheid, dass sie Schuster in den Vernehmungsraum bringen sollen.«

Brenner und Marie betraten zehn Minuten später den Verhörraum, in dem Schuster sie bereits gemeinsam mit seinem Anwalt erwartete.

Der Anwalt stand auf und begrüßte beide mit Handschlag: »Dr. Emsler. Ich bin der Rechtsbeistand von Herrn Schuster.«

Brenner versuchte, den von Schuster aus einer vorgelegten Liste ausgesuchten Pflichtverteidiger kurz einzuschätzen. Obwohl vermutlich erst um die Vierzig, hatte Dr. Emsler bereits ausgeprägte Geheimratsecken, die ihm zusammen mit der Hornbrille einen akademischen Touch verliehen. Trotz seiner schlanken, fast schon dürren Gestalt, passte sein grauer Anzug so perfekt, dass es sich nicht um Konfektionsware handeln konnte. Der Anwalt schien in einer gut gehenden Kanzlei zu arbeiten.

»Angenehm«, sagte Brenner und stellte sich und Marie ebenfalls vor. »Wir hatten ja bislang noch nicht das Vergnügen.«

Nachdem sich alle gesetzt hatten, zeigte Brenner mit der Hand auf das Aufnahmegerät. »Können wir anfangen?«

Der Anwalt nickte und Brenner begann mit den üblichen Anfangsformalien.

»Herr Schuster, können Sie bitte nochmals den vorgestrigen Abend ab einundzwanzig Uhr schildern?«

»Wozu? Das habe ich Ihnen doch gestern schon erzählt!«,

brauste Schuster sogleich auf, der heute noch sichtlich angeschlagen wirkte. Die Nacht in der Zelle hatte augenscheinlich weitere Spuren hinterlassen.

»Vielleicht sind Ihnen ja weitere Details eingefallen«, entgegnete Brenner in sachlichem Ton. »Gestern hatten Sie doch einige Gedächtnislücken.«

Natürlich wollte Brenner insbesondere darauf achten, inwieweit die heutige Schilderung der gestrigen glich. Denn je öfter Verdächtige ihre Aussage machen mussten, desto eher bestand die Chance, dass sie sich in Kleinigkeiten widersprachen. Und Brenner wollte auf jedes Detail achten.

Allerdings wartete Brenner vergeblich. Schuster schilderte mehr oder weniger identisch denselben Ablauf. Er blieb dabei, dass er sich nicht mehr erinnern konnte, wie er nach Hause gekommen war.

»Gut«, sagte Brenner und meinte eigentlich das Gegenteil. Zu gerne hätte er bei einem Widerspruch eingehakt. »Dann jetzt eine ganz andere Frage.« Brenner lehnte sich im Stuhl zurück und versuchte, einen lockeren Eindruck zu machen. »Sie hatten jetzt eine Nacht lang Zeit, um über alles nachzudenken. Was könnte denn der Grund gewesen sein, dass Frau Weininger Sie gestern Abend so dringend persönlich sprechen wollte?«

»Genau darüber habe ich die halbe Nacht nachgedacht«, antwortete Schuster sofort und ergänzte dann schulterzuckend: »Aber außer, dass sie unserer Beziehung eine neue Chance geben wollte, weil jetzt doch ihr Freund tot ist, bin ich auf nichts gekommen.«

Brenner überlegte, wie er die gestrige Aussage Schusters, die er mit einem kleinen Kreis versehen hatte, in seine nächste Frage einbinden könnte. »Sie sagten doch gestern, dass Ihr letzter Kontakt zu Frau Weininger über ein Jahr her wäre.«

»Richtig«, bestätigte Schuster sofort und lehnte sich, die Arme verschränkt, abwartend zurück.

»Nun, ich versuche mich jetzt mal in die Rolle von Frau Weininger reinzuversetzen.« Brenner machte eine kurze Pause, bevor er weitersprach. »Selbst wenn Frau Weininger an einer Neuaufnahme der Beziehung mit Ihnen interessiert gewesen wäre, hätte sie dann nach einer so langen Zeit nicht zuerst ein Telefonat mit Ihnen geführt?«

Schuster schwieg. Seine Augen flogen nach links und rechts und für den geübten Beobachter war unschwer zu erkennen, dass er gerade dabei war, eine logische Antwort auf Brenners Frage zu finden.

»Nicht unbedingt«, begann Schuster zu erklären und griff sich dabei kurz an die Nase, bevor er weitersprach: »Sie müssen wissen, dass Sandra eher der spontane Typ war und …«

Brenner schlug mit der flachen Hand auf den Tisch und sagte laut: »Hören Sie mit diesem Stuss auf, Herr Schuster!« Brenner beugte sich noch weiter vor und fixierte ihn mit zusammengekniffenen Augen. »Keine Frau auf der Welt, egal wie spontan sie ist, bestellt ihren Exfreund nach eineinhalb Jahren per WhatsApp zu sich. Und schon gar nicht mit diesem Text.«

Brenner hatte seinen Wutausbruch nur gespielt. In Verhören nutzte er oft verschiedene Mittel, um sein Gegenüber aus der Reserve zu locken. Obwohl Schuster mit seinen ein Meter neunzig beeindruckende Körpermaße hatte, schätzte Brenner ihn psychisch eher schwach ein.

»Das sind reine Vermutungen«, sprang Dr. Emsler seinem Mandanten bei. »Ihre allgemeine Frauenkenntnis in Ehren«, begann der Rechtsanwalt süffisant seinen nächsten Satz, »aber mein Mandant kennt beziehungsweise kannte Frau Weininger vermutlich deutlich besser als Sie!«

»Da will ich Ihnen nicht widersprechen«, antwortete Brenner mit Blick zum Rechtsanwalt, »aber Ihr Mandant lügt, wenn er behauptet, der letzte Kontakt mit Frau Weininger sei vor über einem Jahr gewesen.«

Brenner war sich seiner Behauptung sicher, denn er hatte bei Schuster zum zweiten Mal bei dem gleichen Thema ein Lügensignal erkannt. Von einem Seminar bei Professor Dr. Jack Nasher, den die ›Süddeutsche Zeitung‹ als ›Lügenpapst‹ geadelt hatte, wusste Brenner von den verschiedenen Signalen, anhand derer man Lügner entlarven konnte. Im Gegensatz zur landläufigen Meinung zählte das Blickkontakt-nicht-halten-können jedoch nicht dazu. Ein guter Lügner, insbesondere wenn er genug Zeit hatte, seine Lügenstory vorzubereiten, konnte den Blick zum Gegenüber problemlos halten. Zu den klaren Lügensignalen hingegen zählte das von Brenner gestern wahrgenommene verstärkte Blinzeln – genau in dem Moment, als Schuster behauptet hatte, Sandra Weininger zuletzt Mitte des letzten Jahres gesehen zu haben. Das zweite Lügensignal war soeben das Berühren der Nase gewesen: Beim Lügen schießt Adrenalin in die Nase, was zu einem verstärkten Juckreiz führt.

Mit Blick zu Schuster und in deutlich ruhigerem Ton sagte Brenner: »Ich bin überzeugt, der Richter wird unsere Sichtweise teilen, dass Frau Weininger die WhatsApp an Sie nicht mit der Absicht geschrieben hat, eine Neuauflage der Beziehung zu starten.«

»Das sollten Sie …«, griff der Anwalt wieder ein, wurde jedoch von Brenner mit einem kurzen Handheben unterbrochen.

»Zudem werden wir Ihnen bis zur Gerichtsverhandlung mit Sicherheit nachweisen können, dass Sie Frau Weininger nicht Mitte letzten Jahres das letzte Mal gesehen haben. Und dann …« Brenner lehnte sich jetzt wieder vor und schaute Schuster genau in die Augen, »dann werden Sie es noch schwerer haben, den Richter von Ihrer Unschuld zu überzeugen.«

Bei den letzten Sätzen von Brenner war Schuster unruhig auf seinem Stuhl hin und her gerutscht. Auch der Schweiß auf seiner Stirn zeigte deutlich, dass er extrem unter Druck stand. Schuster beugte sich zu seinem Anwalt und flüsterte diesem etwas ins Ohr.

»Mein Mandant wünscht eine kurze Unterbrechung für ein Vieraugengespräch.«

»Gerne«, antwortete Brenner und schaute auf seine Armbanduhr, um die Uhrzeit der Unterbrechung ins Aufnahmegerät zu diktieren, bevor er den Ausschaltknopf drückte.

Nachdem Marie die Tür des Verhörzimmers geschlossen hatte, sagte sie zu Brenner: »Ich bin gespannt, was jetzt kommt.«

»Ich auch.« Brenner überlegte. »Vielleicht haben die Weininger und der Schuster ja tatsächlich ihre Beziehung wieder aufgenommen. Dann hat sie ihm gestern von ihrer Schwangerschaft berichtet und es kam, wie wir schon vermutet haben, zu einer Übersprunghandlung.«

Kurz darauf wurde die Tür von Dr. Emsler geöffnet. »Wir sind fertig.«

Brenner aktivierte wieder das Aufnahmegerät und gab die Uhrzeit ein.

»Mein Mandant möchte seine Gedächtnislücke korrigieren«, begann Dr. Emsler, was bei Brenner und Marie ein Grinsen hervorrief.

Nach einem kurzen Räuspern sagte Schuster: »Also, ich habe Sandra zwei Tage nach der Beerdigung von Wagner abends kurz zu Hause aufgesucht.«

Da er nicht gleich weitersprach, fragte Brenner: »Was wollten Sie bei ihr?«

Schuster druckste etwas herum, bevor er antwortete: »Na ja, ich habe halt gedacht …« Wieder machte er eine Pause und schaute dabei zu seinem Rechtsanwalt. Als dieser zustimmend nickte, fuhr Schuster fort: »Wir waren ja sehr lange zusammen gewesen. Vor Wagner meine ich. Und jetzt wo Wagner tot ist, habe ich gedacht, dass wir vielleicht eine neue Chance hätten.«

Schuster machte wieder eine Pause, bis Brenner ungeduldig nachfragte: »Und? Wollte Frau Weininger Ihnen eine Chance geben?«

Schuster rutschte wieder unruhig auf seinem Stuhl hin und her, holte tief Luft und sagte etwas zögerlich: »Sie hat mich abblitzen lassen. Sie wollte definitiv nichts mehr mit mir zu tun haben.«

»Wie haben Sie dann reagiert?«

Jetzt schaute Schuster hoch, ganz so, als ob er die Frage nicht verstanden hätte. »Wie reagiert?«

»Na, wie wohl?« Brenner wurde sichtlich ungeduldig. »Haben Sie gesagt, ›jawohl das verstehe ich‹. Oder sind Sie ausgerastet? Denn dass Sie sich wenig unter Kontrolle haben, wissen wir ja seit gestern.«

»Das ist eine Unterstellung«, kam es sofort von Dr. Emsler.

Schuster war inzwischen in sich zusammengesunken und hatte den Blick gesenkt. »Nein. Ich habe nicht die Kontrolle verloren! Natürlich war ich enttäuscht. Und auch frustriert.« Schuster schaute Brenner jetzt in die Augen. »Ich habe es akzeptiert und bin gegangen.«

Brenner fand, dass das, was Schuster ihnen soeben mitgeteilt hatte, alles andere als schlüssig war. Aber im Moment wusste er nicht, was genau ihn daran störte, daher fragte er: »Wenn alles so harmlos war, weshalb haben Sie uns dieses Treffen verschwiegen?«

Ohne lang nachzudenken antwortete Schuster bestimmt: »Das war doch nur dieses eine Mal, wo ich sie in den letzten eineinhalb Jahren gesehen habe.« In etwas leiserem Ton ergänzte er: »Und da Sie ja überzeugt sind, dass ich Sandra getötet habe, dachte ich halt, dass es besser ist …«

Da er nicht weitersprach, ergänzte Brenner seinen angefangenen Satz: »… dass es besser ist, wenn Sie uns das Zusammentreffen mit Frau Weininger unterschlagen.«

Schuster nickte.

Brenner überlegte fieberhaft. Natürlich war es denkbar, dass Schuster sich mit dem Verschweigen vom Zusammentreffen mit Weininger nicht stärker in Verdacht setzen wollte. Aber weshalb hatte er dann so schnell auf Brenners Recherche-Drohung reagiert? Dieses eine kurze Treffen wäre nie und nimmer herausgekommen. Außer … Brenner hatte eine Eingebung.

»Herr Schuster, wer war bei Ihrem Gespräch mit Frau Weininger noch anwesend?«

›Volltreffer!‹, dachte Brenner, als er sah, wie Schuster fassungslos die Augen aufriss und ihm gleichzeitig die Röte ins Gesicht schoss.

»Woher wissen Sie …?«, stammelte Schuster.

›Du glaubst ja jetzt wohl nicht, dass ich dir das auf die Nase binde‹, dachte Brenner und sagte nur kryptisch: »Wir wissen wesentlich mehr, als Sie vermuten, Herr Schuster.«

»Nun«, begann Schuster völlig verdattert, »der Sohn von Sandras Freund war bei ihr. Aber wieso wollen Sie das von mir hören, wenn Sie's eh schon wissen?«

Brenner ließ sich seine Überraschung nicht anmerken.

»Haben Sie mitbekommen, was er bei Frau Weininger wollte?«

»Ja, der hat ihren Schlüssel vom Wohnhaus seines Vaters zurückgeholt.«

Brenner versuchte, sich dieses Szenario im Detail vorzustellen. Da passte schon wieder einiges nicht zusammen.

»Herr Schuster«, Brenner setzte sich jetzt auf und schlug seine Unterlagenmappe zu. »Wenn Sie jetzt nicht mit der ganzen Wahrheit rausrücken, dann beenden wir für heute.«

»Wieso, ich sag doch alles!«, brauste Schuster auf.

»Nein!« Brenner schüttelte den Kopf. »Sie klingeln an der Tür. Frau Weininger macht auf. Dann bitten Sie um einen Neuanfang. Frau Weininger lehnt ab. Sie akzeptieren das ohne Weiteres und gehen wieder nach Hause.« Brenner holte Luft und fixierte Schuster mit seinen Augen. »Das Ganze spielt sich in zwei, sagen wir mal drei Minuten an der Haustür ab. Woher wissen Sie dann, dass Frau Weininger zu dieser Zeit Besuch von Wagner junior hatte, weil dieser den Schlüssel abholen wollte?«

Schusters Gesichtsfarbe wechselte von rot zu weiß. Mit bebenden Lippen begann er jetzt flüssig zu berichten. »Also gut. Zunächst wollte mich Sandra an der Tür abfertigen. Aber ich habe in der Wohnung etwas gehört und da vor ihrem Haus ein protziger BMW stand, bin ich an ihr vorbei und ins Wohnzimmer gegangen.« Schuster schaute kurz zu seinem Anwalt, bevor er weitersprach: »Da habe ich den Typ dasitzen sehen und Sandra angebrüllt, dass die Trauer ja offensichtlich nicht sehr groß sein konnte, wenn sie schon zwei Tage nach der Beerdigung einen neuen Macker hatte!«

Brenner musste grinsen, weil er sich Schusters Machoauftritt bildlich vorstellen konnte. »Und dann sind Sie auf Wagner losgegangen?«

»Nein. Sandra hat sich gleich zwischen uns gestellt und mich aufgeklärt.«

»Und weiter?«

»Nichts weiter. Ich habe mich entschuldigt und bin gegangen.«

›Wie die Entschuldigung ausgesehen hat, frage ich mal lieber nicht nach‹, dachte Brenner. Aber ansonsten war alles schlüssig. Jetzt musste er seinen Angriff starten.

Brenner schlug wieder seine Unterlagenmappe auf und schaute Dr. Emsler und Schuster kurz an.

»Wir wissen jetzt, weshalb Sie ausgerastet sind und Sandra Weininger im Affekt erschlagen haben.« Brenner machte eine kurze Pause, damit sein nächster Satz eine stärkere Wirkung erzielte: »Frau Weininger war nämlich schwanger!«

Schuster schüttelte kurz seinen Kopf, ähnlich einem Boxer, der unerwartet einen Schlag mit Körperwirkung abbekommen hat, beugte seinen Oberkörper vor und schrie: »Was?!« Er schüttelte erneut den Kopf, diesmal um seine Aussage zu bekräftigen: »Nein, das kann nicht wahr sein … Meine Sandra war nicht schwanger. Niemals!«

So schnell wie Schusters emotionaler Ausbruch kam, ebbte er auch wieder ab. Er saß da wie ein Häuflein Elend.

›Jetzt habe ich ihn gleich soweit‹, dachte Brenner.

»Herr Schuster, die Staatsanwältin wird nicht auf Mord, sondern auf Totschlag im Affekt plädieren. Wenn Sie jetzt gestehen, dann wirkt sich das mit Sicherheit positiv auf das Urteil des Richters aus und bei guter Führung sind Sie in wenigen Jahren wieder draußen.«

»Hören Sie auf, meinen Mandanten zu manipulieren«, kam es sofort scharf vom Rechtsanwalt, der allerdings im Moment auch noch nicht wusste, wie er all die neuen Informationen auf die Schnelle einordnen sollte.

Brenner wartete noch einen Moment. Schuster befand sich momentan offensichtlich gedanklich in einer anderen Welt und es hatte nicht den Anschein, als wollte er auf Brenners Angebot eingehen. Deshalb sagte Brenner: »Die Vernehmung ist beendet.«

Die Staatsanwältin und Nadine hatten durch den Einwegspiegel zugeschaut und setzten sich mit Marie um Brenners Schreibtisch.

»Also wenn ihr mich fragt«, begann Marie, »dann hat Schuster von Weiningers Schwangerschaft nichts gewusst. So gut kann man Betroffenheit nicht spielen.«

»Das heißt aber noch lange nicht, dass er die Weininger nicht erschlagen hat«, entgegnete die Staatsanwältin sofort.

»Das will ich damit gar nicht sagen. Lediglich unsere gestrige Vermutung, dass der Hinweis auf die Schwangerschaft der Anlass für Schusters Übersprunghandlung war, ist für mich jetzt hinfällig.«

»Im Grunde genommen sind wir keinen Schritt weiter«, zog Brenner sein Fazit über die soeben durchgeführte Vernehmung. »Wir wissen zwar jetzt, dass Schuster die Weininger mindestens noch einmal gesehen hat, aber selbst wenn das noch häufiger der Fall war, bringt uns das auf der Motivsuche auch nicht weiter.«

»Übrigens, meinen großen Respekt«, lobte die Staatsanwältin mit einem anerkennenden Blick zu Brenner. »Dass Sie Schusters Lüge erkannt und dann mit Ihrer Vermutung sofort ins Schwarze getroffen haben, hat mich sehr beeindruckt.«

Brenner schaute irritiert auf und überlegte kurz, ob er jetzt einem Tagtraum aufgesessen war. Ein Lob von der Staatsanwältin? War das Ironie oder will die was Bestimmtes erreichen? Da er sich auf die Schnelle keinen Reim darauf machen konnte, sagte er grinsend: »Ich war selbst beeindruckt!«

In ernsterem Ton fuhr er fort: »Wir müssen den letzten Tag von Sandra Weininger rekonstruieren. Möglicherweise sogar noch die weiter zurückliegenden Tage. Irgendetwas ist da vorgefallen, das dazu geführt hat, dass sie die WhatsApp an Schuster geschrieben hat.«

»Da war doch eine Freundin bei Frau Weininger, als wir ihr damals das Foto des Junkies gezeigt haben«, erinnerte sich Marie.

»Sehr gut. Die kann uns sicher mehr über Frau Weininger erzählen«, stimmte Brenner zu. »Weißt du noch, wie diese Freundin hieß?«

»Irgendwas mit …«, Marie überlegte. »Beim besten Willen, den Namen habe ich mir nicht gemerkt.«

»War das eine gute Freundin?«, wollte jetzt Nadine wissen.

»Weshalb spielt das eine Rolle?«

»Na ja, ihr seid doch nach der Tatortbegehung bei Wagner als erstes zu Frau Weininger gefahren, und wenn …« Nadine unterbrach sich und wandte sich dann an Brenner: »Hast du noch das Handy von der Weininger?«

Brenner zog die Schublade auf und gab Nadine das Handy.

»Weil …«, Nadine hielt kurz inne und konzentrierte sich auf das Display, bevor sie fortfuhr: «… ich könnte mir vorstellen, dass Frau Weininger ihre Freundin kontaktiert hat, nachdem sie von Wagners Ermordung erfahren hatte.«

»Stimmt! Als ich sie gefragt habe, ob wir einen Arzt anrufen sollen, hat sie das mit dem Hinweis auf ihre Freundin abgelehnt«, fiel Marie jetzt wieder ein. »Du bist spitze, Nadine!«

»Hier, ich hab's!«, gab Nadine bekannt, nachdem sie zuerst auf dem Wand-Kalender das Datum von Wagners Ermordung geprüft hatte. »Am 3. September 2016 sind nur sieben Telefonate verzeichnet. Das erste war der eingehende Anruf, den Pit noch vom Tatort aus gemacht hat. Danach hat Frau Weininger fünfmal versucht, Wagner anzurufen. Die siebte Nummer hat den Namenszusatz ›Tina Breitner‹.«

»Ich schließe mich dem Lob von Marie an«, strahlte Brenner und warf Nadine einen respektvollen Blick zu. »Ich rufe diese Tina gleich mal an.«

»Aber besser mit deinem Telefon«, unterbrach Marie ihren Chef. »Wenn du die Breitner mit Weiningers Handy anrufst, bekommt die einen Schock, wenn sie auf ihr Display schaut.«

»Da hast du absolut recht«, sagte Brenner. »Nadine, wie ist die Nummer?«

»Hauptkommissar Brenner, Morddezernat Karlsruhe«, begrüßte Brenner Tina Breitner, als diese das Gespräch annahm. »Kann es sein, dass wir uns vor zirka drei Wochen schon einmal bei Frau Weininger begegnet sind?«

Anstatt darauf eine Antwort zu geben, fragte Tina Breitner: »Haben Sie den Dreckskerl schon? Das ist unfassbar. Wer tut nur so was? Erst ihr Freund und jetzt Sandra.«

»Mein Beileid, Frau Breitner. Zu Ihrer Frage: Wir sind noch am Ermitteln und bräuchten dringend weitere Infos über Frau Weininger. Wann können wir Sie sprechen?«

»Ich bin heute erst den zweiten Tag wieder in der Firma. Ich war nämlich zweieinhalb Wochen in Südafrika. Hier ist jede Menge aufzuarbeiten. Ich bin vor zwanzig Uhr sicher nicht zu Hause.«

Brenner überlegte kurz, ob sie Frau Breitner auf ihrer Arbeitsstelle befragen sollten, entschied sich dann jedoch dagegen. Das Gespräch mit Frau Breitner wollte er in Ruhe führen, ohne dass diese ständig die Uhr im Blick hatte.

»Könnten Sie morgen vor Arbeitsbeginn kurz zu uns aufs Präsidium kommen?«

»Wenn acht Uhr passt, dann ja«, antwortete Tina Breitner, »spätestens um neun muss ich wieder im Büro sein.«

»Ja, das passt. Aber eine Frage noch: Woher wissen Sie von Sandra Weiningers Tod?«

»Ihre Mieterin, Frau Kullmann, hat mich informiert.«

»Ah ja, danke und bis morgen dann!«

Brenner stand auf und sagte zu Marie: »Wir beide fahren in die Wohnung der Weininger. Vielleicht finden wir in ihren Unterlagen etwas, das uns weiterhilft.«

Zu Nadine gewandt, sagte er: »Erstell bitte eine Liste der Personen, mit denen Weininger die letzten beiden Tage telefoniert hat. Das gibt uns vielleicht einen Anhaltspunkt, wonach wir die Unterlagen sichten sollten.«

»Wir wollten doch auch noch ihre Mails checken«, erinnerte Nadine. »Franzen hatte noch keine Zeit, ihren PC zu holen.«

Die Staatsanwältin war ebenfalls aufgestanden und sagte beim Hinausgehen: »Falls Sie etwas Interessantes finden, dann informieren Sie mich bitte. Um sechzehn Uhr habe ich eine Pressekonferenz angesetzt.«

Marie ließ gerade den Motor an, als Brenner sie fragte: »Hast du auch Hunger? Ich würde meinem Magen gerne vorher noch etwas gönnen.«

»Klar, aber ich will nur eine Kleinigkeit essen.«

»Wieso das? Du hast doch ab heute mit Charly einen Trainingspartner, der dir hilft, das eine oder andere überflüssige Pfund abzutrainieren.«

Anstelle einer Antwort bekam Brenner einen freundschaftliche Faustst0ß gegen die Schulter.

Nach ihrem Mittagessen beim Griechen, bei dem sich

Marie doch dazu verleiten ließ, neben einem kleinen Salatteller noch eine Moussaka mit Lamm-Hack zu bestellen, durchsuchten beide systematisch Sandra Weiningers Wohnung.

Während Marie damit begann, die zahlreichen Fotoalben im Wohnzimmer durchzusehen, widmete sich Brenner dem Büro. Um Platz zu sparen, standen an der linken Wandseite zwei drehbare Ordnersäulen. Beide voll bestückt mit Ordnern. Brenner benötigte nur wenige Minuten um die Ablage-Systematik zu erkennen. Die meisten Ordner enthielten Geschäftliches. Diesen wollte sich Brenner erst im zweiten Anlauf widmen. Zunächst entnahm er den Drehsäulen alle privaten Ordner und packte diese in den mitgebrachten Faltkorb. Danach durchsuchte er die Ablagefächer auf dem Schreibtisch.

»Marie, kannst du kurz kommen?«

»Hast du was gefunden?«, fragte Marie, als sie neben Brenner trat.

Brenner hielt ihr drei Ultraschallfotos hin.

»Die lagen im Ablagefach. Schau dir mal das Datum an!«

»Dann wusste die Weininger ja bereits seit knapp zwei Wochen, dass sie schwanger ist.«

»Genau.« Brenner überlegte. »Somit ist es unwahrscheinlich, dass das der Grund war, weshalb sie vorgestern Abend so dringend ihren Exfreund sprechen wollte.«

»Du hast recht. Eine Spontanreaktion scheidet somit aus und für die Dringlichkeit der WhatsApp-Nachricht fällt mir ebenfalls kein Grund ein.«

Marie warf einen Blick auf die Ordner im Faltkorb. »Da gibt es wohl einiges durchzusehen. Bei den Fotoalben war übrigens nichts Interessantes dabei.«

Brenner und Marie trugen gerade Ordner und PC zum Auto, als ihnen Frau Kullmann entgegenkam.

»Schon Feierabend?«, fragte Marie freundlich.

»Haben Sie den Mörder schon?«, wollte die Mieterin von Frau Weininger wissen und antwortete erst danach: »Mittwochs arbeite ich nur halbtags.«

»Nein, wir ermitteln noch in alle Richtungen.« Brenner setzte den Korb ab. »Aber wenn Sie einen Moment Zeit für uns hätten, dann würden wir Sie gerne noch kurz etwas fragen.«

»Natürlich, fragen Sie, Herr Kommissar!« Frau Kullmann war anzusehen, dass sie sich geschmeichelt fühlte, von Brenner so höflich um Auskunft gebeten zu werden.

»Wissen Sie, ob Frau Weininger Kontakt zu Verwandten hatte?«

»Nein, nicht dass ich wüsste.« Frau Kullmann überlegte kurz einen Moment, bevor sie ergänzte: »Die Mutter von Frau Weininger ist vor etwa einem Jahr gestorben und ihr Vater lebt schon länger nicht mehr.«

»Kennen Sie eventuell den Exfreund von Frau Weininger, Herrn Schuster?« Brenner ärgerte sich, dass er gerade in diesem Moment kein Foto von Schuster dabei hatte.

Frau Kullmann schaute irritiert: »Wieso, Frau Weininger war doch mit Herrn Wagner zusammen?«

»Ja schon. Der Schuster war davor.«

Erleichtert sagte Frau Kullmann: »Dann kann ich den gar nicht kennen. Ich wohne erst seit anderthalb Jahren bei Frau Weininger.«

Marie hatte den PC inzwischen verladen und fragte: »Hat Frau Weininger oft Besuch bekommen? Hatte sie einen großen Bekanntenkreis?«

»Nein, überhaupt nicht«, antwortete Frau Kullmann kopfschüttelnd, »außer Herrn Wagner und ihrer Freundin, die Frau Breitner, habe ich nie was von Besuchen mitbekommen.«

»Okay, dann vielen Dank. Wenn wir noch Fragen haben, melden wir uns.«

»Die gewünschte Liste liegt auf deinem Schreibtisch«, sagte Nadine, als ihre beiden Kollegen vollbepackt ins Büro traten.

Brenner stellte den Korb neben seinen Schreibtisch und nahm Nadines Liste zur Hand.

»Nichts Auffälliges.« Nadine war neben Brenner getreten und zeigte mit ihrem Kugelschreiber auf diverse Nummern und Namen. »Bis auf die Telefonate mit Wagner junior und Tina Breitner waren es nur geschäftliche Kontakte. Die meisten Telefonate hat Sandra Weininger mit denselben Personen geführt, die wir gestern schon angerufen haben. Die Prepaid-Telefonnummer war jedoch kein weiteres Mal dabei.«

»Der Wagner junior ist fünfmal dabei?«

»Ja, dreimal die Direktdurchwahl in der Firma und zweimal seine Handynummer. Um herauszubekommen, wessen Nummer das ist, musste ich natürlich dort anrufen. Ich habe ihn dann auch gleich nach den Inhalten der Telefonate gefragt …«

»Und?«

»Einmal ging es um die Terminabstimmung bezüglich der Schlüsselübergabe, die anderen Male um Terminabstimmung bezüglich diverser persönlicher Sachen, die Frau Weininger noch aus Wagners Haus holen wollte. Anscheinend war ihr das erst nach Rückgabe der Schlüssel eingefallen.«

»Okay, Marie und ich fangen mit den Ordnern an. Du versuchst, in Weiningers PC reinzukommen.«

Während Nadine begann, den PC von Sandra Weininger zu verkabeln, fügte Brenner noch hinzu: »Aber bitte gleich mit der Dechiffrier-Software …«

»Gib mir vorab zehn Minuten, okay?«, bat Nadine.

»Keine Minute länger«, brummte Brenner, wobei er Nadines Ehrgeiz, den Code durch analytisches Überlegen zu knacken, innerlich natürlich begrüßte.

Nadine brauchte nur knapp acht Minuten. »Bin drin!«

»Super. Wie lautet es?«, wollte Marie wissen.

»Ralf&Sandra.«

Brenner überlegte kurz, ob er dieses Passwort, bei dem die Ratio offensichtlich von Emotionen überlagert wurde, kommentieren sollte. Er entschied sich jedoch dagegen und nahm den ersten Ordner zur Hand.

Drei Stunden später klappte Marie den Ordner, den sie gerade durchgesehen hatte zu und sagte: »Also, ich muss jetzt Schluss machen. Meine Tochter und ich wollen heute unseren neuen Mitbewohner holen. Und irgendwie habe ich auch eh keinen klaren Kopf mehr.«

»Geht mir genauso«, kam es von Nadine. »Ich bin alle Mails der letzten drei Wochen durchgegangen. Da war keine einzige Privatmail dabei. Ausschließlich Geschäftskorrespondenz. Zum größten Teil mit den Personen, mit denen sie auch in diesem Zeitfenster telefoniert hat. Mail-Inhalte und das, was mir die Personen zu den Inhalten der Telefonate gesagt haben, stimmen auch überein.«

»Gut, dann machen wir für heute Schluss.« Auch Brenner schlug seinen Ordner zu. »Vielleicht kann uns Tina Breitner morgen irgendeinen Anhaltspunkt geben, was für ihre Freundin so wichtig gewesen sein könnte, ihren Ex spätabends per WhatsApp zu sich zu bitten.«

Entgegen ihrer sonstigen Gewohnheit

Entgegen ihrer sonstigen Gewohnheit kam Marie erst nach Benner ins Büro. »Na, wie findet Charly sein neues Zuhause?«, fragte er als erstes.

»Super natürlich!«, antwortete Marie, während sie ihre Jacke an die Garderobe hängte. »Nach fast drei Monaten Tierheim ist es erstaunlich, wie unproblematisch er sich in unserer Wohnung zurechtfindet.«

»Sprichst du von eurem neuen Mitbewohner?«, erkundigte Nadine, die in diesem Moment ebenfalls das Büro betreten und Maries letzten Satz noch mitbekommen hatte. »Erzähl mal, wie war die erste Nacht?«

»Absolut problemlos!« Marie fuhr ihren PC hoch. »Natürlich hat er zunächst alles ausgiebig beschnüffelt. Lediglich das Essen müssen wir noch etwas trainieren.«

»Wie das?«, fragte Brenner verdutzt. »Sollte er etwa mit Messer und Gabel essen?« Marie rollte mit den Augen und drehte Brenner demonstrativ den Rücken zu. Zu Nadine gewandt, erklärte sie: »Charly muss noch lernen, dass er seine Pfoten vom Tisch zu lassen hat, wenn Julia und ich essen. Wobei ich natürlich verstehen kann, dass unsere Spaghetti verlockender riechen als sein Trockenfutter.«

»Und wie hast du ihm dann Tischmanieren beigebracht?«, wollte Nadine interessiert wissen.

Marie druckste etwas herum, bevor sie antwortete. »Na ja, auf die Schnelle ist mir noch nicht das Richtige eingefallen. Deshalb haben Julia und ich abwechselnd gegessen, während die andere Charly mit Spielen abgelenkt hat.«

Ohne sich umzudrehen wusste Marie, dass Brenner jetzt über beide Ohren grinste. Um einem dummen Kommentar seinerseits zuvorzukommen, fügte sie dann schnell hinzu:

»Aber beim anschließenden Fernsehen habe ich dem jungen Mann dann schon klargemacht, dass es bei uns einige Regeln einzuhalten gibt.«

»Hat ihm denn das Fernsehprogramm nicht gefallen?«, fragte Brenner und versuchte vergeblich, seiner Stimme einen ernsthaften Klang zu geben.

Marie überhörte Brenners Bemerkung geflissentlich und sprach weiter zu Nadine: »Charly wollte ständig zu uns auf die Couch. Das habe ich natürlich rigoros unterbunden!«

Um weitere unqualifizierte Kommentare von Brenner zu vermeiden, unterschlug Marie allerdings, dass die Problemlösung darin bestanden hatte, dass sie und Julia sich vor die Couch auf den Boden gesetzt hatten, damit sich Charly gemütlich zwischen seinen beiden Frauen einkuscheln konnte.

Das Klopfen an der Tür erlöste Marie von weiteren Fragen. »Herein!«, Brenner stand auf und wollte zur Tür gehen, als eine junge Frau eintrat, der man sofort ansah, dass sie einen längeren Aufenthalt im Süden hinter sich hatte. Ihr Gesicht war nicht nur stark gebräunt, auch ihre halblangen brünetten Haare waren sichtlich von der Sonne aufgehellt.

»Tina Breitner. Bin ich hier richtig?«

Brenner gab ihr die Hand. »Guten Morgen, Frau Breitner. Schön, dass Sie sich Zeit nehmen konnten.«

Nachdem auch Marie Frau Breitner begrüßt hatte, setzten sich beide vor Brenners Schreibtisch.

»Ich habe heute Morgen in der Zeitung gelesen, dass es Bernd gewesen ist«, begann Frau Breitner sofort das Gespräch. »Unfassbar. Ich kann es noch gar nicht glauben!«

»Momentan sieht es so aus«, bestätigte Brenner. »Allerdings haben wir noch einige Ungereimtheiten und wir hoffen, dass Sie uns weiterhelfen können.«

»Was kann ich für Sie tun?«

»Wussten Sie, dass Frau Weininger schwanger war?«

»Wie bitte? Das kann nicht wahr sein.« Tina Breitner schaute ungläubig von Brenner zu Marie und wieder zurück. »Das hätte mir Sandra auf jeden Fall gesagt, bevor ich in Urlaub geflogen bin.«

»Nun«, relativierte Brenner, »Frau Weininger hat das vermutlich zu dem Zeitpunkt selbst noch nicht gewusst. Die Ultraschallfotos sind vor elf Tagen gemacht worden.«

»Wäre ich doch bloß nicht geflogen!« Tina Breitner schniefte und versuchte die hervorkullernden Tränen wegzuwischen.

»Wann sind Sie denn abgereist?«, schaltete sich Marie ein.

»Am Dienstag nach der Ermordung von Ralf. Ich habe lange überlegt, ob ich den Urlaub canceln soll. Aber ich habe solange darauf gespart.« Frau Breitner machte eine Pause, bevor sie weitersprach. »Dennoch habe ich es Sandra angeboten. Sie hat jedoch gemeint, das sei völlig unnötig. Die Beerdigung würde sie auch ohne mich schaffen.«

Tina Breitner schüttelte den Kopf, als könne sie die grauenvollen Gedanken dadurch verscheuchen. »Zuerst wird ihr Freund ermordet, dann erfährt sie wenige Tage später, dass sie von ihm schwanger ist. Das muss fürchterlich für Sandra gewesen sein. Und ich war nicht da …«

»Hat denn Frau Weininger nicht versucht, Sie telefonisch zu erreichen?«, wollte Brenner wissen.

»Das wäre nicht möglich gewesen. Ich habe eine Busch-Safari gemacht und mein Handy erst in Deutschland wieder eingeschaltet.«

»An wen könnte sich denn Frau Weininger gewandt haben, als sie von ihrer Schwangerschaft erfuhr?«, fragte Marie.

»Außer zu Ralf und mir hatte Sandra zu niemandem eine enge Beziehung.« Tina Breitner schaute Marie an. »Sandra war alles andere als ein Party-Typ. Auch in der Zeit mit Bernd hat sie sich wenig für seinen Freundeskreis interessiert. Sie hat immer gesagt, sie müsse beruflich mit so vielen Leuten kommunizieren. Privat bräuchte sie das nicht auch noch.«

Zu Brenner gewandt, ergänzte Tina Breitner: »Sandra und Ralf haben diesbezüglich auch gut zusammengepasst. Ralf hatte ja abgesehen von der Jagd auch keine großen Privatinteressen.«

»Wie stand denn Frau Weininger zu Herrn Wagners Jagd-Passion?«, griff Brenner das Thema auf.

»Oh, damit hat sie sich nur am Anfang etwas schwergetan. Später hat sie Ralf sogar öfters zum Ansitzen begleitet.«

Brenner hakte nach: »Hatte Frau Weininger zu Herrn Wagners Jagd-Kollegen nähere Beziehungen?«

»Was heißt nähere Beziehungen?« Tina Breitner überlegte kurz. »Natürlich war Sandra mit allen per du, zumindest nehme ich das an, weil sie immer die Vornamen benutzt hat, wenn sie den einen oder anderen mal im Gespräch erwähnt hat. Aber an den Treffen hat sie selten teilgenommen. Sie hat immer gesagt, deren Jägerlatein würde das heimische Rotwild auf Elchgröße wachsen lassen.«

Marie schmunzelte. Offensichtlich hatte Tina Breitner eine ähnlich skeptische Einstellung gegenüber der Jagd. »Wie haben sich Frau Weininger und Herr Wagner eigentlich kennengelernt?«, wechselte Marie zu einem neuen Thema. »Hatten die beiden beruflich miteinander zu tun?«

»Nein, die beiden waren durch Zufall im selben Hotel in Berlin. Sandra wegen diverser Verlagsgespräche und Ralf war auf einer Messe.«

»Aha«, sagte Marie.

»Nicht was Sie vielleicht denken. Von der Bar ins Bett und so. Nein, so eine war Sandra nicht.« Tina Breitner schüttelte vehement den Kopf. »Ein Paar sind die beiden erst geworden, nachdem sie hier in Karlsruhe mehrmals zusammen ausgegangen waren.«

Brenner informierte Tina Breitner über die WhatsApp, die Sandra Weininger kurz vor ihrer Ermordung an Bernd Schuster geschickt hatte. »Haben Sie eine Idee, was für Frau Weininger so wichtig gewesen sein könnte?«

Tina Breitner überlegte. »Nein, überhaupt nicht.« Nach einem kurzen Moment schüttelte sie den Kopf und ergänzte nachdenklich: »Dass sie Bernd überhaupt eine WhatsApp geschickt hat, ist mir unbegreiflich. Denn von dem wollte sie nun wirklich nichts mehr wissen.«

»Könnte sie sich Unterstützung während ihrer Schwangerschaft erhofft haben?«, hakte Marie nach.

»Nie und nimmer!«, kam sofort die Antwort. »Undenkbar, dass sich Sandra deswegen an Bernd gewandt hätte.«

»Aber immerhin war sie über mehrere Jahre mit ihm zusammen gewesen«, entgegnete Brenner.

»Ja, mindestens vier Jahre zu lang«, merkte Tina Breitner trocken an. »Ich habe Sandra immer gesagt, dass Bernd nicht der Richtige für sie ist. Aber erst als der angefangen hat zu dealen, hat sie mit ihm Schluss gemacht.«

»Bernd Schuster dealt?«, fragte Brenner sofort hellhörig.

»Ob er immer noch dealt, weiß ich nicht. Bernd raucht schon regelmäßig Joints, seit ich ihn kenne. Angeblich steigert das seine Kreativität.«

»Konsumieren und Dealen sind aber schon zwei verschiedene Welten«, wandte Marie ein. »Wann hat Herr Schuster denn mit dem Dealen angefangen?«

»Nachdem es mit seinen Aufträgen nicht mehr so gut lief. Als Sandra das mitbekommen hat, hat sie die Beziehung sofort beendet.«

»Wie hat Schuster reagiert?«, wollte Brenner wissen.

»Der wollte das natürlich nicht akzeptieren und hat Sandra permanent angerufen beziehungsweise stand vor ihrer Tür. Erst als sie ihm gedroht hat, ihn wegen Stalking anzuzeigen, hat er aufgehört. Er ist dann anscheinend für einige Monate in Holland gewesen.«

»Woher haben Sie diese Information?«, fragte Marie.

»Von Sandra. Die hat mir eines Tages erzählt, dass sich Bernd wieder bei ihr gemeldet hat und einen Neuanfang wollte. Anscheinend hätte er sein Leben geändert. Das übliche Blabla halt …«

»Wie hat Frau Weininger reagiert?«

»Sandra war ja inzwischen mit Ralf zusammen und da hatte Bernd natürlich keine Chancen mehr.«

Brenner gingen gerade einige Dinge durch den Kopf. »Wissen Sie, ob es zu einer persönlichen Begegnung zwischen den beiden Männern kam?«

»Von einer direkten Begegnung weiß ich nichts. Allerdings hat mir Sandra mal erzählt, dass sie Bernds Auto in Baiersbronn auf einem Parkplatz entdeckt hat, als sie gemeinsam mit Ralf in so einem Sternerestaurant war. Sandra hat sich sehr aufgeregt und hat sich Sorgen gemacht, dass Bernd Ralf eventuell zur Rede stellen wolle.«

»Möglicherweise nicht nur Reden«, entfuhr es Brenner spontan, weil er an die Situation von Schusters Verhaftung dachte.

»Genau das hat Sandra auch befürchtet«, bestätigte Tina Breitner. »Sie hat Ralf damals sogar gebeten, seine Pistole sicherheitshalber immer bei sich zu tragen.«

»Damit hätte Wagner sich strafbar gemacht«, kam es sofort von Marie.

»Das hat Ralf ihr auch erklärt. Außerdem hat er Bernds

Verhalten als spätpubertäre Eifersucht abgetan.«

»Wissen Sie«, ergänzte Tina Breitner, »Sandra war die ersten Stunden nachdem sie von Ralfs Ermordung erfahren hat natürlich total durch den Wind. Irgendwann gegen Abend haben wir jedoch angefangen, uns zu überlegen, wer Ralf das angetan haben könnte.« Tina Breitner machte eine Pause und sah Brenner in die Augen. »Wir hatten zwei Personen in Verdacht. Dreimal dürfen Sie raten, wen wir verdächtigt haben.«

»Bernd Schuster«, antwortete Brenner.

»Genau. Das würde nämlich viel eher zu dem passen. Dass er Sandra getötet hat, das verstehe ich nicht. Aber bei Ralf waren wir uns fast sicher.«

»Weshalb haben Sie uns diesen Verdacht denn nicht mitgeteilt?«, fragte Marie etwas schroff.

»Das wollten wir doch!« Tina Breitner wandte sich jetzt Marie zu. »Sandra und ich saßen gerade beim Frühstück und haben nochmal über unseren Verdacht diskutiert, als Sie beide gekommen sind und uns das Bild von diesem Junkie gezeigt haben.«

Zu Brenner gewandt ergänzte Tina Breitner: »Sie sagten uns außerdem, dass man bei diesem Junkie sowohl die Mordwaffe als auch frische Schmauchspuren an seiner Hand gefunden hätte.«

Brenner und Marie sahen sich an. Tina Breitner fragte: »Der Junkie war doch der Mörder. Oder etwa nicht?«

»Ja, doch. An Seidels Täterschaft gibt es eigentlich keine Zweifel«, antwortete Brenner etwas abwesend, weil er gerade gedanklich mit völlig neuen Zusammenhängen beschäftigt war.

»Vielen Dank, Frau Breitner, dass Sie bei uns vorbeigekommen sind«, verabschiedete sich Brenner, dem es jetzt nicht schnell genug gehen konnte, seine neue Spur mit Marie zu diskutieren.

Marie begleitete Frau Breitner zur Tür als ihr noch etwas einfiel: »Sie sprachen vorhin von zwei Personen, die Sie in Verdacht hatten.«

»Ach ja, über den Sohn von Ralf haben wir auch kurz diskutiert. Die beiden hatten ja keinen guten Draht zueinander. Aber unser Favorit war eindeutig Bernd.«

»Schieß los!«, forderte Marie ihren Kollegen auf, als sie die Tür hinter Tina Breitner geschlossen hatte. Auch Nadine, die die Befragung aufmerksam verfolgt hatte, saß schon erwartungsvoll vor Brenners Schreibtisch.

»Ihr wisst ja«, begann Brenner und schaute seine beiden Kolleginnen an, »ich hatte zwar nie einen Zweifel daran, dass Seidel auf Wagner geschossen hat. Aber das ganze Drumherum war mir einfach zu unrund.«

»Und jetzt?«, fragte Marie ungeduldig, die sofort mitbekommen hatte, dass Brenners Gedanken abgeschweift waren.

»Jetzt passt für mich einiges zusammen.« Brenner stand auf und begann seine Wanderung. »Schuster kommt nach einigen Monaten aus Holland zurück. Möglicherweise ja tatsächlich mit guten Vorsätzen. Sandra Weininger ist jedoch zwischenzeitlich eine neue Beziehung eingegangen. Schuster späht die beiden aus. Er ist diesen sicherlich nicht nur nach Baiersbronn gefolgt. Irgendwann im Laufe der Monate entwickelt er einen Plan.«

Marie nutzte die kurze Pause, die Brenner machte, und ergänzte ihrerseits: »In Konkurrenz zu Wagner sieht Schuster keine Chance, Sandra Weininger zurückzugewinnen. Also beschließt er, diesen zu töten …«

»Genau!«, ergriff Brenner wieder das Wort. »Natürlich

war ihm klar, dass bei einem Mord an Wagner der Verdacht sofort auf ihn fallen würde. Deshalb hat er den Mord nicht selbst durchgeführt, sondern in Auftrag gegeben.«

»Das passt!«, brachte sich Nadine erregt ein, die jetzt wie Brenner und Marie unter Strom stand. »Durch seine Dealertätigkeit hatte er Kontakt zu Seidel. Irgendwie hat er dann herausbekommen, dass Seidel ebenfalls einen Hass auf Wagner hat und diesen durch Geld oder Drogen zum Mord an Wagner überredet.«

»Schuster hat die Waffe besorgt und Wagner ausgespäht, weshalb er wusste, dass dieser immer Samstag frühmorgens ins Revier fährt. Er selbst hat sich für diese Nacht sicher ein gutes Alibi organisiert«, ergänzte Marie. »Wie passt dann Seidels Suizid dazu?«

»In meiner Theorie …«, begann Brenner seine Antwort und überlegte noch abwägend, »… hat Schuster von Anfang an geplant, uns Seidel als Mörder zu präsentieren. Schuster vereinbart deshalb das Treffen an der Grillhütte. Dort würde er Seidel angeblich ausbezahlen. Entweder mit Geld oder Drogen. Zudem soll ihm Seidel die Waffe zurückgeben, damit er sie angeblich verschwinden lassen kann …«

»Als sie sich treffen, gibt Schuster dem ahnungslosen Seidel die Spritze mit der Überdosis Heroin. Dieser ist durch den begangenen Mord sowieso in einer psychischen Extremsituation und setzt sich dann gleich den Schuss, ohne zu wissen, dass es sein letzter Trip sein wird«, vollendete Nadine den möglichen Ablauf.

»Jetzt spekulieren wir einfach noch einen Schritt weiter.« Brenner hatte sich inzwischen gesetzt. »Uns hat der Text der WhatsApp ja immer stutzig gemacht: ›Muss dich dringend sprechen. Komm so schnell wie möglich bei mir vorbei!‹ Der hat nicht wirklich zu ihrer Schwangerschaft gepasst.«

»Ich weiß, was du meinst!« Marie tippte sich mit der Hand auf die Stirn, als sie die Gedankengänge von Brenner nachvollzog. »Frau Weininger hat möglicherweise die gleichen Schlussfolgerungen gezogen wie wir. Immerhin hat sie ihren Exfreund ja bereits unmittelbar nach dem Mord an Wagner verdächtigt. Mit diesem Verdacht will sie Schuster natürlich nicht am Telefon konfrontieren, sondern Auge in Auge. Deshalb schreibt sie die WhatsApp.«

»Richtig«, bestätigt Brenner. »Schuster kommt bei ihr vorbei. Die Weininger konfrontiert ihn mit ihrem Verdacht und Schuster erschlägt sie im Affekt, weil er befürchten muss, dass seine Ex uns über ihren Verdacht informiert.«

»Die Tat bleibt somit, wie wir von Anfang an vermutet haben, eine Affekthandlung. Wenngleich mit einem anderen Auslöser«, fasste Nadine zusammen. »Dazu passt auch Schusters Verhalten im Verhör, denn von Weiningers Schwangerschaft hat er bis dato tatsächlich nichts gewusst!«

Marie hob, einen Einwand signalisierend die Hand: »Passt dann seine Amnesie noch ins Bild? Bislang sind wir doch davon ausgegangen, dass Schuster sich tatsächlich nicht mehr an seine Tat erinnern kann.«

Brenner überlegte kurz. »Muss kein Widerspruch sein. Bei unserer neuen Theorie weiß er natürlich von seiner Anstiftung zum Mord an Wagner und auch dem anschließenden Szenario mit Seidel. Lediglich seine Affekthandlung bei Weininger blendet sein Bewusstsein aus.«

»Und was machen wir jetzt?«, wollte Marie wissen und schaute ihren Chef fragend an.

»Wir sollten vermutlich die Staatsanwältin über unsere Hypothese informieren. Schließlich muss sie die Anklageschrift nicht nur auf Totschlag im Affekt formulieren, sondern noch um einen perfide geplanten Mord erweitern.«

»Vielleicht hat sie gerade Zeit«, sagte Marie und griff zum Telefonhörer.

Etwa fünfzehn Minuten später, nachdem Brenner und Marie ihre neue Theorie umfassend präsentiert hatten, sagte die Staatsanwältin: »Nein! Der Mord an Wagner ist abgeschlossen.«

Mit Blick zu Brenner sprach sie weiter: »Selbst wenn Ihre Theorie stimmen würde, können wir das Schuster in tausend Jahren nicht nachweisen. Oder haben Sie auch nur den Ansatz einer Idee, wie Sie diesen Nachweis erbringen wollen?«

Brenner zuckte mit den Schultern. »Momentan noch nicht.«

»Sehen Sie! Jetzt haben wir noch die Chance, dass Schuster den Totschlag im Affekt gesteht und zumindest für ein paar Jahre hinter Gitter muss. Wenn wir jedoch zusätzlich noch Anstiftung zum Mord reinbringen, wird Schuster komplett mauern und sofern wir Pech haben, sieht der Richter auch die Indizien für den Totschlag als nicht ausreichend an und Schuster verlässt als freier Mann das Gericht.«

Die Staatsanwältin schüttelte vehement den Kopf. »Ich habe gestern zwar die Untersuchungshaft problemlos durchbekommen, aber gegen die von Dr. Emsler angestrebte Haftkaution musste ich beim Richter kämpfen. Und wenn wir jetzt noch den Wagner-Fall reinbringen … Nein!«

»Was schlagen Sie vor?« Brenner ballte die Fäuste und fixierte die Staatsanwältin.

»Wenn Ihre Theorie stimmt, dann muss Schuster damit rechnen, dass wir möglicherweise seine Verbindung zu Seidel entdecken und anschließend einen Zusammenhang zu dem Mord an Wagner herstellen. Diese Recherchen kann er jedoch vermeiden, wenn wir den Fall Weininger schnell abschließen. Das wiederum wird der Fall sein, wenn er die Affekthandlung gesteht.«

»An die er sich jedoch aufgrund seiner Amnesie nicht erinnern kann«, entgegnete Marie.

»Probieren Sie's nochmal mit dem Angebot, seine Amnesie über einen Psychologen aufzulösen. Auch Schusters Rechtsanwalt dürfte wissen, dass den Richter eine solche Vorgehensweise gnädig stimmen würde. Sie müssen Schuster soweit bekommen, dass er seine Affekthandlung an Weininger gesteht, um dadurch einer Anklage auf Anstiftung zum Mord zu entgehen. Dabei ist es mir egal, ob er sich mit Hilfe des Psychologen erinnert oder von selbst.«

»Somit wären Ihnen also drei oder vielleicht vier abgesessene Jahre von Schuster lieber als dessen Verurteilung als Mörder?«, schnaubte Brenner.

»Manchmal ist der Spatz in der Hand besser als die Taube auf dem Dach«, sagte Cora Ekberg schnippisch und fügte dann schnell hinzu: »Bitte vergessen Sie nicht, dass Ihre Theorie mit der Anstiftung zum Mord nichts anderes ist, als nur eine Theorie. Und Richter richten nun mal ausschließlich über Tatsachen.«

›Blödes Geschwafel! Du willst nur schnell einen weiteren abgeschlossenen Fall, damit du die Karriereleiter schneller raufkommst‹, dachte Brenner, stand auf und sagte halblaut, während er zur Tür ging: »Von einem Spatzenbraten habe ich noch nichts gehört!«

Marie musste über Brenners Antwort auf die Metapher der Staatsanwältin grinsen. Diese tat, als habe sie nichts gehört und tauchte hinter ihrem Bildschirm ab.

Auf dem Weg zurück versuchte Marie, Brenner zu beschwichtigen. »Pit, ganz so unrecht hat die Ekberg nicht. Momentan besteht immer noch die Gefahr eines ›in dubio pro reo‹-Urteils. Und mir persönlich ist es auch lieber, wenn Schuster zumindest für ein paar Jahre hinter Gitter geht, als völlig ungestraft davonzukommen.«

»Mir geht sowas komplett gegen den Strich«, antwortete Brenner verärgert. »Nur um schnell den Fall abzuschließen, werden Ungereimtheiten unter den Tisch gekehrt.«

»Wie geht's nun weiter?«, fragte Nadine, als Marie sie über das Gespräch mit der Staatsanwältin informiert hatte.

»Gute Frage. Pit, was meinst du?«

»Momentan gar nichts!« Brenner stand auf und zog seine Jacke an. »Ich muss an die frische Luft und mich bewegen. Bin in spätestens dreißig Minuten wieder zurück.«

Am liebsten wäre Brenner jetzt joggen gegangen

Am liebsten wäre Brenner jetzt joggen gegangen. Selbst bei komplexen Problemstellungen kam er anschließend zumindest mit ersten Lösungsansätzen zurück. Wenn er während der Bürozeiten dringend eine derart kreative Bewegungsphase benötigte, ging er vom Präsidium aus die Hertzstraße entlang, auf der sich zur Linken mehrere Sportplätze befanden, und drehte eine große Runde. Für einen Bewegungsmenschen wie ihm war das zwar nur ein kleiner Ersatz, aber immer noch besser, als im Büro sitzend auf eine Eingebung zu warten.

Brenner hatte das Karree fast umrundet, als er sein Handy aus der Tasche zog.

»Ich bin's. Marie, kannst du bitte Schusters Rechtsanwalt anrufen und zeitnah einen Termin vereinbaren?«

»Mach ich. Hast du dir eine Strategie überlegt?«

»Ja, in groben Zügen. Ich bin in fünf Minuten zurück.«

»Dr. Emsler ist in zwanzig Minuten hier«, begrüßte Marie Brenner, als dieser das Büro betrat. »Er hat zwischen zwei Terminen am Amtsgericht Zeit, sofern wir nicht länger als eine halbe Stunde brauchen.«

»Wenn sein Mandant ein Geständnis ablegt, sind wir in fünf Minuten fertig«, antwortete Brenner sarkastisch und erläuterte anschließend kurz seine geplante Vorgehensweise.

Zwanzig Minuten später eröffnete Brenner die Vernehmung: »Herr Schuster, bei unserer letzten Befragung haben Sie ausgesagt, von Frau Weiningers Schwangerschaft nichts gewusst zu haben und …«

»Das ist definitiv so«, unterbrach Schuster sofort. »Davon habe ich absolut nichts gewusst!«

Brenner hob beruhigend die Hand. »Wir glauben Ihnen insoweit, Herr Schuster, als dass Ihnen diese Information vermeintlich neu war. Konkret: Wir gehen davon aus, dass auch diese Information durch Ihre Amnesie verdeckt ist.«

»Das ist eine Vermutung und kein Fakt«, argumentierte Dr. Emsler unverzüglich.

»Richtig«, stimmte Brenner zu. »Aufgrund der Faktenlage, insbesondere der Fingerabdrücke auf der Tatwaffe und …«

»Das haben wir doch schon hinlänglich erklärt«, unterbrach der Rechtsanwalt ungeduldig. »Mein Mandant hat Frau Weininger tot aufgefunden und vermutlich in den Arm genommen, denn sehr viele Fingerabdrücke waren blutverschmiert. Hätte Herr Schuster jedoch, wie von Ihnen dargestellt, im Affekt zugeschlagen, dann wären auf der Tatwaffe nur seine normalen Fingerabdrücke.«

»Nicht unbedingt«, wiedersprach Brenner. »Bei einer Affekthandlung ist auch die unmittelbar auf die Tat folgende Verhaltensweise alles andere als rational. Aber wir bewegen uns auf einen entscheidenden Punkt zu.« Brenner machte eine kurze Pause, bevor er weitersprach: »Ein Psychologe könnte Ihrem Mandanten mit Hypnosetherapie helfen, die Amnesie aufzuheben.«

»Warten Sie noch einen Moment«, stoppte Brenner mit angehobener Hand den Rechtsanwalt, der schon widersprechen wollte. »Im besten Fall erinnert sich Herr Schuster anschließend an Details, die seine Unschuld bekräftigen. Im anderen Fall kann er sich an die Tat erinnern und sein aktives Mitwirken zur Auflösung wird vom Richter mit einem niedrigen Strafmaß honoriert.«

»Das kommt für uns überhaupt nicht infrage«, beschied Dr. Emsler in souveräner Tonlage. »Sie wissen sicher auch von den zahlreichen Fällen, bei denen die Hypnosetherapie völlig falsche Erinnerungen hervorgebracht hat. Dieses Risiko gehen wir keinesfalls ein!«

Der Rechtsanwalt spielte damit auf Diskussionen an, die überwiegend durch den amerikanischen Harvard-Professor Daniel L. Schacter angestoßen worden waren. Der hatte herausgefunden, dass sich Patienten in zahlreichen Fällen nach Hypnosesitzungen an vermeintlich reale Dinge erinnerten, die in Wirklichkeit jedoch unbewusste Suggestionen der Psychologen waren. In seinem Buch »Wir sind Erinnerungen« hatte Schacter zahlreiche Gerichtsfälle aufgelistet, bei denen Personen aufgrund derart zustande gekommener falscher Erinnerungen jahrelang unschuldig ins Gefängnis mussten.

»Sie gehen also lieber das Risiko ein, dass Ihr Mandant auf Basis unserer Indizienkette verurteilt wird?«, versuchte Brenner zu provozieren.

»Da warten wir doch besser erst mal ab, wie der Richter Ihre Indizien beurteilt«, bemerkte der Rechtanwalt süffisant.

»Herr Dr. Emsler, ich weiß, dass Sie auf ein ›in dubio pro reo‹-Urteil spekulieren«, gab Brenner genauso süffisant zurück. »Wenn Herr Schuster jedoch nicht bereit ist, aktiv dazu beizutragen, seine Gedächtnislücke zu beseitigen, dann müssen wir weiter in seiner Vergangenheit stöbern, um unsere Indizienkette zu untermauern. Und wer weiß, was dabei noch alles herauskommen wird.«

»Soll das eine Drohung sein?«, fragte der Anwalt misstrauisch.

»Keineswegs«, antwortete Brenner und konzentrierte sich jetzt auf Schuster. »Wir haben inzwischen immerhin schon herausgefunden, dass Sie Frau Weininger und Herrn Wagner intensiv ausgespäht haben.«

»Was hat das mit Frau Weiningers Tod zu tun?«, griff der

Rechtsanwalt sofort ein und schaute argwöhnisch zu seinem Mandanten. Brenner entging die Röte nicht, die Schuster ins Gesicht schoss. »Das wissen wir noch nicht. Aber wie gesagt, wenn Ihr Mandant seine Amnesie behalten will …«

Der Anwalt blickte auf seine Uhr und sagte ungeduldig: »Könnten wir jetzt vielleicht die Punkte ansprechen, weshalb Sie mich haben kommen lassen?«

»Im Prinzip wollte ich nur signalisieren, dass die Beseitigung der Gedächtnislücke für beide Seiten definitiv Vorteile hätte«, antwortete Brenner bewusst vage und gab die aktuelle Uhrzeit in das Aufnahmegerät ein, bevor er es abschaltete.

»Wenn Sie bei der nächsten Vernehmung greifbare Fakten parat hätten, wäre ich Ihnen sehr verbunden«, bemerkte Dr. Emsler in barschem Ton und steckte seine Unterlagen in die Aktentasche.

Auf dem Weg zurück ins Büro sagte Brenner zu Marie und Nadine, die der Vernehmung vom angrenzenden Beobachtungszimmer aus beigewohnt hatte: »Jetzt können wir nur hoffen, dass unsere versteckte Drohung wirkt und Schuster sich daran erinnert, die Weininger erschlagen zu haben – mit oder ohne Psychologe.«

»Und was machen wir bis dahin?«, wollte Nadine wissen.

»Als erstes Mittagessen«, grinste Brenner. »Zumindest mein Magen braucht dringend was zu futtern. Geht ihr mit?«

»Nein, ich will schnell nach Hause und bei meiner Nachbarin nachschauen, ob mit Charly alles okay ist.«

»Und ich muss dringend ein Geschenk für Timos Mutter einkaufen«, sagte Nadine. »Wir sind heute Abend zum Geburtstag eingeladen und mein Freund kann sich ja nicht von seinen Büchern lösen.«

»Gut, dann geh ich alleine.«

Brenner überlegte, worauf er heute Lust hatte.

Als Marie und Nadine fast zeitgleich eine Stunde später wieder im Büro eintrafen, schrieb Brenner gerade den Text von Weiningers WhatsApp an Schuster auf das Whiteboard:

»Muss dich dringend sprechen. Komm so schnell wie möglich bei mir vorbei!«

»Hast du einen neuen Ansatz?«, fragte Marie interessiert, nachdem sie sich mit einer frischen Tasse Kaffee an Brenners Schreibtisch gesetzt hatte.

»Nicht wirklich!«, antwortete Brenner. »Aber falls Schuster es doch auf einen Indizienprozess ankommen lässt, sollten wir tatsächlich weitere Fakten haben. Und diese WhatsApp spielt meines Erachtens eine zentrale Rolle.«

»Das wissen wir ja. Aber welche?«, meinte Marie mit leichtem Frust in der Stimme.

»Ja, das ist die große Frage. Ich habe irgendwie das Gefühl, dass wir etwas Entscheidendes noch nicht erkannt haben.«

»Was schlägst du vor?«, fragte Nadine von ihrem Schreibtisch aus.

»Dass wir klassische Polizeiarbeit machen und uns mühsam durch Sandra Weiningers Ordner und ihren PC quälen.« Brenner hob resignierend die Schultern. »Nur die Fernsehkommissare lösen ihre Fälle ohne die übliche Sisyphos-Arbeit.«

Marie ging zurück an ihren Schreibtisch und sagte wenig begeistert: »Also machen wir da weiter, wo wir Mittwochabend aufgehört haben.«

Während der folgenden vier Stunden berieten sich die Kommissare zwar immer wieder kurz über die eine oder andere Information, die sie entdeckten. Aber etwas wirklich Zielführendes war nicht darunter, weshalb Brenner gegen halb sechs resigniert ankündigte: »Lasst uns morgen weitermachen. Ein ausgeschlafenes Gehirn findet vielleicht eher eine Spur.«

»Dann komme ich noch rechtzeitig zur Geburtstagsfeier«, sagte Nadine mit Blick auf ihre Armbanduhr. »Einen schönen Abend euch beiden.«

»Dito«, antworteten Brenner und Marie fast gleichzeitig.

»Pit, noch eine Frage«, fiel Marie ein, als sie schon an der Tür war. »Wir gehen bislang mit Charly immer an der Leine spazieren. Was meinst du, ab wann können wir es riskieren, ihn von der Leine zu lassen?«

Brenner war noch dabei, seinen Schreibtisch aufzuräumen und mit seinen Gedanken immer noch beim Fall. Er schaute irritiert auf.

Marie fuhr fort. »Wenn Charly immer nur an der Leine läuft, kann er ja seine Energie nicht abbauen. Wenn ich ihn aber freilaufen lasse, dann bin ich mir nicht sicher, ob er nicht abhaut, wenn er was Interessantes sieht.«

»Das musst du gezielt trainieren«, antwortete Brenner und erkläre ausführlich, wie sie Charly beibringen konnte, zu ihr zurückzukommen. Als Marie weiterhin skeptisch schaute, fügte er hinzu: »Wenn du willst, fahre ich mit zu dir und wir üben das gemeinsam.«

»Das wäre super!« antwortete Marie erleichtert.

Eine halbe Stunde später wurde Brenner stürmisch von Charly begrüßt, als er vor Maries Haus aus seinem Auto stieg. Julia hatte schon ungeduldig auf sie gewartet. Brenner erklärte zunächst Julia die Übung und demonstrierte dann die praktische Umsetzung. Danach durften Marie und Julia üben.

Normalerweise startete Brenner

Normalerweise startete Brenner seine täglichen Jogging-Runden immer direkt von seiner Wohnung, die am Nordhang von Bad Herrenalb lag. Aufgrund des heutigen Talnebels, der besonders häufig in windschwachen Herbstnächten entsteht, hatte sich Brenner für eine seiner Lieblingsstrecken entschieden und nahm dafür eine kurze Anfahrtstrecke in das drei Kilometer entfernte Bergdörfchen Bernbach in Kauf.

Brenner parkte seinen Roadster an der kleinen Bernbacher Kirche, die bereits in Schriften aus dem Jahre 1620 erwähnt wird. Ursprünglich als katholische Kapelle erbaut, wurde sie im sechzehnten Jahrhundert durch die Reformation evangelisch.

Die ersten zweihundert Meter nutzte Brenner als Aufwärmphase, bis die Bernsteinstraße in einen sehr steil ansteigenden Waldweg überging. Vor ihm lagen rund zweihundert Höhenmeter bis zum knapp siebenhundert Meter hohen Bernsteinfelsen. Die Steigung brachte ihn zwar an seine körperliche Leistungsgrenze, aber der herrliche Ausblick war die Anstrengung mehr als wert. Besonders an Tagen wie heute, wenn die aufsteigende Sonne flach auf das, sich durch die Täler schlingende Nebelmeer strahlte, hatte Brenner das Gefühl, sich in einer surrealen Welt zu befinden.

Auf den letzten Metern musste er sich besonders auf den Weg konzentrieren, da sich dieser zwischen mehreren Steinbrocken hindurchschlängelte, bis er letztlich direkt vor dem sechs Meter hohen Fels aus Buntsandstein endete, der den eigentlichen Gipfel des Berges bildete.

Noch schwer atmend, genoss er den märchenhaften Blick auf die Vogesen in Frankreich, die vor rund fünfzig Millionen Jahren ein gemeinsames Gebirge mit dem Schwarzwald gebildet hatten. Während die Rheinebene noch von waberndem Bodennebel bedeckt war, lagen die Gipfel des dahinter ansteigenden Mittelgebirges bereits in gleißendem Sonnenlicht. ›Eigentlich‹, dachte Brenner, ›wäre für dieses feenhafte Panorama der Begriff kitschig treffend, aber auf gute Art kitschig‹. Auf dem Rückweg dachte er, in lockerem Tempo laufend, über seine Idee nach, die ihm bergauf gekommen war. Ja, daraus könnten sich neue Anhaltspunkte ergeben. Er war schon gespannt darauf, was seine Kolleginnen dazu sagen würden.

Als Brenner am nächsten Moregn frisch geduscht und voller Energie um kurz nach acht Uhr ins Büro kam, war Nadine bereits in die Dateien auf Weiningers PC vertieft.

»Hallo Nadine, wie war's bei der Geburtstagsfeier?«

»Bis auf die dummen Sprüche wegen meines Berufs ganz gut.«

»Wie das?«, fragte Brenner irritiert, während er seinen PC hochfuhr.

»Na ja, ich hätte mein Veilchen besser überschminken sollen«, antwortete Nadine. »Nachdem ich kurz erklärt habe, wie es dazu gekommen ist, meinten einige der älteren Gäste, dass ich mir doch besser einen Frauenberuf suchen sollte. Das übliche Geschwätz halt.«

»Solange sich nur die ältere Generation damit schwer tut«, meinte Brenner und begrüßte Marie, die gerade das Büro betrat. »Charly ist offensichtlich dabei, deine Gewohnheiten zu ändern. Schon der zweite Tag hintereinander, dass ich vor dir am Schreibtisch sitze.«

In der Regel genoss Marie es, in Ruhe eine Tasse Kaffee zu trinken, bevor ihre Kollegen eintrafen und die alltägliche Hektik begann.

»Der ändert nicht nur meine Gewohnheiten, er bringt mich auch zur Weißglut!«, kommentierte Marie den Hinweis auf Charly.

»Was ist denn passiert?«, wollte Nadine sofort wissen.

Auch Brenner schaute fragend. »Charly ist doch ein ganz lieber Kerl …«

»Nur wenn er will«, brummte Marie grantig und drückte die ON-Taste ihres PCs, bevor sie weitersprach. »Nachdem die Übung mit dem Herankommen gestern Abend so toll funktioniert hat, habe ich mir heute Morgen gedacht, dass ich das auch schon ohne Leine ausprobieren kann.«

»Oh nein!«, entfuhr es Brenner spontan. »Das ist auf jeden Fall noch zu früh.«

»Ich hatte ja Käse mitgenommen«, versuchte Marie sich zu rechtfertigen. »Damit hat es bei dir ja gestern auch so gut funktioniert.«

Brenner holte tief Luft, weil Marie da offensichtlich einiges verwechselt hatte.

»Was genau ist denn passiert?«, forderte Nadine ungeduldig Marie zum Weiterreden auf.

»Die ersten paar Mal ist Charly super brav zu mir zurückgekommen, als ich ihn gerufen habe. Dann hat er allerdings einen toten Vogel am Wegrand gefunden. Ich habe natürlich sofort ›Aus!‹ und ›Pfui!‹ gerufen und bin auf ihn zu gerannt.«

Um Brenners Grinsen nicht sehen zu müssen, drehte Marie sich zu Nadine und fuhr fort: »Dann ist dieser verflixte Kerl unter einem Weidezaun durchgeschlüpft und hat mit zwei Metern Abstand von mir den Vogelkadaver gefressen!«

Brenner lachte laut los. »Liebe Marie«, sagte er mit ruhiger Stimme, »kauf dir eine sogenannte Schleppleine. Das ist eine zirka acht Meter lange Leine aus leichtem Material, die der Hund hinter sich auf dem Boden herzieht.«

»Und wie soll mir das helfen?«

»Wenn Charly mit einer Schleppleine verbunden ist, kannst du auf das Leinenende treten und ihn am Weglaufen hindern.«

»Okay Pit, ich denke mit unserer zweiten Trainingseinheit sollten wir nicht allzu lange warten.«

»An mir soll's nicht liegen. Jetzt aber zu unserem aktuellen Fall: Beim Joggen heute Morgen habe ich versucht, mich in die Psyche von Frau Weininger hineinzuversetzen. Wie würde ich als Frau reagieren, wenn ich erfahre, dass ich schwanger bin?«

»Pit, der große Frauenversteher!«, prustete Marie spontan los, entschuldigte sich jedoch gleich wieder. »Sorry, ich wollte dich nicht unterbrechen. Ich hatte nur spontan so ein paar Assoziationen!«

Brenner quittierte Maries Unterbrechung mit einem genervten Augenrollen. »Für Sandra Weininger muss es ein Schock gewesen sein, einige Tage nach dem Tod ihres Freundes zu erfahren, dass sie von ihm schwanger war. Die einzige Vertrauensperson, mit der Weininger ihre Situation besprechen könnte, ist jedoch in Afrika im Urlaub und nicht erreichbar.«

»Ich nehme meine Bemerkung zurück«, unterbrach Marie, »ich glaube, ich weiß, worauf du hinauswillst.«

»Ich auch!«, schaltete sich Nadine ein. »Es wäre interessant zu wissen, wie Sandra Weininger mit dieser Information umgegangen ist. Hat sie eventuell einen Schwangerschaftsabbruch in Erwägung gezogen?«

»Genau in diese Richtung gingen meine Überlegungen«, bestätigte Brenner. »Und Auskunft darüber kann uns eventuell ihr Frauenarzt geben.«

»Wieso der?«, setzte Nadine sofort nach.

»Falls sie über einen Schwangerschaftsabbruch nachgedacht hat, dann hat sie vermutlich ihren Arzt zu den entsprechenden Möglichkeiten befragt.«

»Das ist naheliegend«, ergänzte Marie. »Allerdings kennst du ja die Götter in Weiß und weißt, wie hartnäckig diese auf ihre ärztliche Schweigepflicht pochen.«

»Ja, das ist das Problem. Aber versuchen müssen wir es.« Brenner suchte in seiner Akte die Ultraschallfotos heraus und warf einen Blick auf die Arztadresse, die im oberen Bildrand eingedruckt war. »Ich könnte mir vorstellen, dass dieser Dr. Rathfelder eher bereit ist, etwas zu sagen, wenn ich ihn alleine aufsuche. Wenn wir hingegen zu zweit kommen, wird er vermutlich wesentlich vorsichtiger agieren. Was meint ihr?«

»Da hast du sicher recht«, stimmte Marie zu. »Am besten verzichtest du auch darauf, vorab einen Termin zu machen. Geh einfach direkt in seine Praxis, dann dürften die Chancen am größten sein.«

Brenner gab Rathfelders Adresse im Internet ein und sagte: »Die Praxis ist heute bis elf Uhr geöffnet. Da fahr ich am besten gleich hin.«

Brenner betrat zum ersten Mal in seinem Leben eine Frauenarztpraxis. Er zeigte an der Rezeption seinen Ausweis und fragte: »Meinen Sie, dass mir Dr. Rathfelder zwischen zwei Patientinnen kurz eine fachliche Frage beantworten könnte?«

Sichtlich beeindruckt, antwortete die Arzthelferin: »Da muss ich erst nachfragen. Einen Moment bitte.«

Dr. Rathfelder ging auf die Siebzig zu. Brenner schloss daraus, dass er seinen Beruf aus Leidenschaft ausübte, denn als Facharzt hatte er es finanziell sicher nicht mehr nötig, in diesem Alter noch zu praktizieren. Seine Statur und die dunkle Hornbrille erinnerten Brenner an Heinz Erhardt, dessen Gedichte er als Jugendlicher fast alle auswendig konnte.

»Welche fachliche Frage kann ich denn beantworten, die man nicht auch googeln kann?«, begrüßte ihn der Arzt mit einem ironischen, aber nicht unsympathischen Lächeln.

»Da muss mich Ihre Arzthelferin etwas missverstanden haben«, antwortete Brenner ebenfalls grinsend und zog das Ultraschallfoto aus seiner Jacke. »Das sind Aufnahmen von Frau Weininger, die Patientin bei Ihnen war.«

»Aber Sie wissen doch …«, begann der Frauenarzt und wurde sofort von Brenner unterbrochen.

»Natürlich! Ich weiß, die Schweigepflicht geht auch über den Tod des Patienten hinaus. Aber«, Brenner machte eine kurze Pause und suchte nach der richtigen Formulierung. »So, wie ich Sie einschätze, Herr Dr. Rathfelder, sind Sie doch sicher auch daran interessiert, dass wir Frau Weiningers Mörder fassen. Oder nicht?«

Der Arzt überlegte einen Moment, den Brenner nutzte, um zu ergänzen: »Wir haben zwar momentan einen Verdächtigen, aber die Spurenlage ist sehr vage und Sie haben möglicherweise eine Information, die uns weiterhelfen kann.«

»Was sollte das denn sein?«, fragte der Arzt interessiert und fügte dann verschmitzt hinzu: »Das heißt jedoch noch lange nicht, dass Sie diese Information auch erhalten.«

»Uns interessiert, wie Frau Weininger auf ihre Schwangerschaft reagiert hat. Immerhin wurde der Vater ihres ungeborenen Kindes erst wenige Tage zuvor ermordet. Hat Frau Weininger eventuell über einen Schwangerschaftsabbruch nachgedacht? Wie war ihr allgemeines Befinden?«

Brenner beobachtete Dr. Rathfelder, während dieser überlegte, inwieweit eine Antwort mit der ärztlichen Schweigepflicht zu vereinbaren war.

»Frau Weininger hat es natürlich geschockt, dass der Test positiv war. Sie war seit vielen Jahren meine Patientin und da ich um ihre spezielle Situation wusste, habe ich mir auch sehr viel Zeit für sie genommen. Im Laufe des Gespräches hat sie mich nach den Modalitäten eines Schwangerschaftsabbruchs gefragt. Ich habe ihr Beratungsbroschüren von Pro Familia gegeben und gesagt, dass sie mit einer Entscheidung noch einige Wochen Zeit habe. Aber schon bei ihrem zweiten Termin, als wir die Ultraschallfotos gemacht haben, hat sie sich dazu entschlossen, das Kind auszutragen.«

»Dann hat sie sich aber schnell entschieden«, sagte Brenner, während er darüber nachdachte, dass ihm das Gespräch mit dem Arzt wohl doch keine neuen Impulse bringen würde.

»Da sind wohl zwei Dinge zusammengekommen. Einerseits ihre streng katholische Erziehung, die sie nicht ablegen konnte und dann natürlich auch die Unterstützung des Sohnes.«

»Wie? Welcher Sohn?«, fragte Brenner irritiert.

»Na, der Sohn ihres ermordeten Freundes«, antwortete Dr. Rathfelder. »Frau Weininger hat mir erzählt, dass sich der Sohn sehr hilfsbereit gezeigt hat und monatliche Alimente zahlen wollte. Wobei ich jetzt nicht weiß, ob das in diesem Fall der juristisch richtige Begriff ist«, überlegte er laut. Dann fügte er hinzu: »Auf jeden Fall wollte er monatliche Zahlungen leisten und auch später für das Studium aufkommen.«

»Interessant!«, entfuhr es Brenner, dem gleich mehrere Gedanken durch den Kopf gingen.

»Ich habe Frau Weininger geraten, sich das auf jeden Fall schriftlich geben zu lassen, eventuell solle sie sich dafür sogar einen Notar nehmen.« Während Brenner noch am Überlegen war, sagte der Frauenarzt: »Mehr Informationen gibt es aber nicht.«

»Vielleicht haben Sie mir ja schon weitergeholfen«, bedankte sich Brenner und verabschiedete sich von dem sympathischen Arzt.

Im Auto überlegte Brenner, weshalb Wagner junior ihnen davon nichts gesagt hatte. Gut, direkt danach gefragt hatten sie ihn ja nicht. Andererseits war sich Brenner sicher, dass es bei den Telefonaten zwischen Frau Weininger und Wagner junior nicht nur um Kleidung und sonstige Gegenstände gegangen war, die diese aus dem Hause holen wollte, sondern im Wesentlichen um die Schwangerschaft.

›Ich muss ihn damit konfrontieren. Alles andere bringt nichts!‹, dachte Brenner und fuhr direkt zu ELSO Electronic Solutions.

An der Rezeption zeigte er seinen Ausweis und bat, Herrn Wagner sprechen zu dürfen.

»Haben Sie denn einen Termin mit Herrn Wagner?«, wollte die junge Rezeptionistin wissen und lächelte Brenner freundlich an.

›Bei dessen Arbeitsplatzbeschreibung macht der sicher momentan nichts, was nicht unterbrochen werden könnte‹, dachte Brenner, der sich noch gut an die Ausführungen von Chefsekretärin Frau Pfeiffer erinnerte. »Sagen Sie ihm bitte, dass wir nur fünf Minuten brauchen und es für ihn somit wesentlich weniger Aufwand bedeutet, als zu uns aufs Präsidium zu kommen.«

Während die Rezeptionistin telefonierte, betrachtete Brenner die riesigen Schautafeln, die im Foyer aufgestellt waren. Eine davon zeigte ein faszinierendes Bergpanorama, im Vordergrund ein moderner Kabinenlift. Augenblicklich fiel Brenner wieder ein, dass die von ELSO produzierten Funkanlagen unter anderem auch bei Skilifts zum Einsatz kamen.

»Herr Wagner kann sich Zeit nehmen. Im zweiten Stock die letzte Tür links.«

Wenige Minuten später saß Brenner Nico Wagner gegenüber, der zwischenzeitlich in das Büro seines Vaters umgezogen war. ›Mich würde interessieren, wie du dich im Sessel deines Vaters fühlst‹, dachte Brenner und nahm Wagners Angebot, gemeinsam einen Espresso zu trinken, gerne an.

»Herr Wagner, Kommissarin Steiner hatte Sie am Mittwoch angerufen und nach dem Inhalt der Telefonate mit Frau Weininger gefragt.«

»Ja, und?«, reagierte Wagner lauernd.

Brenner wartete einen Moment mit seiner Antwort, weil er Wagners Unruhe steigern wollte: »Zumindest haben Sie nur die halbe Wahrheit gesagt.«

Wagner trat jetzt unverkennbar Schweiß auf die Oberlippe.

»Wann hat Frau Weininger Ihnen denn von ihrer Schwangerschaft berichtet?«

›Jetzt kommt eine Lüge!‹, dachte Brenner, als er sah, wie Wagner seine Position veränderte und dabei die Hände aufeinanderlegte. Brenner konnte sich noch gut an die Erklärungen des Oxford-Professors erinnern, der dieses Lügensignal so begründet hatte, dass Lügner ihre Hände oft krampfhaft festhielten, weil sie unbewusst verräterische Zeichen vermeiden wollten.

»Wann sie mir von ihrer Schwangerschaft berichtet hat?«, wiederholte Wagner Brenners Satz – augenscheinlich, um dadurch eine längere Pause zum Nachdenken zu erhalten. »Das war, wenn ich mich recht erinnere, als sie mit mir im Hause meines Vaters war und ihre Kleider eingepackt hat.«

»Und? Wie haben Sie darauf reagiert?«

»Nun, was soll ich dazu sagen?« Wagners Körperhaltung war komplett verkrampft. »Ich war natürlich total überrascht.« Wieder suchte Wagner sichtbar nach einer geeigneten Formulierung. »Schließlich ging mein Vater auf die Sechzig zu und da denkt man ja nicht …«

Da Brenner weder mit Gestik noch mit Mimik auf Wagners Antworten reagierte, sondern nur abwartend dasaß, sprach Wagner weiter: »Ich habe Frau Weininger dann angeboten, sie mit einer monatlichen Zahlung von zweitausend Euro zu unterstützen.«

»Wie selbstlos und großzügig!«, entfuhr es Brenner spontan.

»So viel ist das insgesamt dann auch wieder nicht …«, gab sich Wagner großspurig, »selbst wenn das Kind anschließend studiert hätte, wäre es leicht verkraftbar gewesen angesichts der Summe, die mir der Verkauf von ELSO demnächst einbringen wird.« Pflichtschuldig ergänzte Wagner dann noch: »Ich bin sicher, mein Vater hätte das so gewollt …«

›Du Arsch!‹, dachte Wagner. Vor wenigen Wochen hast du noch lamentiert, wie sehr dich dein Vater vernachlässigt hat und du deshalb keine Gefühle für ihn aufbringen kannst. Und jetzt dieses Gelaber!

»Wenn das alles Peanuts für Sie sind, weshalb haben Sie uns das Thema dann verschwiegen?«

»Wieso verschwiegen?«, entgegnete Wagner leicht empört. »Sie haben nicht danach gefragt und außerdem ist das eine Privatsache, die mit der Ermordung von Frau Weininger nichts zu tun hat. Ihren Mörder haben Sie ja schon, wie man der Zeitung entnehmen kann.«

»Ja, das scheint so«, antwortete Brenner ausweichend und verabschiedete sich.

Auf der Rückfahrt ins Präsidium hielt Brenner bei der

Günter-Klotz-Anlage, nachdem er sich zuvor noch einen Döner einverleibt hatte. Dieses achtzehn Hektar große Areal mit mehreren künstlich angelegten Seen, die vom Flüsschen Alb gespeist werden, zählte zu den größten innerstädtischen Erholungsgebieten Deutschlands. Insbesondere, wenn es viel zum Überdenken gab und Brenner keine Gelegenheit zum Joggen hatte, nutzte er diese wunderschöne Grünanlage gern für einen ausgiebigen ›Brain-Walk‹, wie er diese Spaziergänge scherzhaft nannte.

»Gibt's im Fall Weininger was Neues?«, hörte Brenner die Stimme der Staatsanwältin in seinem Rücken, als er kurz vor vierzehn Uhr den Flur in Richtung seines Büros entlangging.

Brenner blieb stehen und drehte sich um. »Nein, da nicht. Ich war heute Vormittag jedoch beim Frauenarzt …«

»Ach, welches Frauenleiden haben Sie denn?«, unterbrach ihn die Staatsanwältin.

›Die kann ja auch ganz witzig sein‹, dachte Brenner verdutzt und ging auf ihre Plänkelei ein: »Ich habe mich bezüglich einer Geschlechtsumwandlung erkundigt«, antwortete er grinsend.

»In Ihrem Alter?« Cora Ekberg tat erstaunt.

»Hat weniger mit dem Alter zu tun, als vielmehr mit der Frauendominanz in meiner Abteilung«, antwortete Brenner und versuchte, einen geknickten Eindruck zu machen.

»Eine Runde Mitleid für meinen Hauptkommissar«, sagte die Staatsanwältin mit einem Blick nach oben und legte betend die Hände zusammen.

»Spaß beiseite«, unterbrach Brenner jetzt die komödiantische Szene, weil er befürchtete, die Staatsanwältin könnte ihm noch sympathisch werden. »Ich war bei Weiningers Frauenarzt und habe eine interessante Info erhalten. Wenn

Sie kurz einen Moment Zeit haben, dann besprechen wir das gemeinsam im Team.«

»Klar«, antwortete die Staatsanwältin und ließ sich von Brenner die Tür zu seinem Büro aufhalten.

Noch während Brenner die Tür hinter sich schloss, überlegte er kurz, wie er seine plötzliche Ritterlichkeit bewerten sollte, denn speziell bei der Staatsanwältin legte er besonderen Wert auf konsequente Umsetzung der weiblichen Gleichberechtigung, was nach Brenners Auslegung jegliche Kavaliersattitüden verbot.

Nachdem Brenner die Staatsanwältin und seine Kolleginnen ausführlich über beide Gespräche informiert hatte, schloss er seine Berichterstattung mit dem Hinweis: »Der Wagner ist ein fauler Apfel. Das spüre ich ganz genau!«

»Du meinst, der hat was mit Weiningers Tod zu tun?«, fragte Marie.

Bevor Brenner antworten konnte, sagte Nadine: »Bei zweitausend Euro im Monat hätte Wagner bis zum zwanzigsten Lebensjahr des Kindes vierhundertachtzigtausend Euro gezahlt.«

»Wenn die Verkaufssumme, die Frau Pfeiffer seinerzeit angedeutet hat, stimmt, dann erhält Wagner junior mindestens fünf Millionen für den Verkauf von ELSO«, sagte Brenner. »Da sind dann die rund fünfhunderttausend für ihn tatsächlich nur Peanuts und somit alles andere als ein Mordmotiv.«

»Das ist nicht ganz richtig«, brachte sich jetzt die Staatsanwältin ein. »Wagner würde nämlich weit mehr als fünfhunderttausend Euro zahlen.«

Bevor die anderen nachfragen konnten, fuhr Cora Ekberg fort: »Wagner junior müsste ganze fünfzig Prozent abgeben.«

»Wie das?«, wollte Marie wissen. »Ist irgendwo ein Testament von Wagner senior aufgetaucht?«

»Das muss es gar nicht.« Die Staatsanwältin schüttelte den Kopf. »Gemäß den Paragraphen 1923 und 1924 des Bürgerlichen Gesetzbuches sind auch ungeborene Kinder erbberechtigt.«

»Und mindestens zweieinhalb Millionen Euro sind absolut ein Motiv!«, entfuhr es Brenner, der sofort spürte, wie sein Gehirn in den Turbomodus schaltete.

»Können wir Wagner nachweisen, dass er diese Paragraphen kennt?«, wollte Marie vorsichtig wissen.

»Der hat doch anfangs Jura studiert und erst später auf BWL umgesattelt«, erinnerte sich Nadine.

»Das Wissen kann er auch vom Notar haben, falls er den Vertrag tatsächlich notariell aufsetzen lassen wollte«, erklärte Brenner. »Aber das bringt uns zunächst nicht wirklich weiter. Wir wissen lediglich, dass Wagner ein starkes Motiv für den Mord an Sandra Weininger hat. Aber …«

»Wir haben ja schon mit Schuster den Mörder«, ergänzte Marie.

»Was, wenn Wagner Schuster zum Mord motiviert hat?«, brachte sich die Staatsanwältin wieder ein. »Wenn er Schuster meinetwegen eine Million versprochen hat, die dieser nach Absitzen der paar Jahre für einen Totschlag im Affekt bekommt, ist das für beide ein guter Deal!«

»So viel verdient Schuster sein ganzes Leben nicht«, stimmte Nadine zu. »Und dass die beiden sich kennen, hat er ja auch schon zugegeben.«

»Wann und wie?«, fragte Cora Ekberg vorschnell nach, bevor sie sich selbst die Antwort gab: »Ach stimmt, der kam ja bei der Schlüsselübergabe dazu und hat Wagner junior für den neuen Liebhaber gehalten.«

Brenner war während der letzten Mutmaßungen und Kommentare aufgestanden und begann seine übliche Wanderung. »Nein, das passt nicht in Schusters Profil und auch nicht zu seinem Verhalten während der Vernehmungen. Wäre der Mord an Sandra Weininger zwischen Wagner und Schuster abgesprochen worden, hätte Schuster bei den Vernehmungen völlig anders reagiert. Da bin ich mir tausendprozentig sicher.«

»Sehe ich genauso«, willigte Marie ohne zu zögern ein. »Aber was hat Wagner dann überhaupt mit dem Mord an Weininger zu tun?«

Brenner blieb abrupt stehen. »Wagner hat die Weininger selbst erschlagen!«

»Wie bitte?«, fragten die anderen im Chor.

»Natürlich, so war's. Jetzt passt alles zusammen!« Brenner setzte sich und genoss die fragenden Blicke seiner Gegenüber. »Wir sind immer davon ausgegangen, dass Sandra Weininger die WhatsApp an ihren Ex gesendet hat.«

»Ja, und?« Marie wurde ungeduldig.

»Eben nicht«, erklärte Brenner. »Die hat Wagner geschrieben, nachdem er Sandra Weininger erschlagen hatte.«

»Und damit den Schuster zum Tatort gelockt«, führte Marie Brenners Hypothese fort. »Schließlich wusste er durch Schusters aufbrausendes Verhalten bei der Schlüsselübergabe von seinen Gefühlen Sandra Weininger gegenüber und konnte davon ausgehen, dass er unverzüglich kommen würde.«

»Dazu musste sich Wagner jedoch sicher sein, dass Schuster auch zu Hause ist«, warf Cora Ekberg kritisch ein, die sich noch etwas schwer tat mit Brenners neuer Theorie.

Brenner schüttelte den Kopf. »Das war kein Problem. Er hat Schuster vermutlich beobachtet und als er gesehen hat, dass Schuster zu Hause ist, hat er seine geplante Tat umgesetzt.«

»Sie könnten recht haben«, stimmte die Staatsanwältin zu. »Wäre Schuster an diesem Abend nicht zu Hause gewesen, hätte Wagner es einfach an den Tagen darauf versucht.«

»Damit alles nach einer Affekthandlung aussah, hat er Sandra Weininger nicht nur den tödlichen ersten Schlag verpasst, sondern noch zwei weitere«, ergänzte Nadine.

Mehr zu sich selbst, als an die anderen gerichtet, stellte Marie die Frage: »Wie konnte Wagner aber sicher sein, dass Schuster nicht sofort die Polizei anruft?«

»Das musste er nicht mal unbedingt«, antwortete die Staatsanwältin. »Das wäre höchstens dann problematisch gewesen, wenn Schuster bereits in der Wohnzimmertür stehen geblieben und von dort aus die Polizei angerufen hätte.«

»Sie haben recht«, pflichtete Marie bei. »Wagner konnte sicher sein, dass Schuster in das Wohnzimmer gehen und somit jede Menge Spuren verursachen würde. Hätte er danach die Polizei angerufen, wäre spätestens dann der Verdacht auf ihn gefallen, sobald wir seine Beziehung zu Sandra Weininger recherchiert hätten. Wir hätten ihm letztendlich genau das vorgehalten, was wir bislang auch gemacht haben. Nämlich Totschlag im Affekt.«

»Möglicherweise hätte Wagner sich dann im Verlaufe der Ermittlungen noch von selbst gemeldet und uns die Szene bei der Schlüsselübergabe mitgeteilt und somit auf das unkontrollierte Verhalten von Schuster hingewiesen«, merkte Brenner sarkastisch an.

»Die Theorie ist zwar schlüssig«, äußerte die Staatsanwältin nachdenklich und hob dabei Achtung gebietend die Hand, »aber wie können wir Wagner das nachweisen?«

»Gute Frage, nächste Frage«, bemerkte Nadine trocken und schloss sich danach dem Schweigen ihrer Kollegen an.

Nach einer Weile sagte Brenner: »Eine Chance haben

wir!« Nachdem sich alle Augen auf ihn gerichtet hatten, ergänzte er seine Ankündigung: »Als erstes lassen wir über die Handy-Ortung feststellen, wo Wagner sich zum Zeitpunkt von Weiningers Ermordung aufgehalten hat. Ich gehe davon aus, dass er sein Handy bei sich hatte und es somit zu dieser Zeit in der entsprechenden Funkzelle eingeloggt war.«

Brenner hob zwei Finger. »Als zweites fragen wir Wagner nach seinem Alibi. Wenn er uns eines präsentiert, dann muss er anschließend den Widerspruch erklären. Vermutlich wird er jedoch kein Alibi haben, weil er nicht davon ausgegangen ist, dass wir diese Verbindung aufdecken.«

»Ich stelle sofort den Antrag aus«, erklärte Cora Ekberg bereitwillig. »Sein eingeloggtes Handy zur Tatzeit in der Nähe von Weiningers Wohnung, zusammen mit dem Widerspruch zu seinem Alibi und dann dem gewichtigen Mordmotiv ist schon mal ein guter Anfang.«

»Vielleicht finden Sie ja noch weitere Fakten«, sagte die Staatsanwältin beim Hinausgehen und zu Brenner gewandt: »Oder Sie entlocken ihm ein Geständnis. Das Know-how dazu haben Sie ja!«

Nachdem die Tür ins Schloss gefallen war, bemerkte Marie: »Da hat unser Chef die Staatsanwältin wohl schwer beeindruckt …«

»Sie hatte ja immerhin fast zwei Jahre Zeit das festzustellen«, bemühte sich Brenner schnell, seinem Image gerecht zu werden, obwohl er sich nicht sicher war, wie er das Lob der Staatsanwältin werten sollte. Vielleicht hatte sie ja auch heute nur Geburtstag oder einen neuen Lover. Irgendwas Externes hatte sicher dazu beigetragen, dass sie sich derzeit halbwegs normal verhielt.

Über ihr Privatleben wollte er sich jedoch keine weiteren

Gedanken machen, schließlich galt es, die neugefundene Spur mit knallharten Fakten zu untermauern.

»Damit wir uns nicht schon wieder in eine Sackgasse verrennen, was ich allerdings nicht glaube, sollten wir nochmals alle Fakten und die sich daraus ergebenden Vermutungen detailliert überprüfen«, sagte Brenner und zog das Whiteboard neben seinen Schreibtisch.

»Das sind meine Notizen vom Mittwoch.«

Tatort-Fakten

– WhatsApp von S. Weininger an B. Schuster, 21:07h
– Tötungszeit: zwischen 21:00h und 23:00h
– Tötungsart: drei bis vier Schläge auf Kopf
=> Overkill? => emotionale Beziehung Opfer – Täter?
– Tatwaffe: Glasvase aus Wohnung
=> Affekthandlung?
– keine Einbruchspuren
=> Weininger hat Täter die Tür geöffnet
– Fingerabdrücke (u.a. auf Tatwaffe)
=> eindeutig von B. Schuster

»Den ersten Punkt müssen wir abändern«, begann Nadine. »Die WhatsApp wurde von Wagner geschrieben.«

»Die Tötungszeit muss demnach vor 21:07 Uhr gewesen sein«, sagte Marie, »was jedoch kein Widerspruch zum Obduktionsbefund ist.«

»Bei Tötungsart ändert sich nichts. Lediglich unsere Interpretation müssen wir abändern. Es war kein Overkill, es sollte nur danach ausschauen«, korrigierte Nadine.

»Wie passt die Tatwaffe zu einem geplanten Mord?«, stellte Marie fragend in den Raum.

»Wagner war nachweislich schon mindestens einmal bei

Weininger«, schaltete sich Brenner ein. »Wenn er den Mord so akribisch geplant hat, wie wir vermuten, dann hat er sich im Vorfeld sicher auch Gedanken gemacht, welche Gegenstände aus Weiningers Wohnung sich für einen Mord eignen.«

»Du hast recht!«, stimmte Marie zu. »In Sandra Weiningers Wohnzimmer sind dutzend Nippsachen in den Regalen, die sich zum Zuschlagen eignen würden.«

»Auch der fünfte Punkt passt zu unserer Hypothese«, sagte Nadine. »Wenn Wagner an der Tür geklingelt hat, dann gab es für Sandra Weininger keinen Grund, ihm nicht aufzumachen.«

»Wobei durchaus interessant wäre, zu wissen, unter welchem Vorwand er so spät noch rein gelassen wurde«, fragte sich Marie. »Zumal er ja auch gar nicht wissen konnte, dass Frau Weininger an diesem Abend zu Hause ist.«

»Ich habe eine Idee«, gab Nadine sofort als Antwort. »Wir haben doch auf Weiningers Handy einen Anruf von einer Prepaid-Nummer vorgefunden. Was, wenn Wagner von einem solchen Handy bei der Weininger angerufen und den Termin mit ihr vereinbart hat?«

»Sehr gut, Nadine«, lobte Brenner. »Diesen Punkt werden wir ihm allerdings vermutlich nie nachweisen können, weil das Handy mit Sicherheit nicht mehr existiert.«

»Wir könnten eventuell die Funkzelle ausfindig machen«, schlug Marie vor.

»Das wird uns nichts bringen. So sorgfältig, wie Wagner die Tat geplant hat, hat er sicher weder von zu Hause, noch von der Firma aus telefoniert«, kommentierte Brenner und zu Marie gewandt sagte er: »Was deine Frage nach dem Grund für das Treffen anging, kann es mehrere gegeben haben. Für am wahrscheinlichsten halte ich es, dass er vorgegeben hat, die vertragliche Regelung seiner zugesagten Zahlungen mit ihr zu besprechen. Vielleicht hat er sogar vorgegeben, einen Vertragsentwurf mitzubringen.«

»Das kann ich mir sehr gut vorstellen«, stimmte Marie zu. »Das war für Sandra Weininger sicher wichtig genug, um sich auch noch spät abends mit Wagner zu treffen.«

»Bleiben noch die Fingerspuren«, sagte Nadine. »Was wäre gewesen, wenn Schuster die Tatwaffe nicht angefasst hätte?«

»Das ist eine gute Frage«, antwortete Brenner. »Dann hätten wir Schuster vermutlich unterstellt, dass er seine Fingerabdrücke selbst abgewischt hat.«

»Aber weshalb sollte er seine anderen Fingerabdrücke dann nicht auch noch beseitigen?«, widersprach Marie.

»Weil es insgesamt zu viele waren?«, versuchte sich Brenner mit einer Antwort. »Zudem waren seine Hände mit Blut verschmiert, das heißt, um alle Spuren zu beseitigen hätte er sehr viel Zeit und Sorgfalt aufwenden müssen. Wir hätten Schuster mit Sicherheit unterstellt, dass er eingesehen hat, dass das unmöglich ist und er die Spurenbeseitigung deshalb auf die Tatwaffe beschränkt hat.«

»Vermutlich hast du recht«, stimmte Marie zu. »Zudem wäre es nicht der erste Fall gewesen, bei dem nicht alles hundertprozentig zusammenpasst und es dennoch zu einer Verurteilung gekommen ist.«

»Das ist jetzt unsere neue Bewertung der Tatort-Fakten«, sagte Brenner, der während der Unterhaltung die Whiteboard-Notizen korrigiert und ergänzt hatte.

<u>Tatort-Fakten</u>

– WhatsApp von Nico Wagner an B. Schuster, 21:07h
– Tötungszeit: wenige Minuten vor 21:07h
– Tötungsart: drei Schläge auf Kopf

=> damit Tat nach Overkill aussieht
– Tatwaffe: Glasvase aus Wohnung
– alternative Nippsachen waren vorhanden
– keine Einbruchspuren
=> Weininger hat Wagner die Tür geöffnet, da Termin vereinbart war (Prepaid-Telefonat)
– Fingerabdrücke (u.a. auf Tatwaffe)
=> eindeutig von B. Schuster
– keine Spuren auf der Tatwaffe wäre nicht relevant gewesen

»Gibt es noch irgendeinen Punkt, den wir bislang nicht beachtet haben?«, wollte Brenner wissen.

»In unserem Szenario hat also Sandra Weininger den Sohn ihres ermordeten Freundes über ihre Schwangerschaft informiert«, rekapitulierte Marie. »Das hat sie sicherlich nicht telefonisch gemacht. Die vorgefundenen Telefonkontakte könnten jedoch Terminvereinbarungen gewesen sein.«

»Weshalb hat Sandra Weininger überhaupt Kontakt mit Wagner aufgenommen?«, warf Nadine ein. »Die beiden kannten sich doch kaum.«

Marie überlegte kurz, bevor sie antwortete: »Bei ihrer Abwägung bezüglich eines Abbruchs der Schwangerschaft haben bei Sandra Weininger sicher auch finanzielle Aspekte eine Rolle gespielt. Da Wagner junior ja einerseits der Halbbruder ihres ungeborenen Kindes war und andererseits vom gemeinsamen Vater ein großes Vermögen erben würde, kann ich mir schon vorstellen, dass Sandra Weininger diesen wichtigen Aspekt mit Wagner besprechen wollte.«

»Glaubt ihr, dass Sandra Weininger die Gesetzeslage kannte, wonach ihr ungeborenes Kind ebenfalls erbberechtigt war?«, fragte Nadine.

»Vermutlich nicht, denn sonst hätte sie ihrem Frauenarzt gegenüber nicht von Unterstützung gesprochen«, antwortete Brenner. »Es kann natürlich sein, dass Wagner junior anfangs tatsächlich bereit war, monatliche Zahlungen zu leisten. Dann hat er, wie auch immer, von diesem Erbgesetz erfahren und war sich darüber im Klaren, dass er zeitlebens damit rechnen muss, den Erbanteil seines Halbbruders oder seiner Halbschwester auszahlen zu müssen.«

Marie nickte und fuhr mit ihrer Beschreibung des mutmaßlichen Szenarios fort: »Wagner hat Sandra Weininger zunächst seine Unterstützung zugesichert, um diese in Sicherheit zu wiegen und parallel seinen Mordplan ausgetüftelt.«

»Genau!«, sagte Brenner und wollte gerade weiter erläutern, als er durch das Hereinkommen der Staatsanwältin unterbrochen wurde. Schon an ihrem Gesichtsausdruck erkannte Brenner, dass sie nicht in guter Stimmung war.

»Wagner hat seinen Handyvertrag bei Unitymedia, weshalb ich parallel zu meiner offiziellen Anfrage meine dortigen Kontakte nutzen konnte«, begann Cora Ekberg und setzte sich wieder auf den Stuhl, den sie erst vor wenigen Minuten verlassen hatte. »Bei der Telekom hätten wir auf den offiziellen Bescheid warten müssen.«

Die Staatsanwältin öffnete die mitgebrachte Schreibmappe und entnahm ihr zwei Papiere. »Nico Wagners Handy war letzten Montag von kurz vor neunzehn Uhr bis zum anderen Morgen in der Funkzelle eingeloggt, in deren Bereich seine Wohnung liegt.«

Die Kommissare schwiegen betroffen. Dann gab sich Brenner einen Ruck und sagte: »Wie Sie richtig formuliert haben, war sein Handy in dieser Funkzelle eingeloggt, was jedoch nur bedeutet, dass sich das Handy in seiner Wohnung befand.«

»Sie meinen, dass Wagner es bewusst in der Wohnung gelassen hat, während er den Mord an Weininger beging?«, fragte die Staatsanwältin.

»Ja«, antwortete Brenner. »Wagner hat den ganzen Mord so detailliert geplant, dass es eigentlich verwunderlich wäre, wenn die Handyortung zu einem anderen Ergebnis gekommen wäre.«

»Immerhin konnte er ja nicht ganz ausschließen, dass wir ihn nicht doch irgendwann verdächtigen«, stimmte Marie zu und ergänzte: »Und mit einem gekauften Alibi wäre er immer erpressbar gewesen.«

»Mag ja alles stimmen«, begann Cora Ekberg mit unüberhörbarem Frust in der Stimme, »aber außer einem super Motiv haben wir absolut nichts in der Hand!«

»Wie sieht's mit den am Tatort gefundenen Spuren aus?«, versuchte Nadine wieder etwas Optimismus in die Diskussion zu bringen. »Wagner hat doch sicher Spuren am Tatort hinterlassen. Was wäre, wenn Manfred die gefundenen Spuren gezielt mit den Fingerabdrücken und der DNA von Wagner abgleicht?«

»Das wird nichts bringen«, antwortete Marie, »Wagner wird behaupten, außer der Schlüsselübergabe noch weitere Male bei der Weininger gewesen zu sein. Beispielsweise um Details bezüglich der monatlichen Zahlungen zu klären. Und ich bin überzeugt, dass er alle relevanten Spuren vom Tatabend beseitigt hat. Zudem wird er sich nicht besonders viel Zeit für den Mord gelassen haben.«

Brenner stand auf und sagte: »Okay, Leute. Ich mach Schluss für heute! Ich muss jetzt joggen und Frust abbauen. Vielleicht kommt mir dabei eine Idee, wie wir den Burschen dennoch packen. Morgen ist Samstag. Es reicht, wenn wir uns um neun Uhr treffen.«

›Das passt gut zu meiner momentanen Stimmung‹, dachte Brenner, als er gute dreißig Minuten später die gefällten Bäume im Kurpark von Bad Herrenalb sah, die der geplanten Gartenschau weichen mussten.

Als Brenner am nächsten Morgen

Als Brenner am nächsten Morgen das Büro betrat, bemerkte er sofort, dass seine beiden Kolleginnen ihn schon ungeduldig erwarteten. Noch bevor er seine Jacke ausgezogen hatte, sagte Nadine: »Chef, wir haben den Beweis, dass Wagner zur Tatzeit am Tatort war!«

Brenner schaute überrascht und fragte verblüfft: »Wie? Was?«

»Nun, ich habe Timo gestern Abend von unserem Problem erzählt«, begann Nadine und errötete dabei leicht, weil sie wusste, dass mit externen Personen nicht über dienstliche Belange gesprochen werden durfte und erst recht nicht bei noch laufenden Ermittlungen. Aber Nadine war sich sicher, dass ihr Chef das nicht kritisieren würde, zumal er die Dienstvorschriften häufig selbst sehr großzügig auslegte.

»Ihr wisst ja, Timo ist Informatiker«, sagte Nadine, »und als ich ihm von dem Problem mit Wagners eingeloggtem Handy erzählt habe, fiel ihm eine alternative Möglichkeit ein, wie wir Wagners Anwesenheit am Tatort nachweisen können.«

»Erzähl schon«, unterbrach Brenner Nadine ungeduldig.

»Wagner junior fährt einen BMW M6. Viele Autohersteller versehen ihre Premium-Modelle mit einem speziellen Software-Modul, das zahlreiche Fahrzeugdaten via Satellit an die Firmenzentrale sendet. Offiziell soll das Fahrzeug dadurch im Falle eines Diebstahls geortet werden können. Und natürlich dürfen diese Daten eigentlich nicht gespeichert werden …«

»Da würden unsere Datenschützer ja sofort auf die Barrikaden gehen«, stimmte Marie zu.

»Offiziell ja, aber ein ehemaliger Kommilitone von Timo,

mit dem er zwei Jahre in einer WG gewohnt hat, arbeitet inzwischen bei BMW und hat erzählt, dass die Daten für spezielle firmeninterne Untersuchungen eben doch länger aufbewahrt werden.«

»Und?«, Brenners Ungeduld war förmlich zu spüren.

»Timo hat gestern Abend gleich noch mit seinem Freund in München telefoniert. Und der hat dann heute Morgen die Daten für den infrage kommenden Zeitraum gecheckt. Vor einer halben Stunde hat er Timo die Daten durchgegeben.«

Nadine nahm ein Blatt zur Hand. »Wir haben die Koordinaten bereits über das Internet auf die Landkarte übertragen. Am 26. September um 20:34 Uhr ist Wagner von seiner Wohnung nach Knielingen gefahren. Dort hat er von 20:42 bis 21:13 Uhr in der Eggensteiner Straße geparkt und ist anschließend wieder zurückgefahren.«

»Von der Eggensteiner Straße sind es etwa fünf Minuten Fußweg bis zum Haus von Sandra Weininger«, vervollständigte Marie die neue Informationslage.

Brenners Gehirn arbeitete auf Hochtouren. »Dies Info sollten wir sofort an die Staatsanwältin weitergeben«, sagte Brenner und griff zum Telefonhörer.

»Guten Morgen, Frau Ekberg. Wir haben eine neue Information zu Wagner. Könnten Sie bitte kurz zu uns kommen?«

Als die Staatsanwältin in der gewohnten Runde Platz genommen hatte, sagte Brenner: »Fragen Sie jetzt bitte nicht, woher wir es haben, aber uns liegt das Bewegungsprofil von Wagners Auto zum Tatzeitpunkt vor!«

Brenner reichte Cora Ekberg die handschriftlichen Notizen und ergänzte: »Wagners Auto befand sich somit für knappe dreißig Minuten in der Nähe von Sandra Weiningers Haus.«

Nach einem Moment des Überlegens sagte die Staatsanwältin: »Vor einem halben Jahr hätten wir eventuell die Chance gehabt, diese Information in gerichtsverwertbarer Form zu bekommen.«

»Wie meinen Sie das?«, wollte Marie sofort wissen.

»Im Mai dieses Jahres hat das Landgericht Köln einen Mann wegen fahrlässiger Tötung eines Radfahrers verurteilt. Der Mann war acht Monate zuvor mit dem ›Drive Now‹-Carsharing von BMW unterwegs gewesen. Das Gericht konnte anhand der Daten von BMW nicht nur die genaue Wegstrecke rekonstruieren, sondern auch viele andere Details wie zum Beispiel die gefahrene Geschwindigkeit«, informierte Cora Ekberg die staunenden Kommissare.

»Und das bei unseren Datenschutzgesetzen?«, kommentierte Marie irritiert.

»Ja, das Ganze wurde von Journalisten des MANAGER MAGAZINS aufgedeckt und dann natürlich auch von vielen anderen Magazinen wie SPIEGEL ONLINE und ZEIT ONLINE aufgegriffen.«

»Dann müssten wir doch bei einem Mordfall erst recht die Daten bekommen!«, warf Nadine überzeugt ein.

»Leider nicht«, widersprach Cora Ekberg. »BMW hat anschließend bestritten, dass derartige Daten gespeichert würden und nach dem damaligen Presse-Wirbel haben wir natürlich erst recht keine Chance mehr.«

»Davon ist wohl auszugehen«, bestätigte Brenner. »Allerdings können wir jetzt sicher sein, dass unsere gestern aufgestellte Theorie richtig ist.«

»Nur hilft uns das leider nicht weiter.« Die Staatsanwältin überlegte. »Selbst wenn wir dieses Bewegungsprofil offiziell bekommen würden, könnte Wagner immer noch eine Ausrede parat haben, weshalb er zufälligerweise um diese Uhrzeit in der Parallelstraße geparkt hat. Das würde ihm zwar auch der Richter nicht glauben, aber der Mord wäre dennoch nicht ausreichend bewiesen. Spätestens in der Revision würde ein solches Urteil gekappt.«

»Das kann doch nicht sein, dass der Wagner ungeschoren mit einem Mord davonkommt!«, entrüstete sich Nadine lautstark.

»Falsch«, sagte Brenner. »Nicht ein Mord, sondern zwei!«

»Was?«, riefen Nadine und Marie gleichzeitig, während die Staatsanwältin Brenner nur völlig verdutzt anschaute.

»Gestern beim Joggen habe ich nochmal alle Details durchdacht. Könnt ihr euch noch erinnern, dass wir auch darüber diskutiert haben, dass Schuster nicht nur seine Exfreundin ermordet hat, sondern zudem gemeinsam mit dem Junkie den Mord an Wagner senior geplant hat?«

»Was jedoch nur eine nicht belegbare Theorie von Ihnen war«, kam es sofort von der Staatsanwältin.

»Richtig. Meine Theorie war jedoch nur teilweise falsch. Der Mord an Wagner senior wurde zwar von Seidel durchgeführt, aber im Auftrag eines Dritten oder zumindest in gemeinsamer Absprache. Mit diesem Dritten hat er sich dann abends in der Grillhütte getroffen und alles lief genauso ab, wie wir es vermutet hatten.«

»Du meinst aber nicht …«, warf Marie ein und wurde sofort von Brenner unterbrochen.

»Doch. Wagner junior hat Seidel zum Mord an seinem Vater angestiftet!«

»Herr Brenner, der Fall Wagner ist abgeschlossen«, stoppte die Staatsanwältin Brenners weitere Ausführungen brüsk.

»Jetzt hören Sie sich meine Theorie bitte mal vollständig an«, entgegnete Brenner leicht aggressiv, bevor er in gemäßigterem Ton weitersprach. »Wir haben doch momentan nichts zu verlieren. Falls ich jedoch recht habe, dann kommen wir möglicherweise auch beim Mord an Weininger weiter.«

»Gut, ich höre.« Die Staatsanwältin verschränkte ihre Arme und lehnte sich zurück.

»Wir wissen durch die Befragung von Wagner, dass er nicht nur nicht besonders gut auf seinen Vater zu sprechen war, sondern auch zu dessen Firma ein zwiespältiges Verhältnis hatte.«

»Ich kann mich erinnern«, bestätigte Marie spontan. »Seine Begründung, weshalb er in der Firma seines Vaters arbeitet, war, dass ihm diese seiner Meinung nach etwas schuldet.«

»Genau. Wagner junior hat seine Wut auch auf die Firma projiziert. In seiner Gedankenwelt war diese schuld, dass sein Vater sich so wenig um ihn gekümmert hat und demzufolge wollte er von der Firma einen finanziellen Ausgleich.«

»Ganz schön wirr«, kommentierte die Staatsanwältin. »Aber psychologisch durchaus nachvollziehbar. Wagner benötigt dringend einen Psychologen zur Aufarbeitung seines Kindheitstraumas.«

Brenner hob die Hand, um etwas Wichtiges anzukündigen. »Solange Wagner junior als Werbeleiter ein hohes Gehalt bekam und sich einen luxuriösen Lebensstil leisten konnte, war die Welt für ihn halbwegs in Ordnung. Mit dem Verkauf der Firma wäre das jedoch alles beendet gewesen.«

»Und dann zieht der Vater mit der neuen Freundin auch noch nach Spanien und heiratet diese möglicherweise eines Tages oder bedenkt sie großzügig in seinem Testament«, führte Marie Brenners Darstellung fort, »was Wagner juniors Aussichten auf ein lukratives Erbe drastisch schmelzen lässt.«

»Um das zu vermeiden, plant er die Ermordung seines

Vaters«, ergänzte Nadine nickend. »Sicher hat er von Seidels Hass auf die Kapitalisten gewusst, da er dessen Versuche, die Gewerkschaft in der ELSO einzuführen, vermutlich mitbekommen hat.«

»Über die Personalakte kommt Wagner junior auch an Seidels Adresse«, sinnierte Marie laut denkend. »Quasi als ›Brüder im Geiste‹ tüfteln sie den Mordplan aus, wobei wahrscheinlich Nico Wagner den größten Beitrag einbringt.«

»Angesichts so viel krimineller Energie hat Nico Wagner sicher auch Möglichkeiten recherchiert, wie er an die Überdosis herankommt, die er Seidel dann abends in der Grillhütte verabreicht.« Nadine war anzusehen, dass sie an der momentan diskutierten Theorie keine Zweifel hatte.

»Wobei es durchaus sein kann, dass Seidel sich die Spritze selbst gesetzt hat, denn der Stunden zuvor absolvierte Mord hat vermutlich ein hohes Stresslevel bei ihm ausgelöst«, gab Marie zu bedenken.

»Ich sag's nicht gerne, aber möglicherweise habe ich den Fall Wagner vorschnell abgeschlossen«, bemerkte die Staatsanwältin und schaute dabei Brenner an. »Alles, was Sie drei soeben erläutert haben, ist wirklich rund und schlüssig.«

»Allerdings«, führte Cora Ekberg gleich weiter aus, »aufgrund der Faktenlage können wir ihm den Mord an Sandra Weininger nicht nachweisen und erst recht nicht den an seinem Vater.«

Brenner stand auf und begann zu wandern. »Nachdem mir gestern beim Joggen klar geworden ist, dass Wagner indirekt auch seinen Vater ermordet hat, habe ich eine Idee entwickelt – und kurz darauf schon wieder verworfen, weil mir ein wichtiges Element gefehlt hat. Mit der Information von heute könnte es jedoch funktionieren.«

Da Brenner nicht weiterredete, sondern noch dabei war,

seine Gedanken zu ordnen, drängte die Staatsanwältin: »Könnten Sie uns vielleicht an Ihrer genialen Idee teilhaben lassen?«

»Natürlich. Entschuldigung!« Brenner setzte sich wieder. »Ich muss dazu allerdings etwas ausholen.«

»Wir nehmen uns gerne die Zeit dafür«, forderte ihn Marie scherzhaft zum Anfangen auf.

»Nach dem Mord an seinem Vater war die Welt für Nico Wagner nicht nur wieder in Ordnung, sondern besser als zuvor. Denn anstelle eines, wenngleich üppigen, Monatsgehaltes würde er jetzt mindestens fünf Millionen auf einen Schlag erhalten. Vielleicht hat er sich schon ausgemalt, was er mit diesem Vermögen alles machen würde.«

Brenner machte eine kurze Pause, bevor er weitersprach. »Doch dann erfährt er von Sandra Weininger, dass sie schwanger ist und sieht das in Gedanken bereits verplante Vermögen drastisch schwinden. Das Geld, auf das er – zumindest in seiner Gedankenwelt – alleine einen Anspruch hat!«

Brenner wollte gerade wieder aufstehen, bemerkte dann aber Maries Blick und sprach im Sitzen weiter: »Vielleicht hatte er noch Gewissensbisse, als er den Mord an seinem Vater geplant hat. Wir wissen jedoch aus der Kriminalpsychologie, dass die Hemmschwelle nach dem ersten Mord drastisch sinkt. Deshalb hat er bei der Ermordung der Freundin vermutlich deutlich weniger gezögert. Außerdem war aus seiner Sicht jetzt sie diejenige, die ihm sein Geld streitig machen wollte.«

Da Brenner wieder eine Pause machte, erinnerte ihn Cora Ekberg: »Sie wollten uns doch von einer genialen Idee erzählen.«

»Kommt ja jetzt«, antwortete Brenner unwirsch. »Meine Hypothese ist, dass seine Hemmschwelle nach dem zweiten Mord für einen dritten nochmals niedriger ist!«

»Du willst ihm eine Falle stellen?«, fragte Marie ungläubig.

»Ja, meine Gedanken gestern gingen in diese Richtung. Ich wollte die Freundin von Sandra Weininger als Lockvogel einsetzen, indem sie Wagner beispielsweise mit einem angeblich bei der Weininger gefundenen Tagebuch konfrontiert.«

»Da würde ich nie zustimmen!«, kam es sofort von der Staatsanwältin.

»Brauchen Sie auch nicht«, entgegnete Brenner. »Mir ist nämlich nichts Sinnvolles eingefallen, was an Belastendem in diesem Tagebuch stehen könnte. Zudem erschien es mir ebenfalls zu gefährlich, eine externe Person als Lockvogel einzusetzen.«

»Und wen willst du jetzt einsetzen und mit was?«, fragte Marie sofort, die intuitiv spürte, dass Brenner seine Lockvogel-Idee noch nicht ad acta gelegt hatte.

»Da komm ich gleich dazu.«

Brenner sagte zu Cora Ekberg: »Frau Staatsanwältin. Bitte kurz mal weghören.« Danach fragte er Nadine: »Meinst du, Timos Freund könnte uns auch noch das Bewegungsprofil vom Samstagabend vor drei Wochen besorgen?«

»Ich kann mir denken, worauf du hinaus willst«, antwortete Nadine anstelle einer direkten Antwort. »Wenn sich Nico Wagner am besagten Abend mit Seidel an der Grillhütte am Oberwaldsee getroffen hat, dann müsste um diese Uhrzeit vermutlich auch sein Auto dort gewesen sein. Ich lass Timo gleich mal anrufen.«

»Stopp!«, unterbrach Cora Ekberg. »Selbst wenn uns dieser Freund bestätigt, dass Nico Wagners Auto um diese Uhrzeit am Oberwaldsee war, erhalten wir diese Daten niemals offiziell.«

»Das ist auch gar nicht notwendig«, entgegnete Brenner.

»Der Plan, der mir vorschwebt, ist natürlich momentan noch nicht ausgereift. Ausgangspunkt ist jedoch folgendes Szenario: Nico Wagner erfährt, dass es das Bewegungsprofil von jenem Samstagabend gibt und damit dieses nicht zur Polizei gelangt, muss er schnell handeln. Dabei muss er zeitlich so unter Druck gesetzt werden, dass er keine Zeit hat, die ganze Situation in allen Details abzuwägen.«

»Okay, dann arbeiten Sie diesen Plan mal aus«, sagte die Staatsanwältin und stand auf. »Denken Sie jedoch daran, dass Ihre Vorgehensweise juristisch nicht angreifbar sein darf. Melden Sie sich, wenn Sie soweit sind.«

»Wie fangen wir an?«, fragte Marie, während sie einen Schokoriegel auspackte.

»Meine Idee steht und fällt mit den Bewegungsdaten«, antwortete Brenner. »Deshalb sollte Nadine als erstes Timo Bescheid geben. Bis wir von seinem Freund ein Feedback bekommen, können wir ja schon mal mit einem kleinen Brainstorming beginnen.«

»Ich bin schon sehr gespannt!«

»Ich bin schon sehr gespannt!« Damit stieß Cora Ekberg zwei Studen später wieder zu den Kommissaren.

»Wir haben die Daten!«, begann Nadine, wobei ein gewisser Stolz unüberhörbar war, hatten doch ihre Beziehungen den wesentlichen Teil zur Realisierung von Brenners Plan beigetragen. »Nico Wagners Auto stand von 20:13 bis 20:58 Uhr auf diesen Koordinaten.« Nadine reichte ihre Notizen der Staatsanwältin.

»Wir haben die Koordinaten bereits im Internet überprüft«, ergänzte Marie. »Wagner hat sein Auto nicht auf dem offiziellen Parkplatz abgestellt, sondern achtzig Meter entfernt auf einem Waldweg.«

»Das spricht schon mal dafür, dass Wagner Seidels Tod geplant hat«, kommentierte die Staatsanwältin Nadines Informationen, »sonst hätte er sein Auto sicher auf dem Parkplatz geparkt.«

Mit einem Blick in die Runde fragte Cora Eckberg: »Und wie wollen Sie Wagner jetzt mit dieser Information konfrontieren?«

»Das wesentliche Element unseres Plans besteht darin, dass wir bei Wagner extremen Stress auslösen. Er darf keine Zeit haben, lange zu überlegen«, begann Brenner seine Erläuterung. »Die Situation muss für Wagner auf die Schnelle logisch wirken. Deshalb haben wir versucht, für alle eventuellen Fragen, die er sich stellen wird, plausible Antwortmöglichkeiten zu finden.«

»Hinzu kommt«, ergänzte Marie, »dass Wagner nicht den geringsten Hinweis darauf hat, dass wir ihn verdächtigen. Weder als Mörder von Sandra Weininger noch als Auftraggeber für den Mord an seinem Vater. Somit wird er, besonders unter Stress, nicht auf die Idee kommen, dass ihm die Polizei eine Falle stellen könnte.«

»Das ist mir schon klar«, kam es ungeduldig von der Staatsanwältin. »Wie genau sieht nun Ihr Plan aus?«

»Unser erstes Ziel ist, Wagner in die Wohnung von Sandra Weininger zu locken«, antwortete Brenner. »Dazu wird sich Nadine als Freundin von Sandra Weininger ausgeben und Wagner von deren Wohnung aus auf seinem Handy anrufen. Die Handynummer hat Sandra Weininger sicher irgendwo aufgeschrieben, so dass auch dieser Aspekt plausibel ist. Beim Ausräumen der Wohnung hat Nadine angeblich ein Papier gefunden, auf dem ›Bewegungsprofil vom 3. September 2016‹ steht. Da als Fahrzeughalter Nico Wagner angegeben ist, ruft sie diesen an und fragt ihn, ob er dieses Papier benötige.«

»Stopp«, sagte Cora Ekberg. »Wagner fragt sich doch sicher, wie Sandra Weininger an dieses Bewegungsprofil gekommen ist?«

»Das ist der einzige wirkliche Knackpunkt in unserem Plan«, gab Brenner zu, »aber genauso, wie wir durch zufällige Kontakte an diese Daten gekommen sind, könnte auch Sandra Weininger über entsprechende Kontakte verfügt haben.«

»Einverstanden. Auch Frau Weininger könnte theoretisch jemanden in der IT-Abteilung bei BWM kennen«, sagte Cora Ekberg nach kurzem Überlegen. »Aber weshalb hat sie die Daten überhaupt angefordert? Das setzt doch voraus, dass sie Nico Wagner grundsätzlich verdächtigt hat.«

»Hat sie ja auch tatsächlich!«, entgegnete Marie und ergänzte, »das wissen wir von Tina Breitner. Es könnte also durchaus sein, dass sich Frau Weininger weiterhin Gedanken über den wahren Ablauf der Ermordung ihres Freundes gemacht hat.«

»Okay. Sandra Weininger hat Zweifel an der offiziellen Darstellung der Polizei. Sie verdächtigt Nico Wagner, den Mörder seines Vaters beauftragt zu haben, folgt dann mehr oder weniger den gleichen Gedankengängen, die wir vollzogen haben, und kommt anschließend auf die Idee, sich das Bewegungsprofil seines Autos zu besorgen.« Cora Ekberg konzentrierte sich intensiv, während sie sprach, und versuchte noch eventuelle Schwachstellen im Plan aufzudecken. »Weshalb hat sie Nico Wagner dann nicht mit dem Bewegungsprofil konfrontiert?«

»Dafür gibt es mehrere Möglichkeiten«, antwortete Brenner. »Entweder sie wollte sicherheitshalber zuerst den Vertrag über die monatlichen Zuwendungen unter Dach und Fach bringen. Oder sie wollte vorerst noch weiter recherchieren, um danach mit abgesicherten Infos zur Polizei zu gehen. Was auch immer. Für Wagner muss es so ausschauen, dass er Sandra Weininger gerade noch rechtzeitig gestoppt hat.«

Während Cora Ekberg noch überlegte, brachte Nadine einen weiteren Hinweis an: »Wir haben auch schon mit Tina Breitner telefoniert. Sie und Wagner sind sich noch nie begegnet. Ich kann mich also problemlos als Tina ausgeben.«

»Okay. Unter der Voraussetzung, dass Wagner nicht viel Zeit zum Überdenken hat, geschweige denn irgendwelche Details nachprüfen kann, könnte Ihr Plan funktionieren«, stimmte Cora Ekberg zögernd zu. »Wie wollen Sie dafür sorgen, dass Wagner sich unter Zeitdruck fühlt?«

Brenner hatte mit dieser Frage gerechnet. »Wie schon gesagt, wird sich Nadine sehr ahnungslos geben und dann nebenbei erwähnen, dass auf dem Blatt die Uhrzeit 20:13 bis 20:58 Uhr rot eingekreist sei. Spätestens dieser Hinweis wird Wagner hellhörig machen.«

»Aber wenn sich Frau Steiner in ihrer Rolle so ahnungslos gibt«, wandte Cora Ekberg ein, »dann könnte Wagner doch auch einfach sagen, dass er das Blatt nicht benötigt und es weggeworfen werden kann?«

»Das haben wir ebenfalls bedacht«, sagte Marie, »allerdings kann Wagner nicht sicher sein, ob das Papier auch tatsächlich entsorgt wird oder ob sich die Freundin nicht weitere Gedanken dazu macht.« Mit Nachdruck fügte Marie hinzu: »Nein, Wagner kann dieses Risiko nicht eingehen. Er muss das Papier schnellstmöglich an sich bringen.«

»Stichwort Risiko.« Die Staatsanwältin hob ihre Hand. »Welche Schutzmaßnahmen haben Sie für Frau Steiner eingeplant? Wir wissen ja nicht, wie Wagner reagiert, wenn er das Papier in der Hand hat.«

»Völlig richtig«, stimmte Brenner zu. »Wir werden kein Risiko eingehen. Ich stelle mir vor, dass wir das Wohnzimmer mit Video überwachen und die Männer vom MEK zugriffsbereit in den Nebenräumen warten. Die Details bespreche ich gleich nachher mit Sven Keller.«

Brenner hielt große Stücke auf den Leiter des Mobilen Einsatzkommandos und wusste, dass dessen Team das Risiko für Nadine auf ein Minimum beschränken würde.

»Wann soll die Aktion durchgeführt werden?«, wollte die Staatsanwältin abschließend wissen.

»Alle notwendigen Vorbereitungen können wir noch im Laufe des Tages durchführen«, antwortete Brenner. »Damit Wagner in unserem Sinne reagiert, ist es natürlich notwendig, dass er zu Hause ist und zwar alleine. Ist das heute Abend der Fall, dann ziehen wir die Aktion noch heute durch.«

Unwillkürlich musste Brenner daran denken, dass der vorliegende Fall nicht nur mit einem ermordeten Jäger begonnen hatte, sondern auch in der Fortentwicklung etliche

Parallelen zur Jagd aufwies. Nach mehreren falschen Fährten befanden sie sich jetzt endlich auf der richtigen Spur. Der Pirschgang zum finalen Showdown war eingeleitet.

Es war nicht das erste Mal, dass er seine Arbeit mit der Jagd verglich. Natürlich ging es ihm in erster Linie um Gerechtigkeit, die dem Opfer mit der Aufklärung des Verbrechens zuteilwerden sollte. Schließlich war dies ein wesentlicher Aspekt bei seiner Berufsentscheidung gewesen. Aber jeder Tatort weckte zugleich seinen archaischen Jagdinstinkt. Schon bei der Spurensicherung versuchte er die spezielle Handschrift des Täters zu lesen und dessen Fährte aufzunehmen. Ähnlich einem Jagdhund kam er erst dann zur Ruhe, wenn der Täter gestellt war. Auf diesen Hormon-Cocktail aus Adrenalin, Dopamin und Endorphin war er regelrecht süchtig und es stand für ihn schon jetzt außer Frage, dass er den Ruhestand hinausschieben würde, um dieser Jagdleidenschaft noch möglichst lange frönen zu können.

Nadine war sehr aufgeregt

Nadine war sehr aufgeregt – allerdings im positiven Sinne. Genau solche Aktionen hatte sie sich als Jugendliche vorgestellt, als sie davon geträumt hatte, später mal zur Polizei zu gehen. Und natürlich war die Mordkommission schon damals ihr Ziel gewesen. In den letzten Monaten hatte sie ab und an schon mit dem Gedanken geliebäugelt, für ein paar Jahre zum MEK zu gehen. Seit heute hatte sie ja nun einen persönlichen Kontakt zum Leiter des Mobilen Einsatzkommandos. Ähnlich wie bei Brenner, gefiel ihr die ruhige und souveräne Ausstrahlung des Teamleaders. Mal sehen, vielleicht könnte sie diesen Kontakt demnächst noch vertiefen.

Nachdem Brenner die Aktion mit Sven Keller besprochen hatte, fuhren sie alle zusammen zur Wohnung von Sandra Weininger und führten vor Ort eine Lagebesprechung durch. Keller legte zunächst gemeinsam mit Marc, seinem Stellvertreter, die Punkte fest, an denen eine Videokamera angebracht werden sollte und welches Teammitglied in welchem Raum auf das Zugriffskommando warten würde. Jeweils ein MEK-Mann würde in der Küche und im Bad positioniert sein. Keller selbst würde mit Brenner und einem weiteren Mann im Schlafzimmer warten, das als Leitstelle fungierte und in dem neben diversen Funkgeräten auch zwei Bildschirme aufgestellt worden waren, auf die die Bilder der Videokameras übertragen wurden.

Ein Bildschirm zeigte den Bereich vor der Haustür, den Hausflur und das Gäste-WC. Der andere Bildschirm war in vier Quadrate aufgeteilt und zeigte das Wohnzimmer aus vier verschiedenen Perspektiven. Somit konnte den MEK-Leuten selbst die kleinste Bewegung nicht entgehen, unabhängig davon, wie Wagner und Nadine zueinander positioniert waren.

Ein Teil des MEK-Teams beschattete Nico Wagner bereits seit dem Nachmittag. Wagner war für knappe zwei Stunden in die Firma gefahren und inzwischen wieder zu Hause.

Die restlichen MEK-Beamten und Brenners Team hatten gegen 19:30 Uhr Stellung in Weiningers Wohnung bezogen. Marie war oben bei Frau Kullmann, die natürlich über den bevorstehenden Einsatz informiert worden war. Schließlich sollte sie Nico Wagner ja nicht versehentlich in die Arme laufen. Da Marie einerseits dabei sein wollte, wenn Wagner festgenommen wurde, andererseits dem eigentlichen Einsatzteam nicht im Wege stehen sollte, hatte sie sich kurzerhand entschlossen, Frau Kullmanns Nervosität durch ihre Anwesenheit zu mildern.

Nadine schaute auf ihre Uhr. Vierzehn Minuten vor acht Uhr. In Gedanken ging sie alles nochmals durch, was sie heute Nachmittag gemeinsam mit Brenner einstudiert hatte. Angefangen vom Telefonat bis zur Präsentation des Bewegungsprofils. Brenner hatte dabei die Rolle von Nico Wagner übernommen und alle nur denkbaren Verhaltensweisen, Fragen und Einwände mit ihr durchgespielt.

Obwohl Brenner meist sehr großzügig war, manche Situationen sogar eher lasch handhabte, hatte er bei diesen Rollenspielen einen Perfektionismus an den Tag gelegt, der ihr phasenweise regelrecht auf die Nerven gegangen war. Das hatte schon bei den Örtlichkeiten für die Proben angefangen. »Aus psychologischen Gründen ist es notwendig, dass wir die Szenen direkt vor Ort durchspielen«, hatte Brenner verkündet, als sie die möglichen Textvarianten grob besprochen hatten.

Brenner hatte irgendwann mal in einem Psychologie-Buch gelesen, dass manche Menschen auch am Telefon kleinste

Stimmungen wahrnehmen konnten. Wenngleich sich Brenner diese ›psychologischen Wellen‹ nicht so richtig vorstellen konnte, wollte er doch auf Nummer Sicher gehen und vermeiden, dass Wagner intuitiv spürte, dass irgendetwas faul war.

In Sandra Weiningers Wohnzimmer musste Nadine Brenner dann auf seinem Handy anrufen. Brenner saß währenddessen unten in der Waschküche. Nach jedem Telefonat war er hochgekommen und hatte Manöverkritik geübt. Das hatten sie dann wiederholt. Und dann nochmal und nochmal.

Jetzt allerdings war Nadine über diese intensive Vorbereitung froh. Je näher der kleine Zeiger an die Acht rückte, desto stärker stieg ihre Anspannung und vielleicht würde sie sich ja, wenn alles vorbei war, bei Brenner für seine penible Vorgehensweise bedanken. Denn das vielfache Üben vom Nachmittag gab ihr das beruhigende Gefühl, die bevorstehende Situation erfolgreich meistern zu können.

Als ob Brenner ihre Gedanken lesen könnte, trat er in diesem Moment auf sie zu und fragte, bewusst um einen lockeren Tonfall bemüht: »Und Frau Tina Breitner? Sind Sie bereit für den Showdown?«

»Von mir aus kann's losgehen!« Nadine hoffte, dass ihre Stimme cooler klang, als sie sich fühlte.

»Okay, dann versetz dich nochmal in deine Rolle. Räum am besten noch ein paar Bücher und Ordner in die Kartons und dann mach deinen Anruf.« Brenner gab den MEK-Männern ein Zeichen und zog sich mit ihnen ins Schlafzimmer zurück.

Damit Wagner auch tatsächlich die Freundin bei Ausräumarbeiten vorfinden würde, hatte Brenner mehrere Umzugskartons besorgt und zusammen mit Nadine bereits über die Hälfte der Regale ausgeräumt. Zusätzlich sollten die Kartons eine Barrieremöglichkeit bieten, wenn Nadine den provozierenden Dialog mit Nico Wagner startete.

Nadine packte, wie von Brenner angeregt, noch einige Bücher in eine Kiste und versuchte, sich in die Rolle von Tina Breitner hineinzuversetzen. Dann nahm sie das vorbereitete Bewegungsprofil zur Hand, das Franzen am PC angefertigt hatte. Mit dem BMW-Logo an der oberen rechten Blattecke und den verschiedenen Spalten mit Uhrzeiten und Koordinatendaten, hätte das Blatt tatsächlich direkt aus der IT-Zentrale von BMW stammen können. Zumindest für jemanden, der noch kein Original gesehen hatte. Und zu diesem Personenkreis gehörte Nico Wagner sicherlich auch.

Nadine holte tief Luft und wählte Wagners Handynummer. Nach fünfmaligem Läuten meldete sich dieser mit einem freundlichen »Nico Wagner. Hallo?«

»Tina Breitner hier. Ich bin die Freundin von Sandra Weininger. Beziehungsweise ich war die Freundin.« Nadine erinnerte sich jetzt wieder an Brenners mahnende Worte, bewusst eher langsam zu sprechen. Menschen, die sehr aufgeregt waren, würden unbewusst extrem schnell sprechen. Deshalb gaben Trainer in Rhetorikseminaren den Teilnehmern den Tipp, in Stresssituationen betont langsam zu sprechen. Dadurch würde das Sprechtempo unterm Strich auf ein normales Level gebracht.

Eingedenk dieses Tipps sprach Nadine weiter: »Ich bin gerade in Sandras Wohnung und verpacke ihre Sachen. Da ist auch ein Dokument von BMW dabei, das vermutlich Ihnen gehört. Und jetzt wollte ich …«

Nico Wagner unterbrach Nadine: »Was für ein Blatt soll das denn sein?«

»Weiß ich auch nicht. Da steht ›Bewegungsprofil vom 3. September 2016‹ drauf. Dann sind Fahrzeugtyp und Autokennzeichen vermerkt und ja, bei Fahrzeughalter ist halt Nico Wagner eingetragen.« Nadine machte eine kurze Pause und fügte dann hinzu: »Ich wollte Sie jetzt bloß fragen, ob Sie das Blatt noch brauchen oder ob ich es wegwerfen kann.«

»Moment, Moment. Was sagen Sie, Bewegungsprofil steht da drauf?« Die Irritation von Wagner war unüberhörbar. »Welches Datum war das nochmal?«

»Der 3. September 2016«, wiederholte Nadine und fügte dann gleich hinzu: »Da sind vorwiegend nur lauter Zahlen drauf. Die erste Spalte sind offensichtlich Zeitangaben und dahinter stehen irgendwelche Zahlen. Ich habe keine Ahnung, was das genau ist.«

»Lassen Sie mich nachdenken«, kam es aus der Leitung und Nadine interpretierte den etwas wirschen Ton als Folge von erhöhtem Stress. Ihre Information hatte sicher ein Neuronenfeuerwerk in Nico Wagners Gehirn ausgelöst. ›Das muss ich doch gleich forcieren‹, dachte Nadine und ließ Wagner nicht allzu viel Zeit zum Nachdenken. »Die Zahlen bei 20:13 bis 20:58 Uhr sind rot eingekreist. Vielleicht hilft Ihnen das weiter?«

»Rot eingekreist?«, räusperte sich Wagner, dessen Anspannung nun deutlich spürbar war.

»Brauchen Sie das Blatt oder kann ich's wegwerfen?«, fragte Nadine und bemühte sich um einen leicht genervten Tonfall.

»Jetzt warten Sie doch mal!«, antwortete Wagner nunmehr sehr aggressiv. »Ich muss erst überlegen, ob ich das brauche.« Dann, in einem deutlich gemäßigteren Ton fragte er weiter: »Wo haben Sie das Dokument denn gefunden?«

»Das lag in einem von Sandras Ablagekörben zwischen diversen Rechnungen und sonstigen Briefen.« Wiederum war Nadine froh, dass sie auch diese Frage bereits heute Nachmittag durchgespielt hatten. Bislang gab es noch keine einzige Reaktion von Wagner, die sie nicht vorausgesehen hatten. So langsam machte ihr das richtig Spaß. Momentan war sie kein bisschen nervös mehr.

»Ich würde jetzt gerne weitermachen.« Nadine setzte Wagner weiter unter Druck.

»Wie lange sind Sie denn noch da?«

»Kommt drauf an … Bis ich keine Lust mehr habe. Ich muss die Kisten ja auch noch ins Auto laden.«

Vorausschauenderweise hatte Marie heute Morgen die Möglichkeit angesprochen, dass Wagner eventuell auf die Idee kommen könnte, erst in der Nacht in die Wohnung einzudringen, um nach dem Dokument zu suchen. Mit dem Hinweis auf die Verladung der Kisten konnte Wagner nicht sicher sein, wo sich das besagte Dokument dann letztendlich befinden würde.

»Lassen Sie mich kurz nachdenken«, bat dieser nun und ging vermutlich verschiedene Optionen im Schnelllauf durch. »Ich wollte sowieso nochmal in die City. Da kann ich kurz in Knielingen vorbeifahren. Ich will mir das auf jeden Fall mal anschauen.«

»Okay, wie lange brauchen Sie?«

Wagner dachte offensichtlich nach, wie er noch etwas Zeit herausschinden konnte und sagte dann in einem bemüht freundlichen Ton: »Nun, ich muss noch kurz ein geschäftliches Telefonat führen, dann fahre ich gleich los. Vierzig bis fünfzig Minuten kann es aber dauern. Würden Sie bitte so lange auf mich warten?«

»Okay, mach ich. Bis dann!« Nadine legte den Hörer auf, klatschte in die Hände und stieß mit einem »Yes!« ihre Faust gen Himmel. Am liebsten wäre sie vor Erleichterung aufgesprungen und herumgehüpft. Gerade rechtzeitig fiel ihr dann jedoch ein, dass durchaus etwas mehr Abgebrühtheit angebracht war, wenn sie sich tatsächlich beim MEK bewerben wollte.

»Hast du super gemacht!« Seine Aussage mit nach oben gestrecktem Daumen unterstützend, kam Brenner aus dem Schlafzimmer. »Teil Zwei machst du mindestens genau so professionell.«

»Gute Leistung, Kollegin«, sagte auch Sven Keller und zu Brenner gewandt fügte er mit einem Schmunzeln hinzu: »Pit, pass bloß auf, dass Nadine nicht zum Film überwechselt.«

›Zum Film nicht, aber vielleicht in dein Team!‹, dachte Nadine, während sie das Lob des MEK-Teamleiters genoss und sich bemühte, nach außen besonders locker und gelassen zu wirken.

Nico Wagner legte das Handy

Nico Wagner legte das Handy auf die Esstheke und starrte es fassungslos an. Wie konnte das sein? Wie konnte das Bewegungsprofil seines Fahrzeugs in die Hände von Sandra Weininger gelangen? Dass derartige Bewegungsprofile möglich waren, hatte der BMW-Verkäufer damals nebenbei erwähnt, als er ihn enthusiastisch über die technologischen Raffinessen seines neuen Autos informiert hatte.

Er hatte diesem Detail keine große Bedeutung zugeschrieben. Er war noch nie der große Technikfreak gewesen. Und nie und nimmer wäre er auf die Möglichkeit gekommen, dass sich irgendein Außenstehender diese Daten zugänglich machen könnte.

Wie war die Weininger überhaupt auf die Idee gekommen, sich dieses Bewegungsprofil zu beschaffen? Sie hatte ihm gegenüber doch in keiner Weise einen Verdacht geäußert. Oder war das alles bloß ein dummer Zufall? Nein, das war zu abwegig. Das rot eingekreiste Zeitfenster war aussagekräftig genug. Aber warum hatte er an ihrem Verhalten nichts bemerkt? Gut, ihre Kommunikation war alles andere als herzlich verlaufen. Schon der erste Kontakt war problematisch gewesen, als er die Schlüssel zum Haus seines Vaters von ihr verlangt hatte. Aber das war nun mal sein gutes Recht gewesen. Immerhin handelte es sich um das Haus, in dem er aufgewachsen war.

Und als sie ihm dann mit diesem Balg gekommen war! Meinte die doch tatsächlich, dass es nur recht und billig wäre, wenn er seinem Halbgeschwister ein sozial angemessenes Aufwachsen ermöglichte. Das hätte sie sich überlegen müssen, bevor sie für seinen Vater die Beine breitgemacht hatte!

Immerhin hatte er sich nach seinem ersten Wutanfall sehr

großzügig gezeigt und ihr angeboten, eine Abtreibung zu bezahlen. Er hätte zur Not auch noch einen anschließenden Urlaub draufgelegt, wo sie sich hätte erholen oder auch, in Gottes Namen, einen neuen Macker aufreißen können.

Aber das war für die verwöhnte Dame ja nicht infrage gekommen. Selbst schuld! Gott sei Dank war er auf die Idee gekommen, sich genauer in die gesetzliche Erbschaftsregelung einzulesen. Ihn hatte schier der Schlag getroffen! Der Bastard sollte in gleichem Umfang erbberechtigt sein wie er? Das konnte ja nie und nimmer wahr sein!

Das war sein Vermögen! Und zwar ausschließlich seins! Wohlverdient durch den jahrzehntelangen Verzicht auf einen Vater. Er erinnerte sich noch sehr gut an seine Kindheit – als ob es gestern erst gewesen wäre. Wie er sich gefühlt hatte, wenn seine Schulkameraden davon berichtet hatten, was ihre Väter am Wochenende alles mit ihnen unternommen hatten. Er hingegen hatte stets bei seiner Mutter zu Hause gesessen und sich ihr Gejammer angehört. Und später hatte er auch noch ihre Alkoholexzesse ertragen. Wie peinlich es ihm gewesen war, wenn mal ein Klassenkamerad vorbeikam und sich darüber lustig machte, wie seine Mutter versuchte, ihnen lallend irgendwelche Anweisungen zu geben. Wieso hatte die sich nicht einfach nach einem anderen Mann umgeschaut?

Nein, dieser Bastard hatte keinen Anspruch auf sein Geld – nicht mal auf einen einzigen Euro! Ihm wurde klar, dass es nur einen Weg gab, um zu vermeiden, dass er sein Vermögen teilen musste. Also hatte er Sandra Weininger monatliche Zahlungen in Höhe von zweitausend Euro und die Übernahme späterer Studiengebühren angeboten. Was natürlich nur ein Vorwand gewesen war. Er hatte Zeit gebraucht, um einen wasserdichten Plan auszuarbeiten. Denn diesmal konnte er leider nicht auf einen Helfer zurückgreifen. Dieses Mal ließ es sich wohl nicht vermeiden, selbst aktiv zu werden. Er konnte sich noch sehr gut daran erinnern, wie lange er gezögert hatte. Zeitweise war er sogar fast so weit gewesen, die monatlichen Zahlungen tatsächlich zu leisten. Aber dann hätte das Damoklesschwert permanent über ihm gehangen. Nein, das Risiko wollte er auf keinen Fall eingehen.

Insbesondere jetzt nicht, wo sein Gewissen sowieso schon mit einem Mordauftrag belastet war. Kein Mensch konnte sich vorstellen, wie schwer die Entscheidung für ihn gewesen war! Zwar hatte er sich in all den Jahren, in denen er mit seinem Vater zusammengearbeitet hatte, nicht selten den Tod dieses Machtmenschen gewünscht. Ständig Wagner hier, Wagner da! Unglaublich, wie sehr alle Mitarbeiter bemüht waren, es seinem Vater recht zu machen und ein Lob von ihm zu bekommen. Dabei war auch er ein Wagner! Hätte sich sein Erzeuger mehr um ihn gekümmert, dann wäre sicher ein würdiger Nachfolger aus ihm geworden. Er hatte immer gespürt, wie wenig sein Vater von ihm hielt. Das brauchte der gar nicht erst auszusprechen. Allein schon bei den Meetings – wenn ihn sein Vater die neuen Werbeideen vortragen ließ, der Werbeagentur aber anschließend ganz andere Vorgaben machte. Nein, sein Vater hatte keinerlei Wertschätzung für ihn übrig gehabt!

All diese Erniedrigungen hatte er nur ausgehalten, weil er gewusst hatte, dass er eines Tages ein großes Vermögen erben würde. Mit der Jagd hatte sein Vater zwar ein kostenintensives Hobby, aber angesichts des Millionenwertes von ELSO waren das Peanuts. Da würde noch genug übrigbleiben.

Erste Zweifel waren ihm gekommen, als er zufällig gesehen hatte, wie sein Vater von einer jungen Frau auf dem Parkplatz abgeholt worden war. Allerdings hatte er das als kurzfristige Romanze abgetan, wenn überhaupt ... Denn für seinen Vater hatte es außer ELSO und der Jagd nie etwas anderes gegeben.

Dementsprechend war er aus allen Wolken gefallen, als sein Vater ihn eines Abends in sein Büro zitierte und ihn über die Verkaufsverhandlungen informierte. Anstatt ihn, seinen Sohn in diese Überlegungen einzubeziehen, hatte er ihn einfach vor vollendete Tatsachen gestellt. Und der absolute Gipfel war dann die Ankündigung, mit einer Frau zusammen nach Spanien zu ziehen. Dass er als Sohn dann ja das elterliche Haus bewohnen könnte, kam lediglich einer weiteren Ohrfeige gleich.

Der Alte glaubte wohl, sich ein weiteres Mal aus der Verantwortung stehlen zu können. In eine Villa am Berg mit Meeresblick ... Und dann würde er dieses Weib möglicherweise noch heiraten – die könnte doch seine Tochter sein! Dabei war es offensichtlich, dass die nur auf sein Geld aus war. Auf das Vermögen, das ihm zustand!

Nein. Die Entscheidung war gerechtfertigt gewesen. Beide hatten den Tod verdient!

Wagner stoppte seine aufgewühlten Gedanken. Er musste sich jetzt zusammenreißen und sich auf das vorliegende Problem konzentrieren. Sandra Weininger hatte ihn offensichtlich verdächtigt, etwas mit der Ermordung seines Vaters zu tun gehabt zu haben. Das war nicht allzu überraschend – immerhin dürfte sie sehr ausführlich, wenn auch natürlich sehr einseitig, über die miserable Vater-Sohn-Beziehung informiert gewesen sein.

Möglicherweise zählte auch BMW zu den Kunden ihres Übersetzungsbüros, weshalb es durchaus möglich war, dass sie an seine Fahrzeugdaten gelangt war. Warum hatte sie ihn dann jedoch nicht mit dem Bewegungsprofil konfrontiert?

Wollte sie sich erst die monatlichen Zahlungen zusichern lassen? Letzte Woche war sie zusätzlich noch auf die Idee gekommen, das Ganze notariell aufsetzen zu lassen. Ein Glück nur, dass sie auf seinen Vorschlag eingegangen war, ein entsprechendes Schriftstück zunächst gemeinsam vorzubereiten und erst mit dem Vertrag zum Notar zu gehen, wenn alle Details zu beidseitiger Zufriedenheit geklärt waren. Das Durchsprechen der Vertragsvorlage war dann auch ein ausgezeichneter Vorwand für das Treffen am Montagabend gewesen.

Natürlich hatte er dieses Treffen bis ins kleinste Detail geplant. Auf die geniale Idee, dem Exfreund den Mord in die Schuhe zu schieben, war er richtig stolz gewesen. Glücklicherweise war dieser Ex damals hereingeplatzt, als er den Hausschlüssel abholte, und hatte durch sein Verhalten nicht nur seine nach wie vor vorhandenen Gefühle, sondern gleichzeitig auch seinen Jähzorn bewiesen.

Für den unwahrscheinlichen Fall, dass der Verdacht irgendwann auf ihn fallen würde, hatte er extra sein Handy zu Hause gelassen. Denn dass die Polizei ohne Weiteres an die Daten der Handyfunkzellen herankam, wusste heutzutage jeder, der ab und zu TATORT schaute.

An die Datenspeicherung seines Autos hatte er jedoch zu keiner Sekunde gedacht. Erst recht nicht in Verbindung mit seinem Treffen am Oberwaldsee.

Ein Glück nur, dass diese Freundin, mit der er eben telefoniert hatte, so unbedarft war und mit dem Bewegungsprofil nichts anfangen konnte. Natürlich musste er dieses sofort an sich nehmen – und zwar möglichst unauffällig. Wie sollte er dabei am besten vorgehen? Was, wenn diese Freundin unangenehme Fragen stellte?

Gott sei Dank war ihm noch die Ausrede mit dem geschäftlichen Anruf eingefallen, sodass er etwas mehr Zeit zum Überlegen gewonnen hatte. Ein geschäftlicher Anruf am Samstagabend … Doch etwas Besseres war ihm auf die Schnelle einfach nicht eingefallen. Aber offensichtlich war ihr das gar nicht komisch vorgekommen. Er hatte ein Gespür dafür, wenn jemand misstrauisch war. Und diese Tina hatte völlig naiv geklungen.

Wenn es ihm jetzt noch gelang, eine halbwegs plausible Erklärung zu finden, weshalb ein Schriftstück, das sein Auto betraf, bei der Weininger war, dann müsste er es ohne Weiteres mitnehmen können.

Wie groß war die Gefahr, dass diese Freundin sich zu einem späteren Zeitpunkt erneut an das Schriftstück erinnerte und dann eventuell die richtigen Rückschlüsse zog? Vielleicht gab es auch eine Möglichkeit herauszufinden, über welchen Zeitraum hinweg BMW derartige Daten archivierte. Dann wüsste er zumindest, wie lange das Risiko grundsätzlich bestand.

Oder sollte er einfach auf Nummer Sicher gehen? Nun, er würde die Entscheidung vermutlich vor Ort treffen müssen. Das bedeutete, dass er auch die Möglichkeit der radikalen Problembeseitigung einkalkulieren musste. Er hasste Situationen, in denen er solche Dinge nicht in Ruhe durchplanen konnte. Aber er würde sich jetzt, so kurz vor seinem Ziel, von niemandem mehr aufhalten lassen! Dazu hatte er in der Vergangenheit zu viel gelitten und inzwischen auch schon zu viel auf sich genommen.

Inzwischen war Marc

Inzwischen war Marc, der stellvertretende Leiter des MEK, an Nadine herangetreten und hielt ihr die Kevlarweste hin. Es war nur ein leichtes enganliegendes Modell, die deutlich sicherere Variante hätte zu stark aufgetragen und wäre Wagner möglicherweise aufgefallen, da sie die Beweglichkeit einschränkte, wenn auch nur minimal.

Bei der Lagebesprechung am frühen Nachmittag waren sie sich sowieso einig gewesen, dass Wagner vermutlich keine Schusswaffe mitbringen würde. Er hatte zwar sicher entsprechende Bezugsquellen – immerhin gingen sie ja davon aus, dass er Seidel damals die Pistole besorgt hatte –, aber in der kurzen Zeit war das höchst unwahrscheinlich. Sie rechneten vielmehr mit einer Stich-, Schlag- oder auch Würgewaffe.

Während Nadine die seitlichen Fixierbänder der Schutzweste festmachte, kam Sven Keller auf sie zu. »Nadine, denk daran, dass du, sobald Wagner das Papier in der Hand hat, möglichst immer ein bis zwei Schritte Abstand zu ihm hältst.«

»Klar, das hatten wir ja so besprochen«, antwortete Nadine souverän, obwohl ihre Anspannung jetzt langsam wieder zunahm.

»Spätestens, wenn du die mit Pit einstudierte Provokation startest, musst du mit einem Angriff rechnen«, sprach Sven Keller weiter, nicht sonderlich beeindruckt von Nadines augenscheinlicher Lässigkeit. Immerhin wusste er gut, welch enormer Stresssituation sich Nadine in den nächsten Minuten aussetzen würde. »Da wir nicht wissen, ob Wagner eine Waffe mit sich führt und welche, bist du in den zwei bis vier Sekunden, die meine Männer brauchen, um ihn zu überwältigen, auf dich allein gestellt!«

›Dem kann ich nichts vormachen‹, dachte Nadine und nickte nur zustimmend. Es war schon ein riesiger Unterschied, den Dialog mit einem zweifachen Mörder im Büro zu planen und diesem dann Auge in Auge gegenüber zu stehen. Und schon wieder war sie Brenner dankbar, dass er sie heute Nachmittag permanent jede Kleinigkeit hatte wiederholen lassen. Es war alles andere als einfach, einerseits die unbedarfte Freundin zu spielen und andererseits den Protagonisten mit den einstudierten Sätzen zu provozieren, während man ihn aus den Augenwinkeln beobachtete, um einem plötzlichen Angriff auszuweichen. ›Hoffentlich schaffe ich das!‹, dachte Nadine, als Sven Keller die Hand hob und sagte: »Zielobjekt fährt los!«

Von der Südstadt, in der Wagner wohnte, bis nach Knielingen brauchte Wagner, je nach Verkehr, vermutlich ungefähr zwanzig Minuten. Wahrscheinlich würde er über die B10 fahren, wo um diese Uhrzeit nicht mit Stau zu rechnen war. Das MEK-Team würde sie auf dem Laufenden halten.

»Alles klar, Nadine?«, unterbrach Brenner ihre Gedanken. »Du kannst ganz beruhigt sein. Wir sehen auf den Bildschirmen jedes Detail und sobald er zu einer Waffe greift, haben ihn Svens Männer auch schon am Boden. Einfach ganz locker bleiben, Mädel, und immer schön auf den Abstand achten.«

Jetzt musste Nadine doch laut loslachen: »Mensch, Pit, es reicht, wenn ich unter Hochspannung stehe!« Ganz offensichtlich war ihr Chef momentan mindestens genauso angespannt wie sie und vermutlich hätte er das Szenario am liebsten noch im allerletzten Moment umgeschrieben, nur um sie aus der Schusslinie zu bringen. Aber es tat ganz gut, zu spüren, wie besorgt ihr Chef um sie war.

»Okay, okay!«, lachte jetzt auch Brenner und hob entschuldigend beide Hände. »Manchmal kann ich halt nicht aus meiner Haut. Sei bloß froh, dass Marie nicht auch noch hier unten ist und ihre mütterlichen Instinkte zum Einsatz bringt.«

Marie war natürlich ebenfalls mit einem Headset ausgestattet und bekam alle Infos, damit sie auf dem Laufenden war. ›Pit hat absolut recht‹, dachte Nadine, ›so sehr ich meine Kollegin mag, in der jetzigen Situation könnte ich sie wirklich nicht gebrauchen.‹

Nadine setzte sich auf die Couch und konzentrierte sich auf die unmittelbar bevorstehenden Minuten. Auch über das Warten hatte sie mit Brenner gesprochen. Jetzt verstand sie, was er mit Zeitdehnung gemeint hatte. Die letzten fünf Minuten waren so langsam vergangen wie normalerweise fünfzig Minuten. Damit sich die permanent steigende Spannung nicht ins Uferlose ausartete, sollte sie auf die sogenannte Chi-Atmung* zurückgreifen, mit deren Hilfe das Gehirn verstärkt mit Sauerstoff versorgt wurde und die Pulsfrequenz sich spürbar senkte. Parallel dazu sollte sie sich an einen ihrer letzten Urlaube erinnern, indem sie sich einzelne Szenen möglichst detailgenau in Gedanken vorstellte.

»Du musst dein Kopfkino* einschalten«, hatte Brenner gesagt. Eine gewisse Anspannung war zwar notwendig, um Höchstleistungen zu vollbringen – zu viel Spannung lähmte jedoch nur. Brenner hatte ihr das sehr einleuchtend am Beispiel seiner aktiven Wettkampfzeit erklärt.

›Okay, welchen Urlaub nehme ich am besten?‹, überlegte Nadine und entschied sich für das letzte Wochenende, an dem sie von Freitag bis Montag mit ihrem Freund Timo in Balderschwang im Oberallgäu gewesen war. Bislang hatte sie

*zu Chi-Atmung und Kopfkino s. Anhang S. 237

den Ort nur im Winter gekannt. Das Skigebiet dort war zwar relativ klein, konnte jedoch mit einer FIS-Standardstrecke durchaus auch anspruchsvollen Skifahrern etwas bieten. Jedes Mal hatte sie sich vorgenommen, auch mal im Sommer dort hinzufahren.

Letztes Wochenende hatte sie es endlich realisiert. Übernachtet hatten sie und Timo in der Bodenseehütte, die auch im Winter schon oft ihr Quartier gewesen war. Von dort hatten sie jeden Tag eine andere Tour unternommen. Die anspruchsvollste war die am Sonntag gewesen. Über sechshundert Höhenmeter hatten sie bewältigt, teils auf Asphalt, meistens jedoch auf Waldpfaden und Schotterstrecken – bis sie dann letztendlich die Bergwachthütte auf 1450 Metern erreicht hatten.

Besonders von den Steilstrecken war sie begeistert gewesen, ganz im Gegensatz zu ihrem Freund Timo. Zwischendrin hatte er ihr fast schon leidgetan, denn immerhin war es ja eigentlich sein Geburtstagsgeschenk gewesen. Aber vielleicht war das auch gar nicht so schlecht, denn jetzt wusste er definitiv, wie sehr seine Kondition in den letzten zwölf Monaten nachgelassen hatte.

»Das Zielobjekt parkt in der Eggensteiner Straße«, sagte Sven Keller und gab seinen Männern ein Handzeichen.

»Das ist vermutlich die gleiche Stelle, an der er letzten Montag auch geparkt hat«, merkte Brenner an. »Das deutet schon mal darauf hin, dass er zumindest einkalkuliert, mehr zu machen, als nur ein Dokument abzuholen.«

Alle MEK-Beamte nahmen ihre Position in den jeweiligen Räumen ein. Brenner reckte Nadine beide Daumen entgegen und sagte, bevor auch er im Schlafzimmer verschwand, »du schaffst es!«

›Jetzt sind es nur noch maximal drei bis vier Minuten, bis

er läutet‹, dachte Nadine, die ihren Gedankenurlaub durch Svens Ansage jäh abgebrochen hatte. Nadine spürte, wie die Spannung extrem anstieg. ›Und wenn er gleich im Hausflur versucht, mich zu töten? Da ist zwar auch eine Kamera, aber bis dorthin brauchen die Männer vom MEK deutlich länger als nur drei Sekunden.‹ Aber auch diese Möglichkeit hatten sie im Vorfeld angesprochen. Das wäre völlig unsinnig. Zuerst würde Wagner wissen wollen, wo das Dokument ist. Würde er sie gleich im Hausflur töten, dann müsste er erst danach suchen und würde wertvolle Zeit verlieren. ›Nein, das kritische Zeitfenster beginnt erst ab dem Moment, wenn Wagner das Papier in der Hand hat. Dann muss ich auf der Hut sein … Unglaublich, wie viele Gedanken einem in Gefahrensituationen in nur wenigen Sekunden durch den Kopf gehen können‹, dachte Nadine.

Obwohl sie darauf vorbereitet war, zuckte sie kurz zusammen, als es an der Tür läutete. ›Ich bin Tina Breitner, ich bin Tina Breitner und räume die Wohnung meiner Freundin aus‹, murmelte Nadine halblaut vor sich hin und versuchte sich nochmal intensiv auf ihre Rolle zu konzentrieren, während sie durch den Flur zur Wohnungstür ging.

»Hallo Herr Wagner«, begrüßte Nadine den vor der Tür stehenden Mann und fügte locker hinzu: »Zumindest nehme ich an, dass Sie Herr Wagner sind.«

»Der bin ich. Guten Abend. Ihren Namen habe ich mir allerdings auf die Schnelle nicht gemerkt.«

»Tina Breitner. Tina reicht aber auch. Kommen Sie doch rein.« Nadine drehte sich um und ging voraus ins Wohnzimmer.

»Hier sieht's natürlich momentan etwas chaotisch aus.« Nadine hob eine Kartonkiste an, die mitten im Raum stand, und stellte diese beiseite. Danach bückte sie sich zum Couchtisch hinunter und reichte Wagner das dort liegende Blatt Papier.

»Das ist es.«

Drehbuchgemäß wandte sich Nadine gleich zum Regal und ergriff einige Bücher. Während sie diese in den danebenstehenden Karton legte, fragte sie betont beiläufig: »Und? Brauchen Sie das Dokument?«

Aus den Augenwinkeln sah sie, wie Wagner erbleichte. Sie meinte sogar ein leichtes Zittern zu bemerken.

»Ja«, räusperte sich Wagner. Er war sichtlich bemüht, seiner Stimme einen klaren Klang zu geben. »Das gehört zu den Fahrzeugpapieren meines Wagens. Das muss ich irgendwann mal bei Frau Weininger liegen gelassen haben. Vermutlich, als wir die Schlüsselübergabe gemacht hatten.« Mit diesen Worten faltete er das Papier und steckte es in seine äußere Manteltasche.

Jetzt kam der entscheidende Moment. Bislang war alles nach Plan verlaufen. Jetzt musste Nadine die richtigen Worte in der richtigen Tonlage aussprechen. Es war höchstes Schauspieltalent gefordert. Wenn sie, wie von Brenner geplant, jetzt den entscheidenden Satz richtig an den Mann, sprich an Wagner brachte, dann würde sie den finalen Countdown einläuten. ›Hoffentlich versage ich nicht‹, ging es ihr durch den Kopf. Nadine fasste die nächsten fünf Bücher zwischen beiden Händen und hob diese vom Regal hoch.

»Moment … Jetzt weiß ich's!«, sagte sie, ganz so, als ob ihr nach längerem Nachdenken in diesem Moment die Antwort eingefallen wäre, und stellte die Bücher wieder zurück ins Regal.

»Wurde nicht am dritten September der Freund von Sandra ermordet? Ich meine, Ihr Vater?« Um ihre Bestürzung glaubhafter zu machen, hielt sich Nadine erschrocken die Hand vor den Mund.

Wagners Augen begannen zu flattern und nach einigen Sekunden des Überlegens antwortete er: »Ja, das stimmt. Aber das war ja bereits am frühen Morgen. Und diese Aufzeichnungen beginnen erst nachmittags.«

Nadine wusste, dass Wagner gerade blitzschnell in Gedanken die verschiedensten Optionen durchging. Jetzt musste sie das richtige Timing finden!

»Ja, schon.« Nadine machte scheinbar ängstlich einen Schritt zurück und signalisierte, dass sie in diesem Augenblick offensichtlich gewisse Rückschlüsse gezogen hatte. Mit einer bewusst eingeschüchtert klingenden Stimme fügte sie hinzu: »Ich denke, dass wir das Dokument besser der Polizei übergeben sollten.«

Nadine sah Wagners Zögern und wusste, dass sie jetzt den Handlungsimpuls auslösen musste. Mit einem schnellen seitlichen Schritt hin zu ihrem Handy, das wie geplant, am Ende des Regals lag, sagte Nadine panisch: »Ich rufe die Polizei!«

»Das tust du nicht!« Zeitgleich mit seinem eiskalt ausgesprochenen Satz griff Wagner in die Manteltasche und zog einen länglichen Gegenstand heraus. Noch während er damit eine Ausholbewegung machte, stürmten links und rechts mit lauten »Polizei!«-Rufen und sonstigen Schreien die Männer vom MEK ins Zimmer und rissen Wagner routiniert zu Boden.

Obwohl Nadine die genaue Vorgehensweise des MEK durch Lehrvorführungen während der Ausbildung kannte und somit wusste, dass extremer Lärm ein wesentliches Überraschungselement war, das den Gegner für Sekundenbruchteile lähmte, war auch sie komplett bewegungsunfähig. Für kurze Zeit blieb ihr Herz stehen.

Als sie, gefühlte Minuten später, wieder bewusst einatmete, waren Wagner bereits Handfesseln angelegt worden und Brenner hatte sie in den Arm genommen. Nadine hatte für mehrere Sekunden das Gefühl, ihre Beine würden unter ihr wegkippen. Der jäh abfallende Stress aktivierte unweigerlich die Tränendrüsen und Nadine bemühte sich, ihre Tränen wegzublinzeln.

»Du warst fantastisch!«, sagte Brenner euphorisch und ließ Nadine wieder los, weil er wusste, dass es ihr wichtig war, in Anwesenheit der MEK-Jungs möglichst nervenstark aufzutreten.

»Dem kann ich mich nur anschließen!«, hörte Nadine die Stimme von Sven Keller hinter sich und spürte dann auch gleich einen kräftigen Schlag auf ihrer Schulter, der das Lob wohl unterstützen sollte.

»Danke, danke«, antwortete Nadine und drehte sich zu Keller um. »Ehrlich gesagt, würde ich das dennoch nicht jeden Tag machen wollen.«

»Kann ich mir denken. Solche Situationen sind Stress pur!« Mit einem Augenzwinkern fügte Keller hinzu: »Wenn es Ihnen bei Pit mal zu langweilig wird, dann wissen Sie ja jetzt, wo es etwas mehr Action gibt.«

»Danke, ich werd's mir merken«, antwortete Nadine, während sie einen Schritt zur Seite machte, damit die MEK-Beamten Wagner abführen konnten.

Auf der Fahrt zurück ins Präsidium

Auf der Fahrt zurück ins Präsidium wurde Marie detailliert von Brenner über den Ablauf informiert, den sie selbst nur akustisch mitbekommen hatte. Während Brenner dabei nicht an Lob über Nadines tolle schauspielerische Leistung sparte, versuchte diese immer wieder, die Lobeshymnen ihres Chefs etwas zu relativieren, obwohl sie natürlich schon sehr stolz auf sich war und wusste, dass sie ganz wesentlich zum erfolgreichen Abschluss des vorliegenden Falls beigetragen hatte.

»Ob er wohl bei der Auswahl seiner Waffe an die Analogie zur Vase gedacht hat?«, überlegte Marie laut, nachdem Nadine gerade geschildert hatte, wie die Zeit für sie stillgestanden hatte, als Wagner in seinen Mantel gegriffen hatte und nur einen Sekundenbruchteil später die MEK-Männer den Raum gestürmt hatten.

»Durchaus denkbar«, antwortete Brenner. »In einem normalen Haushalt gibt es ja außer Messern nicht viele Gegenstände, die sich als Mordwaffe eignen. Bin sowieso überrascht, dass Wagner überhaupt einen Meißel hat.«

»Ein Werkzeugkoffer ist doch in jedem Haushalt«, kam es spontan von Nadine.

»Na ja, Wagner hätte ich eher als jemanden eingeschätzt, der Reparaturen den Handwerkern überlässt«, entgegnete Marie.

»Auf jeden Fall belegt der Meißel schon mal den Tatvorsatz«, sagte Brenner und ergänzte: »Obwohl er sich vermutlich ohne Nadines Hinweis, dass sie die Polizei anrufen will, verabschiedet und darauf gehofft hätte, dass Tina Breitner die ganze Angelegenheit vergisst.«

»Das glaube ich nicht«, widersprach Marie. »Für heute

stimme ich dir zwar zu. In den nachfolgenden Tagen hätte er aber sicher noch versucht, auf Nummer Sicher zu gehen. Wie du schon gesagt hast, sinkt die Hemmschwelle nach jedem Mord weiter.«

Als Marie gerade auf den Parkplatz einbog, fiel ihr noch ein: »Ich habe übrigens noch von Weiningers Wohnung aus die Ekberg informiert. Sie will bei der Vernehmung nachher dabei sein. Du sollst vorab bei ihr im Büro vorbeikommen und den Ablauf mit ihr abstimmen.«

»Was gibt's da groß abzustimmen«, brummte Brenner und dachte mal wieder wehmütig an Ekbergs Vorgänger zurück, mit dem er super zusammengearbeitet hatte.

Rund zwanzig Minuten später war Brenner gemeinsam mit Cora Ekberg auf dem Weg zum Vernehmungsraum. Als die Staatsanwältin ihm ihre geplante Vorgehensweise unterbreitet hatte, hatte er mit einem spontanen »Aber nicht mit mir!« reagiert, anschließend aber eingesehen, dass ihre Überlegungen richtig waren.

Zwar würde das Bewegungsprofil logischerweise nicht von der Staatsanwaltschaft als Beweismittel eingereicht werden, weil es auf offiziellem Wege schlichtweg nicht zu bekommen war, dennoch würde es in Zusammenhang mit dem heutigen Mordversuch bei Gericht zur Sprache kommen. Leider war nicht abzusehen, was ein Top-Rechtsanwalt aus der Tatsache, dass ein offiziell nicht existentes Bewegungsprofil der Auslöser für Wagners heutige Tat gewesen war, machen würde. Und dass sich Wagner einen Top-Anwalt nehmen würde, war so sicher wie das Amen in der Kirche.

Nein, diesmal hatte die Ekberg recht. Sie mussten diesen Moment, in dem für Wagner die Welt zusammengebrochen war, nutzen und versuchen, ein Geständnis von ihm zu bekommen. Legte er ein solches ab und gab dabei auch Täterwissen preis, dann konnte selbst der beste Rechtsanwalt später nur noch marginal einwirken.

Brenner öffnete die Tür des Vernehmungsraums und ließ der Staatsanwältin den Vortritt. Wagner saß bereits am Tisch, machte jedoch einen völlig apathischen Eindruck.

Nachdem Brenner und Cora Ekberg sich gesetzt hatten, schaltete Brenner das Aufnahmegerät ein, nannte Uhrzeit und die Namen der Anwesenden und nickte dann der Staatsanwältin zu.

»Herr Wagner. Mein Name ist Cora Ekberg. Ich bin die leitende Staatsanwältin.«

Wagner zeigte weiterhin keine Regung und stierte nur auf seine Hände.

»Sie werden sich vor Gericht sowohl wegen des Auftrags zum Mord an Ihrem Vater als auch für den Mord an Frau Weininger verantworten müssen. Und letztendlich auch für den versuchten Mord heute Nacht, den wir auf Video haben.«

Cora Ekberg machte eine Pause und wartete vergeblich darauf, dass Wagner in irgendeiner Form auf die ihm vorgeworfenen Taten reagierte.

»Herr Wagner, ich mache Ihnen jetzt ein Angebot. Dieses Angebot gilt exakt eine Stunde lang.«

Jetzt hob Wagner langsam den Kopf und schaute die Staatsanwältin an.

»Von Herrn Brenner weiß ich, dass Sie sich von Ihrem Vater in der Kindheit extrem vernachlässigt gefühlt haben. Wenn Sie ein umfassendes Geständnis ablegen, dann verspreche ich Ihnen, einen Gutachter einzuschalten, der vermutlich ein entsprechendes ›Kindheitstrauma‹ und in Folge vermindernde Handlungsfähigkeit bescheinigt.«

Cora Ekberg machte eine kurze Pause.

»Wenn das Gericht diesem Gutachten folgt, was nicht unwahrscheinlich ist, dann können Sie Ihre Haftstrafe in der Psychiatrie absitzen und erhalten möglicherweise in einigen Jahren weitere Hafterleichterungen.«

Die Staatsanwältin glaubte, in Wagners Augen ein kurzes Aufflackern erkannt zu haben. Offensichtlich hatte ihr Angebot den beabsichtigten Hoffnungsschimmer bewirkt. Jemandem wie Wagner, der zumindest in den letzten Jahren ein Luxusleben geführt hatte, mussten die bevorstehenden Jahre im Gefängnis wie die Hölle erscheinen. Die forensische Psychiatrie war zwar ebenfalls weit weg vom gewohnten Lebensstandard, jedoch immer noch um Welten angenehmer, als das Leben in einer Gefängniszelle.

»Legen Sie heute Nacht jedoch kein Geständnis ab, dann werde ich Sie wegen Mord aus Habgier und sonstigen niedrigen Bewegungsgründen anklagen und dann gehen Sie lebenslänglich in die Justizvollzugsanstalt!«

Cora Ekberg wartete noch einen Moment ab, weil sie ahnte, welche weitere Alternative Wagner gerade in den Sinn kam.

»Natürlich kann auch Ihr Anwalt einen Gutachter beauftragen und versuchen, dass Sie Ihre Haftstrafe nicht im Gefängnis absitzen müssen. Aber die Chancen, dass das Gericht diesem folgt, sind deutlich geringer, wenn wir von der Staatsanwaltschaft auf niedrige Beweggründe plädieren.«

Cora Ekberg beugte sich vor, soweit es der Tisch erlaubte, schaute Wagner ins Gesicht und sagte mit eiskalter Stimme: »Und glauben Sie mir, dafür habe ich jetzt schon genügend Argumente zusammen.«

Danach klappte sie ruckartig ihre Schreibmappe zu und stand auf. »Sie haben exakt eine Stunde Zeit für Ihre Entscheidung!« Ohne ein weiteres Wort ging sie zur Tür. In dem Moment, als Cora Ekberg die Türklinke in die Hand nahm, sagte Wagner: »Warten Sie!«

Die Staatsanwältin blieb stehen, ohne sich umzudrehen.

Erst als er hinzufügte, »ich habe mich entschieden«, drehte sich Cora Ekberg um und schaute Wagner in die Augen.

»Ich nehme Ihr Angebot an.«

»Schön, dass Sie gleich kommen konnten«

»Schön, dass Sie gleich kommen konnten«, begrüßte die Staatsanwältin Brenner, nachdem sie ihn etwa dreißig Minuten zuvor zu einer Besprechung gebeten hatte. »Ich habe gerade mit Wagners Anwalt telefoniert. Wagner wird sich weiter konstruktiv verhalten, um die Chance zu erhöhen, dass das Gericht die verminderte Handlungsfähigkeit anerkennt«, fuhr die Staatsanwältin fort und holte kurz tief Luft, bevor sie weitersprach: »Nur dank Ihrer Beharrlichkeit und Ihrer genial geplanten Falle konnten wir Wagner der Anstiftung zum Mord an seinem Vater und zum Mord an dessen Freundin überführen.«

›Jetzt ist irgendwas im Busch‹, dachte Brenner. ›Jetzt kommt gleich irgendein Hammer.‹

›Du könntest ja in irgendeiner Form eine Regung zeigen‹, fluchte Cora Ekberg innerlich und sagte: »Sie können sich vielleicht denken, dass es mir nicht ganz leicht fällt, aber ich möchte mich bei Ihnen entschuldigen, dass ich Ihrer Intuition zu Beginn des Falles so wenig vertraut habe.«

›Ist die krank?‹ Brenner verstand die Welt nicht mehr.

»Ich bin der Meinung, wir sollten unsere Zusammenarbeit zukünftig auf eine wertschätzende Beziehungsebene stellen, um unsere Lösungsansätze konstruktiver und reibungsloser zu realisieren«, fuhr die Staatsanwältin fort und dachte: ›Was schwafle ich blöde Kuh jetzt bloß daher?‹

Nachdem Brenner immer noch keine Regung zeigte, gab sich Cora Ekberg einen Ruck und sagte: »Deshalb schlage ich vor, dass wir unsere bisherigen Differenzen bei einem gemeinsamen Abendessen begraben.«

Schnell fügte sie noch hinzu: »Natürlich geht es schwerpunktmäßig darum, die zukünftige Kommunikationsform zwischen Ihrer Abteilung und der Staatsanwaltschaft zu diskutieren.«

Brenner war zwar immer noch völlig perplex, spürte jedoch, dass er jetzt endlich auch etwas sagen musste. Schließlich konnte er nicht zulassen, dass die Staatsanwältin die Gesprächsführung dominierte. Deshalb antwortete er: »Okay, wann und wo?«

»Die Auswahl des Restaurants überlasse ich Ihnen, den Termin müssen wir natürlich mit unseren Terminplanern abstimmen«, antwortete die Staatsanwältin sichtlich erleichtert, dass Brenner überhaupt etwas von sich gab. »Die Rechnung übernehme ich, beziehungsweise mein Dienstherr, denn schließlich besprechen wir auch dienstliche Angelegenheiten.«

»Ich melde mich«, sagte Brenner und stand schnell auf, um die surreale Situation zu beenden. Fast fluchtartig verließ er die Staatsanwältin.

Auf dem Weg zu seinem Büro überlegte sich Brenner, was die wirklichen Gründe der Staatsanwältin für das gemeinsame Abendessen waren. Denn dass Cora Ekberg wirklich etwas daran lag, zukünftig reibungsloser mit ihm zusammenzuarbeiten, konnte er sich nur schwer vorstellen. Will die Ekberg ihr provokatives Gehabe tatsächlich zukünftig unterlassen? Und wenn ja, will ich das überhaupt? Vielleicht sage ich besser unter irgendeinem guten Vorwand ab …

Anhang

Liebe Leserinnen und Leser,
nachstehend finden Sie die beiden Anti-Stress-Techniken, mit denen sich Kommissarin Nadine Steiner auf den Showdown mit dem Mörder vorbereitet. Beide Techniken können auch Ihnen helfen, in Stresssituationen die innere Balance zu halten.

Die Chi-Atmung
Diese Technik kommt ursprünglich aus der Traditionellen Chinesischen Medizin (TCM) und wird inzwischen auch in der westlichen Hemisphäre erfolgreich angewendet. Das Tolle an der Chi-Atmung: Sie ist einfach zu erlernen, kann in nahezu allen Alltagssituationen eingesetzt werden und senkt innerhalb weniger Sekunden den Stresslevel.
Ausführung: Atmen Sie gleichmäßig tief durch die Nase ein und lange durch den Mund aus. Beim Einatmen wölbt sich die Bauchdecke nach außen, beim Ausatmen ziehen Sie den Bauch ein. Beim Einatmen zählen Sie in Gedanken bis Vier; beim Ausatmen bis Acht. Die Ausatmungsphase sollte mindestens doppelt so lange sein wie die Einatmungsphase.
Tipp für die Lernphase: Schließen Sie während der Übung die Augen und legen Sie eine Hand auf den Bauch. Dadurch können Sie sich besser auf die Bauchbewegung während des Atmens konzentrieren (Zwerchfellatmung).

Die Kopfkino-Technik
Sie wählen eine Situation aus der Vergangenheit, die bei Ihnen auch heute noch außergewöhnlich schöne Erinnerungen wachruft. Jetzt versuchen Sie diese Situation nochmals in Gedanken nachzuerleben. Rufen Sie dabei möglichst viele

Details wach. Welche Personen waren dabei, wie haben sich diese verhalten bzw. was haben diese gesagt usw.? Welche Gefühle hat diese Situation damals bei Ihnen ausgelöst? Welche Gedanken gingen Ihnen durch den Kopf? Eventuell können Sie sich noch an die spezielle Atmosphäre erinnern oder an spezifische Gerüche. Je detaillierter Sie diese Zeitreise machen, desto leichter können Sie die aktuelle Stress-Situation ausblenden.

Tipp: Damit Sie in Stress-Situationen nicht erst lang nach geeigneten Situationen suchen müssen, ist es sinnvoll, jederzeit zirka drei bis fünf Situationen parat zu haben, die sich für diese Technik eignen.
Fortgeschrittenen-Variante: Wenn Sie die Technik wie oben beschrieben schon mehrmals erfolgreich angewendet haben, dann können Sie zu einer noch wirkungsvolleren Variante übergehen: Sie starten die Situation in Ihrem Kopf-Kino wie gewohnt, erweitern jedoch Ihre Story, indem Sie zusätzliche Details, Personen usw. erfinden und diesen fiktiven Ablauf gedanklich durchleben.
Sie nehmen also eine reale Situation als Basis und kreieren daraus eine fiktive Szene. Sie sind somit Drehbuchautor, Regisseur und Schauspieler zugleich! Das Tolle dabei: Sie können Ihrer fiktiven Story jegliche Richtung geben – von Slapstick über Lovestory bis hin zu Hero-Action.
Viel Erfolg!
Wolf Scheiber

Der Autor

Wolf Scheiber hat Psychologie und Sport studiert und die WSD Selbstbehauptungsprogramme entwickelt, die deutschlandweit über 250 000 Kinder, Teenys und Frauen absolviert haben. Inzwischen coacht er Führungskräfte zu den Themen Führungskompetenz und Work-Life-Balance.

In seinen Fachbüchern beschreibt er das Zusammenwirken von Psyche und Körper. Auch sein erster Krimi besticht durch psychologische Details. www.wolf-scheiber.de

Dank

Ein herzliches Dankeschön an meine Schwester Ulrike, die nicht nur eine perfekte Erstleserin war, sondern mich auch mit ihrer „Zeitschiene“ auf so manche Ungereimtheit hingewiesen hat.
Ganz besonderer Dank gilt meiner Verlegerin Angelika Schulz-Parthu dafür, dass sie dem Ermittlerduo Brenner und Marie die Chance gegeben hat, sich der Öffentlichkeit zu präsentieren. Zudem hat sie mir wesentliche Impulse für einen spannenden Schreibstil vermittelt. Ihr Hinweis „show – don't tell!“ wird mir unvergessen bleiben!
Ebenfalls ein großes Dankeschön meiner Lektorin Rabea Dahlhäuser für ihre zahlreichen Verbesserungsvorschläge, die meinem Prosa-Erstlingswerk den Feinschliff gegeben haben.
Auf meiner Dankesliste darf ich meinen Schäferhund Wolf nicht vergessen, der während der intensivsten Schreibphase akzeptierte, dass sein Herrchen bei den Spaziergängen gedanklich bei seinen Protagonisten war und dadurch die Ballwürfe und Suchspiele etwas zu kurz gekommen sind.
Wolf Scheiber